Ce Noël, j'offre mon ex en cadeau !

JULIA NOLE

CE NOËL, J'OFFRE MON EX EN CADEAU !

ROMAN

HARPERCOLLINS FRANCE
83-85, boulevard Vincent-Auriol, 75646 PARIS CEDEX 13.

www.harlequin.fr

ISBN 978-2-2804-8127-4— ISSN 2271-0256

Le cœur fane loin de l'être aimé.

Prologue

Noël
Juliette

Si on me demandait quel est mon cadeau préféré cette année, je répondrais sans hésitation : ses lèvres sur les miennes.

Quand je l'ai appelé, il y a dix minutes, j'étais certaine qu'il ne pourrait jamais se libérer. S'il y a bien un jour où trouver une excuse potable pour quitter la table est difficile, c'est à Noël. Mais ne pas le voir de la journée me paraissait tout aussi difficile.

— Qu'est-ce que tu leur as dit ? demandé-je entre deux baisers.

— J'ai dit que je devais absolument passer chez toi pour t'offrir ton cadeau.

Je m'écarte, les yeux brillant d'excitation.

— T'as vraiment un cadeau pour moi ?

Le regard mystérieux, Colin me repousse contre le mur du petit chalet et approche ses lèvres des miennes pour y cueillir un autre baiser. Je l'empêche d'aller plus loin, trop curieuse de savoir si c'est une excuse ou s'il a réellement prévu une surprise.

— Tu n'as pas répondu à ma question !

— Laisse-moi profiter de toi encore deux minutes et je te dis tout.

Il plonge son regard fiévreux dans le mien et se mord la lèvre inférieure. Ses mains fraîches se frayent un chemin sous mon pull ; les frissons qui parcourent mon corps bloquent toute velléité de l'arrêter.

Savoir s'il a un cadeau ou non passe au second plan quand il me donne un autre baiser fougueux. Colin est capable de me faire tout oublier, jusqu'à l'heure à laquelle je dois rentrer chez moi, ce qui nous a valu pas mal d'ennuis ces derniers mois.

Trop vite à mon goût, il finit par abandonner mes lèvres, me laissant une sensation d'inachevé.

— Et toi, qu'est-ce que tu leur as dit ? demande-t-il d'un air taquin comme si je n'étais pas sur le point de m'enflammer.

— On s'en fiche. Le moment est mal choisi pour parler de mes parents.

— Au contraire. Je n'ai pas trop envie de voir ton père débarquer.

OK. Difficile de m'opposer à cet argument.

— J'ai dit que j'allais vider les poubelles.

Nos regards se croisent. Dans le sien, je décèle une lueur moqueuse.

— Juliette Perrin…

Je sais… j'aurais pu trouver mieux.

Ce genre de tâche prend à peine cinq minutes, et cela doit faire au moins un quart d'heure que je suis ici, adossée au petit chalet au fond du jardin de la maison de mes parents, avec Colin.

Mon petit ami suit le même raisonnement que moi.

— Tu ne crois pas qu'ils vont s'inquiéter de ne pas te voir revenir ?

— Peut-être. En ce cas, ils iront voir près des poubelles et ne trouveront personne !

Je ris de mon espièglerie. Ces dernières semaines, je ne cesse de disparaître pour rejoindre Colin, sans donner aucune explication à mes parents, juste pour ne pas entendre les sempiternels « Vous allez trop vite » ou « Tu pourrais t'intéresser à autre chose qu'à ce garçon ». Parfois, je me demande s'ils savent quelque chose de l'amour. Le vrai.

Colin secoue la tête en riant. Du menton, il me montre le tapis de neige presque immaculé… en dehors de mes pas. Impossible de ne pas remarquer les empreintes qui mènent jusqu'à nous.

De concert, nous nous tournons vers la maison. De là où nous sommes, nous avons une vue imprenable sur la fenêtre du salon familial. Le mouvement de rideau ne laisse aucun doute. Quelqu'un nous a vus.

— Grillés ! murmure Colin en s'écartant un peu plus.

J'adresse un regard mauvais à la personne qui nous épie – nous obligeant à revoir nos plans licencieux. Ce n'est un secret pour personne que mon père est surprotecteur. Il faudra pourtant qu'il accepte de me voir grandir. Dans quelques mois, je quitterai Valmont pour faire mes études à Paris, et il ne pourra plus me surveiller comme il en a l'habitude.

— Il va s'en aller…

Mais à son regard sérieux, je devine que la séance de baisers s'arrête là.

— Tu ne veux pas qu'on parle de ton cadeau ?

— Oh que si !

Mais soudain je me rends compte qu'il n'a ni sac ni quoi que ce soit qui puisse contenir un présent…

— Ne me dis pas que c'est une blague ?

— Pas du tout. Tu veux un indice ?

Je hoche la tête avec énergie. Colin descend la fermeture Éclair de sa veste, sans me lâcher des yeux.

— Ici, dit-il en prenant ma main pour la poser doucement sur son cœur. Sens.

Son geste me surprend. Je fais mine de ne pas comprendre, mais il insiste en me fixant. Au bout de quelques secondes, quand ma main s'est suffisamment réchauffée au contact de son corps brûlant, je finis par sentir pulser son cœur.

Il plonge son regard dans le mien et serre ma main dans la sienne.

— Tu sais que je t'aime ?

Il m'aime.

Comme chaque fois qu'il les prononce, ces mots se glissent à l'intérieur de moi et m'arrachent le plus doux des frissons. Colin et moi sommes ensemble depuis deux ans. Déjà, avant ça, j'étais dingue de lui – sans avoir osé lui dévoiler mes sentiments.

— Tu m'offres ton cœur ? dis-je en riant.

Il acquiesce, l'air solennel.

— Est-ce que tu l'acceptes ?

— Bien sûr. Tu sais que je t'aime, moi aussi.

Ses yeux brillent. Je m'apprête à retirer ma main pour me glisser dans ses bras, chamboulée par l'émotion, quand il me retient :

— Mais d'ici quelques mois, tu seras à Paris.

Surprise qu'il aborde ce sujet maintenant, je détourne les yeux et récupère ma main. Oui, je vais partir. L'été prochain.

On s'est promis que la distance ne changerait rien à notre histoire. Pourtant, plus l'échéance approche, plus je pense renoncer à mon projet. Passer une journée sans le voir est une vraie torture alors qu'il vit à seulement à un kilomètre de chez moi. Quand je lui en ai parlé, Colin a refusé en bloc.

« Paris, c'est ce que tu as toujours voulu. Tu dois vivre tes rêves. Si tu te sacrifies pour moi, un jour tu m'en voudras. » Ces paroles, il me les a si souvent répétées que je n'ai pas osé revenir sur le sujet.

Colin sort une caméra de la poche intérieure de son blouson. Un modèle petit format flambant neuf, probablement le cadeau de Noël de ses parents.

Irritée qu'il choisisse ce moment pour filmer, je détourne le visage.

— Allez, ne fais pas la tête.

Je hausse les épaules.

Colin adore faire des vidéos de tout et n'importe quoi. Enfin, surtout de nous. Jusqu'à aujourd'hui, il filmait avec son téléphone et avait l'habitude de commenter d'un : « Tu verras, on va bien rire en regardant ces films dans quelques années. »

À présent, du bout du doigt, il m'oblige à lever le menton et à affronter son regard.

— Pas de caméra, Colin.

— D'accord. Mais je sens que tu vas le regretter.

— Tu veux parier ?

Il range son appareil et me prend les mains.

— Juliette Perrin...

Il n'ajoute rien, pour le plaisir de me voir enrager.

— Quoi ?

Je lui lance un regard noir et il éclate de rire.

— J'ai décidé de venir étudier avec toi à Paris.

Je reste une seconde interdite.

— Tu as quoi ?

Ma voix tremble. J'ai peur d'avoir mal compris.

— J'ai décidé de te suivre. Je *dois* le faire. Cette nouvelle caméra m'a donné le déclic : j'ai quelques mois devant moi pour chercher une formation en audiovisuel.

Il s'interrompt. Dans ma tête, tout explose.

Lui et moi. À Paris.

— C'est le bon moment pour nous deux, ajoute-t-il. Sans compter que maintenant que je viens de t'offrir mon cœur, je suis un peu obligé de te suivre partout. Si tu l'emportes à Paris, je vais me transformer en zombie…

Il accompagne une horrible grimace d'une sorte de râle flippant et je ris à son imitation, ivre de bonheur. Quand je parviens à me calmer, je déclare :

— Ce Noël est le plus romantique qu'on m'ait jamais offert.

Si seulement j'avais su à quel point Colin avait raison… je l'aurais laissé immortaliser ce moment.

1

Peut-être que Paris, ce n'est pas si bien

« Tu as été l'amour de ma vie, mais moi, je ne suis qu'un chapitre de la tienne. »

P.S. I love you

Six ans plus tard
Juliette

Je traverse le carrefour d'un pas rapide. Cinq minutes plus tard, je débouche sur la rue Boulanger. Je cherche le restaurant dans lequel mon amie m'attend : la brasserie de la Tuile.

Claire, de passage à la capitale, m'a assuré qu'on pouvait y manger une salade en moins de quarante-cinq minutes. J'espère qu'elle dit vrai. Une pause-déjeuner qui déborde pourrait me valoir des ennuis. Mme Dubois, la responsable de l'agence pour laquelle je travaille depuis trois semaines, est du genre tatillonne. Elle ne cesse d'adresser des remarques acerbes aux employés, tout en leur assurant que c'est ainsi qu'ils progresseront dans le métier et finiront par atteindre l'excellence. Elle est le genre de cheffe impitoyable qui fait le bonheur de sa hiérarchie, un peu moins celui des employés qu'elle manage. Mais ça, personne n'oserait l'exprimer à voix haute.

J'aperçois enfin le restaurant. Les mains frigorifiées par le froid qui sévit à Paris, je pousse la porte de l'établissement. La salle est bondée, mais je finis par repérer mon amie, assise dans un coin, encore emmitouflée dans son manteau. Elle me fait signe depuis sa table en m'adressant un sourire doux et douloureux, qui me rappelle que notre dernier moment partagé remonte à plus de quatre mois.

Chaque fois que je vois Claire, mon amie d'enfance, je sens mon cœur se réchauffer. C'est un rayon de soleil autant physiquement (avec ses cheveux blonds aujourd'hui remontés en chignon) que par son caractère (elle déborde d'un optimisme contagieux). Claire, c'est ma pause lumineuse, entre une matinée morose et un après-midi qui promet de l'être tout autant.

— Salut, dit-elle quand je m'installe en face d'elle.

— Je suis désolée d'être en retard. J'ai dû enchaîner les bus à cause des problèmes sur la ligne 11.

Claire ne s'attarde pas sur ma remarque et me scrute avec attention, tandis que je retire mon manteau.

— Comment ça va ? Je veux tout savoir.

— Ça peut aller…

Elle me fait les gros yeux et je devine qu'elle ne va pas se satisfaire de ma réponse convenue. Autant lui faire un topo complet avant de passer à quelque chose de plus intéressant : sa vie à elle.

— Je suis en mission pour une agence de communication. Je prépare les dossiers à envoyer aux clients, je gère les appels, les relances. Ah oui ! Je m'occupe aussi de faire le café de ces messieurs-dames de la direction.

Comme elle sourit à ma petite plaisanterie, je continue sur ma lancée.

— Tu vois, ça, c'est une compétence qu'on repère très vite chez moi. Chaque fois que j'arrive dans une nouvelle entreprise, on m'assigne au café. Je me demande comment ils faisaient sans moi !

Claire se penche sur la table et m'annonce, de sa voix de conspiratrice :

— Idem pour moi à la scierie. C'est une compétence rare de nos jours.

Un serveur arrive, interrompant nos éclats de rire.

— Vous avez choisi ?

Nous commandons deux salades César et un pichet d'eau d'une même voix, pressées de nous débarrasser de lui.

Quand il s'éloigne, Claire pose sa main sur la mienne.

— T'en as pas assez de travailler en intérim ?

Nous avons déjà eu cette conversation à maintes reprises. Claire ne comprend pas mon mode de vie. Pour elle, je devrais songer à me stabiliser. Sauf que je n'en éprouve pas le besoin. Ni l'envie. À quoi bon ?

— Pas encore. Changer d'entreprise tous les deux mois a un avantage. Impossible de m'encroûter !

Je joue celle qui n'a besoin d'aucune attache. La fille indépendante qui ne jure que par le moment présent. Mon rôle de prédilection depuis six ans.

— Mais tu ne crées aucun lien.

— Ne t'inquiète pas pour ça, dis-je en m'efforçant de sourire. Mes journées sont déjà bien remplies. Et franchement, je m'épargne toutes ces histoires de bureau complètement dingues que tu me racontes.

Claire travaille pour la scierie de Valmont, mon village d'enfance. L'entreprise compte seulement dix employés, mais les anecdotes qu'elle me rapporte sont dignes de la série Dallas.

— Et avec Julien ? me demande-t-elle en jouant avec sa serviette.

Elle sait parfaitement que nous avons rompu il y a deux mois. Pourtant, elle persiste à croire qu'une étincelle pourrait ranimer le feu de notre relation. Ça serait possible… s'il y avait eu quelques braises ! Sortir avec Julien était agréable mais ce n'était pas suffisant pour m'engager avec lui.

— On a décidé de rester amis et, aux dernières nouvelles, ça n'a pas changé.

Elle soupire. Claire suit de près l'évolution de ma vie sentimentale. Je la soupçonne de s'être donné pour objectif de me caser dans le courant des deux prochaines années.

Mon téléphone, toujours à proximité pour contrôler l'heure, vibre sur la table. J'ai reçu un message.

Je m'empresse d'en prendre connaissance pour me soustraire à l'interrogatoire de Claire.

> Bonjour, ma chérie, je sais que tu es bien occupée, mais Noël approche. Avec ton père, on serait ravis que tu prennes des congés et que tu passes quelques jours avec nous. Tu nous manques.

Je fronce les sourcils. Même si, au fond, je ne suis pas surprise de recevoir cette invitation. Chaque année, mes parents espèrent profiter plus longtemps de ma présence, la journée du 25. Mais c'est sans compter sur mon entêtement. Je refuse de séjourner plus d'une demi-journée à Valmont, prétextant un emploi du temps surchargé par une vie sociale imaginaire. La nouvelle Juliette autonome et détachée est aussi une jeune femme surbookée du 1er janvier au 31 décembre.

S'ils savaient à quel point tout est faux.

De l'autre côté de la table, Claire s'étire de tout son long pour essayer de lire le message.

— On dirait bien que tu as oublié de m'annoncer quelque chose !

Son sourire taquin me laisse supposer qu'elle s'attend à une révélation concernant ma vie amoureuse. Elle risque d'être déçue.

— C'est ma mère, dis-je, consciente de doucher son enthousiasme. Elle me demande de passer quelques jours avec eux.

— Et tu vas décliner..., soupire-t-elle. Tu ne crois pas que tu devrais au moins y réfléchir ? Ça leur ferait vraiment plaisir de t'avoir avec eux plus de quelques heures. Chaque fois que tu nous fais l'honneur de passer à Valmont, c'est en coup de vent.

— Avec le travail, c'est impossible de m'attarder.

Claire m'adresse un regard navré. Elle est la seule que la nouvelle Juliette n'arrive pas à embobiner.

— Donc, tu vas passer ta vie à fuir Valmont comme la peste...

Je sais. C'est ridicule. Colin et moi sommes séparés depuis six ans. Je devrais être capable de passer au village sans craindre de tomber sur lui. Ou plutôt : je devrais être capable de passer au village et d'accepter de tomber sur lui.

— Je n'en sais rien.

— « On ne dit jamais rien pour rien, ça veut toujours dire quelque chose. »

Je reconnais une réplique du film *PS : I love you*. L'ancienne Juliette adorait ce genre de citations. La nouvelle déteste ça.

— Désolée, j'ai arrêté les films romantiques.

— Ouais. Si je résume, t'as arrêté les choses qui te faisaient du bien. Donc ça, et passer voir ta famille, même à Noël.

— J'y réfléchirai, dis-je pour ne pas me montrer obtuse.

Claire affiche un regard déçu, elle sait que j'ai l'intention de refuser. Dès qu'elle sera dans son train en partance pour l'Angleterre, j'inventerai une nouvelle excuse pour écourter mon séjour « fêtes de fin d'année ».

Nos salades arrivent, me donnant le prétexte idéal pour changer de sujet de discussion. Et durant la demi-heure suivante, j'écoute Claire me parler, les yeux brillants, de son futur séjour romantique de trois semaines à Londres. Dans quelques heures, elle sera dans les bras de son amoureux.

Claire a rencontré Douglas alors qu'il passait une semaine de congés dans les Alpes pour découvrir le domaine skiable. Ils se sont percutés sur une piste rouge et sont allés boire un chocolat chaud dans la foulée. Un rendez-vous en a entraîné un autre. À la fin de la semaine, ils n'ont pas pu reléguer leur idylle au rang des coups de cœur éphémères. Entre eux, ils ont senti naître ce petit plus qui donne envie de soulever des montagnes. Dans leur cas, qui donne envie de considérer les mille trois cents kilomètres entre leurs deux mondes comme un détail insignifiant.

Malgré la distance, leur relation fonctionne bien. Claire passe tous ses congés en Angleterre. En retour, Doug passe les siens en France, de sorte qu'ils ne restent jamais plus de trois ou quatre mois sans se voir. Quand Claire passe par la capitale pour prendre son Eurostar et le rejoindre, nous essayons systématiquement de déjeuner ensemble.

Notre repas terminé, je la raccompagne à la ligne 4. Les au revoir sont toujours déchirants, car j'ai beau prétendre que mon mode de vie me convient parfaitement, certaines soirées solitaires – en particulier en décembre – sont plus difficiles que d'autres. Cette période est chargée de souvenirs douloureux qui refont surface, malgré les années écoulées.

— Amuse-toi bien, lui glissé-je à l'oreille en l'embrassant.

Claire me rend mon étreinte puis m'adresse un regard triste.

— Tu as une petite mine. Tu devrais consulter, au moins pour te faire prescrire des vitamines.

Je le lui promets et ne cherche pas à nier l'évidence. Il faut dire que le miroir de ma salle de bains ne se gêne pas pour souligner mes traits fatigués. À l'approche de Noël, je dors moins bien. Cette année bat tous les records. Je comptabilise à peine quatre heures de sommeil par nuit depuis près de trois semaines.

Ma rupture avec Colin plane encore comme une ombre sur les fêtes de fin d'année. À croire que le temps ne semble pas si pressé de le faire sortir de mon existence.

Claire disparaît dans la bouche de métro non sans m'avoir arraché la promesse que notre prochain rendez-vous sera à Valmont. Je la laisse filer à regret, tout en contrôlant l'heure sur mon téléphone.

Vingt minutes plus tard, je suis de retour à l'agence, le souffle court d'avoir trottiné sans relâche. Quand je m'assieds derrière mon bureau, le verdict tombe : j'ai dix minutes de retard, ce que Mme Dubois ne manque pas de me faire remarquer.

Deux jours plus tard, je décide de suivre les conseils de Claire.

Jusqu'à 8 h 18, heure à laquelle je suis entrée dans son cabinet, je pensais que le docteur Thomas était un médecin compréhensif. Sauf qu'à la place de somnifères et de vitamines, il me prescrit une semaine d'arrêt de travail tout en récitant le vieil adage : « Qui veut aller loin ménage sa monture. »

Son discours sur les conséquences d'un surmenage passager me met sérieusement en retard. Quand j'arrive à l'agence, je jette mon arrêt à la poubelle. Ce n'est pas le moment de faire une pause ! Tout ce que je veux, c'est occuper mes journées jusqu'en février pour que cette période de l'année que je déteste soit enfin derrière moi.

En allumant mon ordinateur, je trouve un post-it collé sur le téléphone, derrière la réception.

Rendez-vous dans mon bureau dès votre arrivée.
Constance

Surprise par la demande de Mme Dubois, je regarde l'heure. Il est 9 h 25. Théoriquement, je commence à 9 heures.

Merci, Dr Thomas ! En guise de ménagement, je vais passer un sale quart d'heure.

Tout en jetant mon manteau sur ma chaise, je repense à la salle d'attente bondée du médecin et me fustige pour avoir cru que je pourrais me rendre à une consultation et arriver dans les temps à l'agence.

J'attrape mon bloc-notes et me dirige vers le bureau de ma responsable. Comme sa porte est entrouverte, je me présente sur le seuil, lissant mon pantalon du plat de la main.

— Madame Dubois ?

Elle est au téléphone. Je lève la main pour frapper sur le battant et m'annoncer mais sa mine pincée, celle des mauvais jours, me dissuade de la couper. Elle s'exprime sur un ton contrarié tout en feuilletant une pile de dossiers posés sur son sous-main.

— C'est la première fois que j'ai à me plaindre des employés que vous envoyez ici. Votre agence me déçoit beaucoup.

Elle lâche ses documents et lève les yeux vers moi. Je me raidis à l'idée d'être le sujet de sa conversation.

Ne sois pas parano, Juliette. C'est juste un minuscule retard...

— Elle est ici justement... en retard, comme je vous l'ai dit... Non, c'est inutile, je pense que nous allons étudier les candidatures d'une autre agence... Bien, je lui transmets.

Bien sûr, elle parle de moi. Dès qu'elle raccroche, je m'empresse de m'excuser, dans l'espoir de tout arranger.

— Je suis vraiment désolée, ça ne se reproduira plus.

Mme Dubois regarde l'heure sur l'horloge suspendue au mur. Lunettes rondes en équilibre sur le nez, des cheveux coupés en un carré strict, vêtue d'un tailleur noir, elle respire l'autorité naturelle... et l'absence d'empathie.

— Mademoiselle Perrin, dit-elle en soupirant, votre second retard cette semaine s'ajoute à la liste des griefs que j'ai transmis à votre référent intérimaire. Prenez place.

Elle me désigne une chaise. La gorge nouée et les mains moites, je m'installe en face d'elle. D'une voix solennelle, elle fait la liste des oublis dans plusieurs dossiers dont j'avais la charge et qui valide la théorie du docteur Thomas.

Je crains d'avoir sous-estimé mon état de fatigue de ces derniers jours.

— Je suis vraiment désolée, répété-je.

Devant le visage fermé de ma responsable, j'ajoute :

— Je resterai plus tard ce soir pour corriger mes erreurs.

Mme Dubois quitte ses lunettes et se masse l'arête du nez, un signe de lassitude inédit. Je devine que c'est mauvais signe.

— Je regrette, mais c'est trop tard. Je m'en suis chargée moi-même. Comprenez-moi bien, Juliette, si nous avons recours à des intérimaires, c'est pour nous soulager, pas pour nous donner davantage de travail. J'avais bien insisté sur ce point.

— Je sais... Je vais faire des efforts.

— Notre décision est prise. Nous avons préparé tous les documents tôt ce matin. Je vous laisse passer au bureau de la RH et récupérer vos affaires.

Le choc de son annonce me laisse sans voix. Mme Dubois, visiblement plus à l'aise que moi dans ce genre de manœuvre, se lève pour me raccompagner à la porte.

Trop honteuse pour oser demander une dernière chance, je la rejoins sur le seuil.

— Votre référent a demandé à ce que vous l'appeliez directement en sortant d'ici. Bonne continuation, me dit-elle en me montrant le couloir.

Sonnée par la rapidité de mon renvoi, je récupère mon attestation de fin de mission et ma rupture de contrat, puis je quitte le bureau. Dès que j'ai franchi la porte de l'immeuble, j'appelle l'agence d'intérim. Ce n'est pas le moment de me retrouver sans rien.

Pendant que le téléphone sonne, je me répète des mots rassurants.

Allez, Juliette, ce n'est rien du tout. Juste un minuscule incident de parcours. D'ici un jour ou deux, tu seras à l'autre bout de Paris, derrière le comptoir d'accueil d'une autre entreprise à faire le café pour des cadres tyranniques.

Quand il décroche, Mickaël, mon référent, ne mâche pas ses mots. Il me fait part de sa surprise devant l'appel de Mme Dubois et me demande si je réalise l'impact que ce genre de plainte peut avoir sur son agence et accessoirement sur mon dossier.

— Nous garantissons un travail impeccable.

— Je sais, dis-je, la boule au ventre.

Pour me justifier, je lui parle du surmenage passager, reprenant les mots du docteur Thomas. Je m'apprête à m'excuser pour la énième fois depuis ce matin, mais Mickaël me prend de court.

— Nous sommes d'accord, le mieux est donc que vous preniez un peu de temps pour vous reposer.

— Non, non... ce n'est pas ce que je voulais dire. Je peux assumer une nouvelle mission.

— Je regrette, dit-il avant de raccrocher, je n'ai rien à vous proposer.

Le soir, quand ma mère m'appelle, s'inquiétant de n'avoir pas reçu de réponse à son SMS envoyé en début de semaine, j'ai du mal à lui cacher les mauvaises nouvelles.

— Tu as perdu ton travail ? répète-t-elle d'une voix préoccupée.

Je lui explique les erreurs et les retards qui m'ont été reprochés.

— Mais c'était juste une mission, dis-je pour la rassurer. Je vais me faire un peu oublier. Je retrouverai quelque chose dans les prochaines semaines.

Voire dans un mois, laps de temps nécessaire pour permettre à Mickaël de digérer la réprimande de Mme Dubois. Ma mère saisit l'information au vol.

— Dans quelques semaines ?

Sa proposition de passer quelques jours en famille me revient soudain en tête. Et avant que j'aie eu le temps de trouver une excuse valable, elle annonce :

— Finalement, ce n'est pas une mauvaise nouvelle. Tu vas pouvoir venir passer un peu de temps avec nous !

— Ce n'est pas ce que...

— Ah non ! me coupe-t-elle d'un ton sans appel. Cette fois, tu ne peux pas refuser. En plus, ta grand-mère sera à la maison, c'est l'occasion d'être ensemble.

Sa proposition ne m'enchante pas. Mais passer les prochaines semaines enfermée dans mon studio, sans rien pour m'occuper l'esprit, n'est pas une meilleure option.

Ma discussion avec Claire me revient en tête : « Donc, tu vas passer ta vie à fuir Valmont comme la peste. »

Elle a raison. Ça fait six ans. Il est temps que je passe enfin à autre chose.

— C'est d'accord, je viens.

2

Revenir à Valmont, la mort dans l'âme

« Parfois les gens ne comprennent pas les promesses qu'ils font au moment où ils les font. »

Nos étoiles contraires

Une semaine plus tard
Vendredi 3 décembre
Juliette

Évidemment, prendre une décision – comme de passer les fêtes avec ses parents – quand on vient de perdre son travail est la pire des choses à faire.

Après avoir mis de l'ordre dans mes papiers, j'ai contacté Mickaël dans l'espoir absurde de me voir attribuer une mission de dernière minute. Ou plutôt de la dernière chance. Sa réponse laconique : « Je n'ai rien qui vous corresponde », m'a indiqué qu'il n'était pas encore prêt à passer l'éponge sur mon petit dérapage.

Déçue de ne pas pouvoir prétexter une expérience professionnelle aussi immanquable que soudaine, j'ai dû me résoudre à prendre le train pour Lyon, puis pour Albertville.

À mon arrivée, mes parents m'attendent sur le quai, tout sourire.

— Tu vas voir, me prédit ma mère en m'embrassant, on va passer de super vacances ensemble.

Mon père confirme d'un hochement de tête et, tandis qu'ils m'accompagnent à leur voiture, me serrant de près comme si je pouvais encore leur échapper, je renonce à leur faire remarquer qu'il s'agit d'une période de chômage et non de congés, car la Juliette que je prétends être depuis six ans n'est ni rabat-joie ni cynique.

Durant le trajet pour rejoindre Valmont, ma mère fait un point concernant l'organisation de la maison.

— Nous avons installé ta grand-mère dans la chambre d'amis après son opération de la hanche. J'ai pensé que tu pourrais reprendre la tienne.

Ma chambre. Les neuf mètres carrés de mon adolescence. Savoir que je vais dormir dans ce petit lit, entourée des vieux posters de films romantiques accrochés au mur, me donne le coup de grâce.

— Je te préviens, entre mon travail et le concours de Noël auquel ta grand-mère a inscrit le village, continue ma mère, je n'ai pas eu le temps de faire du rangement. Il doit rester quelques cartons de décoration pour le sapin. On pourra les descendre au salon...

Ces dernières années, mes parents ont utilisé ma chambre pour y remiser le linge de maison et tout ce qui ne trouvait pas sa place ailleurs. Je me suis bien gardée de dire quoi que ce soit. Le nombre de mes visites annuelles, culminant à deux les meilleures années, ne me permettait pas d'avoir une quelconque exigence.

Mon père cherche mon regard dans le rétroviseur. Quand ses yeux croisent les miens, je sais qu'il y lit tout le désarroi que j'éprouve à l'idée de retrouver ma chambre de jeune fille.

— Sinon il y a le petit chalet, tente-t-il.

La lueur d'espoir que sa proposition fait naître me donne un regain d'énergie. Je me redresse sur la banquette arrière pour mieux suivre la conversation.

— Non, non…, balaye ma mère d'un revers de main. Je n'y ai pas mis les pieds depuis l'été dernier ! Il doit y faire un froid de canard. Je pensais prendre le temps de bien nettoyer et de chauffer, et le laisser à Gabriel. Il devrait arriver dans la matinée du 25.

Gabriel est mon frère. Il vit en Belgique avec sa femme et ses deux enfants. Comme il est le seul à rester dormir dans la maison familiale quand il est de passage, il a le privilège de loger au petit chalet.

— C'est dommage de le laisser inoccupé en attendant et ce sera vite rangé, insiste mon père. Je peux m'occuper de rallumer le poêle en arrivant, et je suis sûr que Juliette peut se charger du nettoyage.

Je m'empresse de réagir :

— Bonne idée ! J'adore le petit chalet. Aucun problème pour le ménage.

Ma mère réfléchit un instant et, peut-être parce que c'est la première fois qu'elle me voit aussi emballée par quelque chose qui ne soit pas mon retour à Paris, elle finit par accepter.

— Mais seulement si tu prends les repas avec nous.

Elle se tourne et plante ses yeux dans les miens pour sceller notre accord. En tant qu'infirmière, ma mère est intraitable quand il s'agit des repas. Elle ne cesse de s'inquiéter des kilos que j'ai perdus ces dernières années, comme s'ils pouvaient signifier que je ne vais pas aussi bien que je le prétends.

En début d'après-midi, après le premier déjeuner en famille, j'emporte ma valise dans le chalet situé au fond du terrain qui entoure la maison de mes parents. C'est mon père qui a eu l'idée de construire cette dépendance. Au début, c'était juste un abri supplémentaire pour les outils et le mobilier de jardin. Avec le temps, et sa passion pour le bricolage, il l'a transformé en un véritable petit nid douillet.

La surface est modeste, mais il y a tout ce qu'il faut pour une personne : environ quinze mètres carrés, des murs tapissés de lambris, un plancher en bois doux, un poêle pour le chauffage et un lit deux places recouvert de plusieurs couvertures en laine marron clair. Au fond, il y a même une salle de bains rudimentaire, composée d'une douche, d'un lavabo et de toilettes.

Mon père vient me rendre visite.

— Ta mère m'envoie vérifier que tu es bien installée.

— Tu veux dire qu'elle te demande de passer voir si je n'ai pas fugué en douce, dis-je en le laissant entrer.

— C'est peut-être quelque chose comme ça.

Il quitte son bonnet et scrute la pièce à la recherche d'un détail qui pourrait améliorer mon confort.

— C'est parfait, papa. Ici, il y a tout ce qu'il faut, le calme en plus.

Des draps propres, un bon coup d'aspirateur après avoir nettoyé la salle de bains et tout sera en ordre.

Mon père se tourne vers moi, l'air préoccupé.

— Est-ce que tout va bien à Paris, je veux dire… dans ta vie privée ?

Ses poings se resserrent instantanément. Sa réaction pourrait passer inaperçue si je ne le connaissais pas si bien. Le côté surprotecteur de mon père s'est accentué durant mon histoire avec Colin, comme s'il avait un sixième sens, devinant avant moi combien j'allais souffrir.

Colin. Celui que j'ai hissé au rang de grand amour et qui m'a brisé le cœur le jour où il a rompu. Celui qui a jeté un voile gris sur mon existence quand il a décidé de ne plus en faire partie.

— Tout va bien, dis-je en affichant un sourire convaincant. Rien à signaler du côté de ma vie sentimentale. Je suis juste déçue d'avoir perdu mon travail. Allez… va annoncer à maman que sa fille est parfaitement installée.

Mon père sourit, un peu rassuré de savoir qu'il n'aura pas à jouer les gros bras avec un petit-ami indélicat.

— OK, je te laisse défaire ta valise. On mange à 19 heures. Ta grand-mère sera de retour de sa réunion du comité des fêtes.

La perspective de voir Jacqueline me réchauffe le cœur. Elle et moi avons toujours été complices. Je l'imagine déjà, armée de ses répliques sarcastiques, prête à « me secouer les puces », suivant son expression.

— Je serai là.

Il rouvre la porte, laissant entrer un courant d'air glacial, et emprunte le chemin menant à la maison. Dès que je suis de nouveau seule, je m'empresse de ranger mes vêtements sur les étagères. J'ai besoin de m'occuper l'esprit pour ne pas avoir à penser à lui.

Colin.

Pour la première fois en six ans, nous allons évoluer dans un périmètre restreint, plusieurs jours d'affilée.

Et j'ignore encore si je suis prête à croiser sa route.

En fin d'après-midi, les cheveux propres, vêtue d'une tenue chaude et confortable, je pousse la porte de la maison familiale, celle de derrière, que mon père a pris soin de laisser ouverte. Une bouffée d'air chaud, chargée d'effluves de pain d'épices, m'emplit les poumons. L'odeur de miel et de caramel m'arrache un sourire nostalgique et mon estomac se met à gargouiller.

J'enlève la veste en laine que j'ai enfilée pour passer du chalet à la maison et la suspends au portemanteau, au bas de l'escalier. Puis je monte ces marches que j'ai gravies des milliers de fois. Dans la cuisine, comme le laissait supposer l'odeur de cuisson, je trouve ma grand-mère occupée à détacher d'une plaque une série de petits bonshommes tout juste sortis du four.

— Salut, dis-je en entrant.

— Te voilà enfin ! répond-elle sans quitter des yeux sa colonie de personnages à la peau dorée. J'étais justement en train de me demander si tu comptais rester terrée dans ton abri au fond du jardin.

Toujours aussi perspicace.

— J'y ai pensé, figure-toi. Mais si je peux avoir un de ces gâteaux, j'envisagerai de revoir mes plans.

Cette fois, elle m'adresse ce sourire qui en dit long. Elle me sait incapable de résister à ses gâteaux de Noël.

— Marché conclu ! Va pour un bonhomme en pain d'épices.

Jacqueline, que j'ai pris l'habitude d'appeler « Jacky », ouvre le placard de la cuisine et prend une assiette. Elle y dépose avec précaution l'un des bonshommes encore tièdes. Puis, avec sa poche à douille, elle lui dessine deux yeux et un sourire. Elle parfait l'ensemble avec un nez et des cheveux avant de pousser l'assiette dans ma direction. Impatiente de goûter, j'enfourne la moitié du gâteau en une seule bouchée.

— Hum... toujours aussi délicieux.

— Tu trouves ? J'ai mis un peu plus de miel que d'habitude et moins de sucre.

— Ils sont parfaits ! dis-je, la bouche pleine.

Quand la gourmande que je suis a fini, je me lève et me dirige vers le plan de travail pour me servir un verre d'eau.

— Je vais demander à Susanne de passer pour qu'elle les goûte, continue ma grand-mère. Cette année, on voudrait organiser un atelier de confection de gâteaux avec les enfants du village dans la boulangerie de son petit-fils.

Autrement dit, dans la boulangerie de Colin... Je prends garde de rester de dos pour qu'elle ne voie pas ma réaction. Ma grand-mère a toujours soutenu que je vivais mal ma rupture avec lui. Ce que j'ai nié en bloc, en répétant des « cette vieille histoire, tu rigoles ? » à qui voulait l'entendre, trop fière pour admettre que j'avais le cœur brisé. Claire est la seule qui sait combien j'ai souffert d'avoir été éjectée de la vie de Colin. Sans préavis, sans possibilité de faire appel.

— Bonne idée, dis-je. Susanne va les adorer.

Je plaque un sourire de façade sur mon visage et je me tourne, mon verre en main. Ma grand-mère m'observe, se désintéressant de ses gâteaux. Si je ne trouve pas très vite de quoi alimenter notre discussion, elle va me questionner à propos de cette amourette qui n'a pas du tout détruit ma vie. Elle voudra savoir comment je me sens à la perspective de recroiser Colin à Valmont tout en me comportant comme une jeune femme civilisée et… parfaitement indifférente.

— Maman m'a parlé d'un concours de Noël, je veux tout savoir !

Son regard s'éclaire.

Bingo !

— Cette année, le comité a pris la décision d'inscrire Valmont au concours du plus beau village de Noël de France. Les organisateurs prévoient de venir filmer quelques animations. Un reportage sera diffusé sur la Une.

— La Une ? Je ne savais pas, dis-je, amusée par le soupçon de fierté dans sa voix.

— Ça fait des semaines que nous travaillons dessus, sans relâche. Nous avons besoin de toutes les bonnes volontés. Et puisque tu vas passer les prochaines semaines avec nous, j'ai pensé que tu pourrais nous donner un petit coup de main. Il reste quelques détails à peaufiner.

Vite : trouver une excuse valable pour me défiler.

J'ai tout sauf envie de me retrouver au contact de l'intégralité des habitants de Valmont. J'imagine déjà leurs questions, plus embarrassantes les unes que les autres : « *Et ton travail ?* Je suis au chômage. *Et les amours ?* Oh ! rien de significatif depuis que Colin m'a brisé le cœur. » Non merci.

— C'est gentil, mais je ne peux pas vous aider, Jacky.

— Mais tu adores Noël ! riposte-t-elle.

J'adorais Noël. Jusqu'à ce que je me fasse plaquer par le garçon qui m'avait offert son cœur ce jour-là. Je me rappelle avoir trouvé son geste follement romantique, avant de réaliser qu'ainsi, il avait marqué cette fête à jamais. Noël n'est *pas* romantique, c'est juste un passage douloureux avant le nouvel an et ses bonnes résolutions. La mienne ? Ne jamais accorder sa confiance à un homme quel qu'il soit.

— Désolée, mais je compte profiter de mon temps libre pour chercher un nouveau travail.

Jacky fronce les sourcils, contrariée par mon entêtement.

Un vrombissement nous tire de notre conversation.

Pile au bon moment !

Nous nous approchons de la fenêtre juste à temps pour apercevoir la voiture de mes parents remonter l'allée.

— Les voilà !

Ma grand-mère feint de ne pas trouver mon élan d'enthousiasme suspect et jette un œil à l'horloge.

— Ils sont allés chercher du sel pour la cour. Il ne devrait pas tarder à neiger.

Je ne nie pas, son flair est redoutable. Chaque année, après une séance d'observation de la forêt aux allures de méditation ésotérique, elle parvient à deviner si la neige sera abondante ou non.

Elle quitte son tablier et s'avance vers la porte de la cuisine. Je pose mon verre dans l'évier et la suis jusque dans l'entrée. Nous enfilons rapidement un manteau avant de sortir.

Devant le coffre ouvert, mon père décharge plusieurs gros sacs remplis de sel.

— Je peux t'aider ?

Il décline d'un mouvement de tête.

— Ta mère a d'autres projets pour toi.

Elle apparaît derrière la porte du garage.

— Ils ont enfin accroché les illuminations au village ! J'ai pensé qu'on pourrait aller boire un chocolat chaud chez Liliane et les regarder s'éclairer, comme on le faisait autrefois.

Je me rappelle ces moments-là. Juste elle et moi, le nez collé à la vitre du café-restaurant pour regarder la place scintiller de mille feux. Je n'ai jamais osé lui avouer que, adolescente, je l'accompagnais uniquement pour bénéficier de la vue imprenable… sur la boulangerie. Parce que, à cette époque, j'aurais donné n'importe quoi dans l'espoir d'apercevoir Colin. Ce rituel a cessé quand j'ai quitté Valmont.

— Alors ? dit ma mère, interrompant mes pensées.

Je regarde ma montre. Il est 16 h30. D'ici une heure, la nuit sera déjà sur le point de tomber. Avec mon bonnet sur la tête, je pourrai facilement passer inaperçue. Et de toute évidence, je dois faire quelques efforts, au risque de relancer cette vieille conversation sur ma ruine sentimentale.

— D'accord, je viens.

Après tout, à cette heure, les chances de le croiser sont infimes.

Un quart d'heure plus tard, ma mère se gare sur la place, près de la mairie. En refermant ma portière, je prends soin de tourner le dos à la boulangerie. La bise du début du mois de décembre me donne le prétexte idéal pour rabattre ma capuche sur mon bonnet et me rendre méconnaissable pour qui poserait les yeux sur ma silhouette.

En entrant dans le café-restaurant, le Central, ma mère pointe du doigt notre table. Malgré l'affluence de la fin d'après-midi du vendredi, elle est restée libre.

— Tu as téléphoné à Liliane ?

— Tu la connais, répond-elle en quittant son blouson. Elle ne peut rien refuser à ses habitués. Je vais commander nos chocolats.

Pendant que ma mère rejoint le comptoir, je jette un coup d'œil rapide aux autres tables. Je reconnais les Pelletier et les Vaubert, des habitants de notre hameau. D'autres visages me sont familiers et me renvoient avec nostalgie à mes plus jeunes années, quand tout paraissait plus simple. Quand il n'y avait à gérer ni cheffes caractérielles ni relations peu convaincantes.

— C'est commandé, dit ma mère en revenant à table. Alors, ta grand-mère t'a parlé du concours de Noël ?

— Elle a même essayé de m'embaucher... Tu sais d'où lui vient cette idée ?

— Oui : Jacky et Susanne déploraient le manque de participation des habitants aux animations de Noël de l'année dernière. Elles ont estimé que les traditions étaient en péril.

— Vraiment ? Dans mes souvenirs, les gens se bousculaient pour venir au marché de Noël.

— Ce n'est plus vrai, malheureusement. Les gens s'intéressent moins à tout ça. Ils n'ont plus le temps, mais peut-être que, cette année, ce sera différent. Tout le monde ne parle que de ce concours.

Liliane se présente à notre table, son plateau à la main. Deux énormes tasses de chocolat chaud surmonté de chantilly y sont disposées. De quoi faire taire n'importe quelle conversation.

— Chantilly maison aux marrons, annonce la gérante en guise d'introduction. Je la sers uniquement à mes clients préférés.

Je la soupçonne de mentir, mais je me garde bien d'en faire la remarque, trop occupée à savourer d'avance mon goûter.

— Toujours aussi gourmande ? me demande-t-elle en m'adressant un clin d'œil.

— En même temps, Liliane, qui pourrait résister à ça ?

Je plonge ma cuillère dans la chantilly : elle est tellement ferme que j'ai l'impression de couper un cheese-cake.

— Ta mère m'a laissé entendre que tu passais les fêtes à Valmont. N'hésite pas à venir ici, il y aura toujours une tasse de chocolat pour toi.

Je m'apprête à lui avouer que je serais prête à faire le trajet à pied depuis la maison de mes parents pour déguster ses délices, quand la porte d'entrée s'ouvre dans mon dos. Liliane se tourne vers le nouveau client qu'elle salue d'un geste de la main.

— C'est la commande de pain. Je reviendrai vous voir dans un moment pour discuter. C'est calme, ce soir…

Déroutée par ce que « la commande de pain » peut impliquer, je sonde ma mère du regard. Ses yeux fixent la personne qui vient d'entrer avec une telle insistance que je n'ai aucun doute sur son identité.

Colin est là, à quelques mètres de moi.

Dire que je suis arrivée il y a moins d'une journée… Compter sur les probabilités minimes de le croiser ce soir n'était pas une si bonne idée. Ne me reste plus qu'à espérer qu'il n'ait pas le culot de venir à notre table.

3

Le jour où ce que je n'attendais plus finit par arriver

« Embrasse-moi. Embrasse-moi comme si c'était la dernière fois. »

Casablanca

Colin

Elle est là.

Ce n'était donc pas qu'une rumeur... Plusieurs fois, cette semaine, j'ai entendu des clients de la boulangerie évoquer son possible retour entre le dernier bulletin météo et les animations de Noël, sur le point de débuter. La première fois, j'ai pensé avoir mal compris. Peut-être même que j'ai *voulu* mal comprendre. Mais je dois me rendre à l'évidence, Juliette est de retour à Valmont. Tôt ou tard, j'allais finir par croiser sa route.

Je m'avance vers le bar, prenant soin de ne pas me tourner dans sa direction. Elle et moi ne nous sommes pas revus une seule fois durant ces six dernières années.

Pourtant, je sais qu'elle a rendu visite à sa famille à plusieurs reprises. J'en ai déduit qu'elle avait soigneusement évité le centre-ville.

Pour ne pas te voir.

C'est limpide.

Liliane passe derrière le comptoir et prend son carnet afin de me transmettre sa commande pour le week-end et la semaine prochaine. Pendant la haute saison, nous avons pris l'habitude de nous parler le vendredi en fin d'après-midi pour rajuster les quantités de pain à livrer.

— Je te sers quelque chose ?

Liliane s'installe sur un tabouret en face de moi et enfile ses lunettes pour déchiffrer les annotations griffonnées sur son calepin.

— Non merci.

Surprise par ma réponse, elle interrompt sa lecture. C'est la première fois que je refuse un verre. D'habitude, je profite de mon passage ici pour m'accorder une pause bien méritée et discuter avec les clients de son café-restaurant, qui sont aussi ceux de la boulangerie. Dans ce village, tout le monde se connaît et fréquente la poignée d'enseignes ouvertes à l'année.

— Tout va bien ? s'inquiète-t-elle.

— Je passe seulement en coup de vent, on m'attend à la boulangerie.

Ce n'est ni vrai ni faux. J'ai bien un rendez-vous, mais il est prévu dans une demi-heure. Liliane m'adresse un regard interrogateur.

— Un rendez-vous galant, peut-être ?

— Si ta commande n'est pas prête, éludé-je, je peux revenir demain.

Les yeux de Liliane se détournent pour aller se fixer à quelques mètres derrière moi. Pas la peine d'être devin pour savoir qu'il s'agit de la table où sont assises Juliette et Anne, sa mère.

— Je vois. Tu l'as repérée.

Elle ne précise pas de qui elle parle, c'est inutile. Son ton taquin m'a mis sur la voie.

— Je devrais partir.

— Tu devrais surtout aller la voir, joli cœur.

— Liliane... Si je m'approche de sa table, elle va m'envoyer sa tasse à la figue. Et je préférerais éviter de me donner en spectacle.

Elle soupire tout en secouant la tête.

— Vous êtes d'un compliqué ! Crois-moi, d'après ce que je sais, elle a d'autres chats à fouetter.

Sa remarque m'interpelle. Je dois repousser la furieuse envie de la questionner. Qu'est-ce qui peut bien se cacher derrière ce « Elle a d'autres chats à fouetter... » ? Des problèmes au travail ou... un petit copain à présenter ? À cette pensée, mes muscles se tendent. L'irritation m'empêche d'être rationnel. Je m'imagine mal me pointer à sa table et l'entendre parler d'un roméo prêt à débarquer en ville dans les jours prochains.

— Ça fait combien de temps maintenant ? poursuit-elle.

— Bientôt six ans.

— On peut imaginer que vous êtes passés à autre chose et capables de rester dans une même pièce sans que les objets volent, non ?

— En théorie, oui.

— Alors, va lui dire bonjour. Ce serait bien de briser la glace entre vous. Elle n'est là que pour les fêtes.

Liliane se trompe, c'est tout sauf le bon moment pour vérifier si nous sommes capables de nous parler de manière civilisée.

— Une autre fois. Je dois vraiment y aller. Je repasserai plus tard ou demain en début d'après-midi.

Sans lui laisser le temps de riposter, je quitte son café-restaurant. L'esprit embrouillé, je traverse la grande place balayée par la brise hivernale et tente de me remettre les idées en place.

Juliette est *ici*.

Tandis que je franchis les derniers mètres qui me séparent de la boulangerie, des images d'elle envahissent mon cerveau. Son regard rêveur, sa douceur, sa manière de pencher la tête quand elle voulait me demander quelque chose. Un sourire me monte aux lèvres. Ça semble si loin et si proche en même temps…

Plongé dans de vieux souvenirs, j'entre dans ma boutique.

— Monsieur Colin Guillaud ?

Un homme, vêtu d'un costume et d'un manteau noirs, se tient à côté de mon agent immobilier.

— C'est bien moi.

Je salue Hervé Tavernier que j'ai mandaté pour m'accompagner dans la vente de mon commerce et me tourne vers l'homme qui l'accompagne.

— Et je suppose que vous êtes monsieur Perret ?

Il m'offre une poignée de main ferme.

— C'est exact. Je suis en avance, j'espère que ça ne vous dérange pas.

De manière furtive, j'adresse un regard à Susanne, ma grand-mère, qui m'aide à tenir la boulangerie de temps à autre. Elle acquiesce pour signifier qu'elle s'occupera des clients pendant notre rendez-vous.

— Aucun problème. On va aller dans mon bureau.

Durant l'heure qui suit, je présente tout ce que je sais du commerce que j'ai hérité de mes parents. Le fonctionnement du four et de la machine à pétrir, nos comptes chez nos fournisseurs. Notre choix de pains traditionnels et spéciaux, et les attentes des clients du village quant aux horaires d'ouverture.

M. Perret prend des notes, très attentif à mes propos. Quand j'ai fini, il tire de son attaché-case une pochette et me tend la liasse de documents qu'elle contient.

— C'est le concept de ma chaîne de boulangeries. M. Tavernier m'a dit que vous vouliez le voir avant de prendre votre décision.

Hervé m'adresse un sourire encourageant.

— Le projet de M. Perret est prometteur.

Désireux de me faire ma propre opinion, je parcours le document. Sur la deuxième page, au centre, je trouve le visuel de la nouvelle boulangerie. Malgré moi, l'émotion me gagne. Les tons bleu pâle et jaune de la peinture qui enduit les murs seront remplacés par une façade moulée de couleur grise. Les vitres actuelles seront élargies pour laisser place à une grande devanture, plus dans l'air du temps. Et le nom « Au petit fourneau », choisi par mes parents, deviendra « Le bon pain », conforme à celui de la chaîne qui détient déjà trois autres boulangeries entre Valmont et Albertville.

— Tout va bien ? me demande M. Perret.

Je ravale le nœud qui s'est logé dans ma gorge et le rassure.

— Très bien. C'est moderne et…

Différent. Mais ça, je le garde pour moi. Je n'ajoute rien, me laissant happer par les pages suivantes. Quand j'ai terminé, je rends le document à son propriétaire.

— Vous pouvez le garder, me dit-il. Cela doit être difficile de se résoudre à vendre un commerce de famille.

Étonné par sa remarque, je me tourne vers Hervé. À sa manière de baisser les yeux, je comprends qu'il a dû lui communiquer des détails sur mon dossier personnel. Une fois de plus, je vais passer pour le pauvre malheureux qui a repris l'affaire familiale après le décès de ses parents dans un tragique accident de la route, juste après avoir décroché son bac.

— Pas du tout, dis-je sur un ton irrité. J'ai bien réfléchi.

— En ce cas, c'est parfait, continue M. Perret, un peu dérouté.

— J'ai avec moi les documents du compromis de vente, enchaîne Hervé. Si vous êtes d'accord, on peut les signer maintenant. Ensuite…

— Je sais, je le coupe. Dans quelques mois, on signera la vente définitive.

Hervé se penche au-dessus du bureau, pour capter mon attention.

— Le délai risque d'être bien plus court. M. Perret n'a pas besoin de recourir à un prêt et, comme il dispose de son propre notaire, nous pouvons envisager de signer la vente juste après les fêtes.

— Très bien, dis-je, un peu surpris par la rapidité de la procédure.

— Je pense qu'il faudra fermer la boulangerie pendant deux semaines pour les travaux, reprend M. Perret. L'idéal serait de le faire au mois de janvier, après les vacances scolaires, pour ne pas manquer le gros de la saison.

Je prends un instant pour réfléchir à ce que ce délai raccourci implique : vider la boulangerie ainsi que mon appartement situé à l'étage – jouxtant celui de ma grand-mère – et prendre mes dispositions pour mon départ de Valmont.

— Je comprends. Ça ne me pose pas de problème. D'ici là, j'aurai mis de l'ordre dans mes affaires.

Hervé ouvre le dossier contenant le compromis et en fait la lecture en commentant les articles importants. Puis, quand il s'est assuré que personne n'avait de questions, il me montre les cases à signer. Après quelques minutes de conversation supplémentaire, je raccompagne les deux hommes.

Ma grand-mère et moi les saluons d'une même voix.

Dès qu'ils referment la porte, elle s'enquiert de notre discussion.

— Alors ?

— J'ai signé le compromis. M. Perret n'a même pas cherché à négocier le prix. Il veut seulement récupérer les clés dans un mois pour ouvrir pendant la haute saison.

Ma grand-mère accuse le coup. Je savais que cette nouvelle n'allait pas lui plaire. Elle et moi nous sommes beaucoup rapprochés après le décès de mes parents. Elle s'est montrée patiente et à l'écoute, refoulant son chagrin pour laisser le mien s'exprimer. Elle m'a soutenu dans chacun de mes projets, y compris celui de garder la boulangerie alors que je n'avais jamais fait cuire une baguette de ma vie et me destinais plutôt à une carrière dans le cinéma.

C'est aussi la seule qui n'a rien dit quand j'ai décidé de rompre avec Juliette.

— Tu m'avais parlé de trois mois, dit-elle d'une voix où perce la déception.

— En général, c'est le temps nécessaire pour signer

une vente. Mais M. Perret souhaite que la transaction se fasse vite.

— Il peut faire ça ?

Je la regarde, à son poste derrière le comptoir. Du haut de son grand âge, ma grand-mère continue de s'étonner des manigances de ce monde. Ses yeux, remplis de bonté et de générosité, tranchent avec la dureté de la vie.

— Manifestement, quand on a de l'argent et des connaissances, on peut tout faire.

Après avoir lâché un profond soupir, je jette un regard aux étagères.

— Je vais avoir du boulot. Le plus simple sera de commencer par mon appartement. Dès que j'aurai un moment, je ferai quelques cartons. Je m'occuperai de la boulangerie juste après Noël, ça sera plus calme une fois les fêtes passées.

Susanne observe les étagères elle aussi. La tristesse qui semble l'envahir me fait douter de ma décision.

— Mais tu es sûre que...

— Certaine, dit-elle sans me laisser finir. On en a déjà parlé plusieurs fois.

C'est vrai. Ce départ, j'y ai souvent pensé. *Forcément*. Après avoir fini par admettre que le village était affreusement vide sans Juliette.

— D'accord, dis-je en comprenant qu'il est inutile de discuter davantage.

Après une pause qui ressemble plutôt à un moment de recueillement, elle ajoute :

— Je vais t'aider à emballer tes affaires.

— Laisse, je vais me débrouiller. J'imagine que tu as mieux à faire, entre le coup de main que tu me donnes ici et le concours.

Je réussis à la faire sourire. Jacky et elle ont décidé d'inscrire Valmont à un concours dans l'espoir de raviver l'esprit de Noël des habitants du village. Elles pensent que, grâce à la médiatisation, elles pourront attirer du monde et montrer à quel point ces belles traditions comptent. Elles veulent prouver que nous avons besoin de ces moments, ce qui ne sera pas facile ; ces dernières années, les animations n'ont pas eu le succès attendu. La plupart des habitants ont préféré rester chez eux ou aller à Saint-Martin, le village le plus proche et le plus important du secteur.

— C'est vrai que le concours me donne du travail. Tu connais Jacky, elle ne sait pas faire dans le raisonnable.

Jacky et ma grand-mère ont des caractères bien différents, ce qui ne les a pas empêchées d'être les meilleures amies du monde.

— Je m'occupe de la fermeture, rentre te mettre au chaud.

— D'accord, dit-elle en dénouant son tablier.

Pendant qu'elle enfile son manteau, suspendu à la patère sur la porte de l'arrière-salle, je vais chercher mon ordinateur portable et le pose sur le comptoir.

Avant de partir, elle m'embrasse sur la joue.

— Je ne serai là que vers 11 heures, demain. J'ai une réunion du comité. Nous devons peaufiner les derniers détails. Juste avant, je voudrais passer voir Jacky chez elle. Elle m'a fait promettre de venir goûter sa dernière recette de bonshommes en pain d'épices.

— Prends ton temps, je me débrouillerai.

— Une dernière chose, me dit-elle en ajustant son écharpe. Laisse passer les fêtes avant d'annoncer que tu as vendu la boulangerie. Tu sais comment sont les gens, ici, ils ne parleraient que du nouveau propriétaire et nous gâcheraient le plaisir des festivités.

— Tu peux compter sur moi.

Je la regarde franchir le seuil, l'estomac noué. Ces derniers temps, je la sens plus vulnérable que d'habitude. Ou peut-être n'est-ce que mon imagination ?

L'esprit malmené par l'enchaînement des événements de cette fin d'après-midi, je profite de la faible affluence – je sais que les clients seront au rendez-vous juste avant le repas – pour jeter un œil à mes messages.

J'ai un nouveau mail de Jessica. Aussitôt, je me souviens de son appel de ce matin. Le flot de clients à la boulangerie m'a empêché de lui répondre.

Jessica vit à Nice. Entre son job de serveuse dans un restaurant, avec des horaires interminables, et mon travail ici qui ne me laisse aucun répit, nous avons du mal à nous joindre.

De : jessica.simon@gmail.com
À : colin.guillaud@free.fr
Objet : De bonnes nouvelles

Salut, beau gosse,

J'ai appelé ce matin. Je t'ai dégotté une super offre dans une boulangerie pas très loin de chez moi. Elle est à pourvoir au mois de janvier, mais si ta candidature est retenue, la gérante accepte d'attendre jusqu'à février. Pour le moment, c'est sa nièce qui assure le remplacement.

J'ai pensé que ça pourrait t'intéresser.

Rappelle-moi pour en parler.

XOXO

Ta Jess.

Je lis son mail une seconde fois. C'est effectivement une bonne nouvelle, et qui tombe à pic.

Jessica est plus ou moins ma petite copine. Nous avons flirté quand elle a passé deux semaines de vacances dans le coin, l'été dernier. Sa douceur et sa patience ont fini par me séduire.

Durant des heures, elle m'a écouté lui déballer ma vie, sans me juger. Sans critiquer mes choix. Sans manifester de pitié à mon égard.

Au chaud, enroulé avec elle entre les draps, je lui ai parlé de mon projet de quitter Valmont. Elle a saisi l'occasion pour me vanter les attraits de sa ville, Nice : le soleil, la plage, les emplois saisonniers qui permettent de toujours retomber sur ses pattes. Entre deux baisers, elle m'a proposé de m'héberger, pour m'aider à prendre un nouveau départ.

Quand elle est rentrée dans le Sud, j'ai réfléchi à sa proposition. Longuement. Jusqu'à il y a quelques semaines, je n'avais pas tranché. L'entreprise me paraissait risquée.

Ses appels réguliers, toujours enthousiastes, et sa dernière visite surprise ont fini par me donner la motivation nécessaire. On ne s'est rien promis, si ce n'est du soutien. Et je vois qu'elle tient parole.

Je tape une réponse.

De : colin.guillaud@free.fr
À : jessica.simon@gmail.com
Objet : Re : De bonnes nouvelles

Salut,

Janvier ? C'est le bon timing. Un client s'est présenté aujourd'hui pour acheter la boulangerie. Il m'en donne le prix que je demande, j'ai donc signé le compromis.

On s'appelle pour en parler.

Je m'apprête à ajouter le « Je t'embrasse » habituel. Mais, le doigt au-dessus du clavier, j'hésite. Le visage de Juliette se matérialise, comme sorti du coffre-fort dans lequel j'avais pris soin de l'enfermer.

Ne fais pas l'idiot, Juliette est juste de passage.

Elle n'a pas l'intention de m'adresser la parole, j'en mettrais ma main à couper. Elle se tiendra à bonne distance et sera repartie dans un battement de cils, ne laissant que l'ombre de son passage à Valmont et l'amertume des regrets remis au goût du jour.

Les yeux fixés sur le curseur qui clignote, je ne parviens pas à conclure mon mail. Durant ces quelques secondes d'hésitation, d'autres images jaillissent du coffre-fort maintenant grand ouvert et s'imposent à moi. Les lèvres de Juliette, emprisonnées dans les miennes. Ses yeux brillant de malice quand elle voulait me troubler avec les répliques des films qu'elle adorait me répéter : « Embrasse-moi. Embrasse-moi comme si c'était la dernière fois. »

Elle me rendait fou.

Mes yeux se perdent sur le mail que je m'apprête à envoyer. « Je t'embrasse » ? Quel hypocrite !

À la place, je tape un « J'espère que tu vas bien », que je ne peux pas blâmer d'être faux, et je referme mon ordinateur.

Las à la perspective du mois compliqué qui s'annonce, je me dirige vers la fenêtre. La nuit est tombée, si bien que je devine les silhouettes installées aux tables du café de Liliane, de l'autre côté de la place.

Alors que, malgré tout, je cherche celle de Juliette, les illuminations s'éclairent. Cette année, et sans doute grâce au concours, les agents de la ville se sont surpassés. Les arbres sont recouverts d'une pluie d'ampoules argentées, les lampadaires affichent fièrement une constellation d'étoiles, enrubannée sur leur pilier comme une écharpe soyeuse. Et un gigantesque père Noël lumineux assis confortablement dans son traîneau tout aussi majestueux a pris place près de la fontaine.

Un sourire me monte aux lèvres. Je ne suis pas un grand fan de la période de Noël, mais personne ne peut rester indifférent face à ce genre de spectacle.

Quand mes yeux se posent à nouveau sur les fenêtres du café-restaurant, je note que les visages se sont tournés vers la place, pour contempler les décorations. Parmi, eux, je reconnais celui de Juliette.

Un peu plus et je jurerais qu'elle regarde dans ma direction.

4

Alerte météo : tempête en vue

« J'étais prête à tourner la page, mais c'est la page qui ne veut pas se tourner. »

Grey's Anatomy

Samedi 4 décembre
Juliette

En entrant dans la cuisine, au petit matin, je trouve ma grand-mère assise à la grande table, au milieu d'une quantité astronomique de papiers.

— Matinale ? me dit-elle sans lever les yeux de sa pile de documents.

Hier, quand ma mère et moi sommes rentrées, mon père a proposé que nous regardions un film, tous ensemble. Si j'ai protesté pour la forme, j'ai aimé m'asseoir sur le canapé avec eux et me laisser prendre par l'histoire. Ça ne m'était plus arrivé depuis longtemps. Peu après, emmitouflée dans ma couette, devant le poêle, j'ai senti mes paupières se faire lourdes. À Paris, j'enchaîne les nuits d'insomnie tandis qu'ici, j'ai dormi d'une traite.

— Où sont papa et maman ?

— Ta mère est en tournée et ton père est allé donner un coup de main aux voisins pour saler leur cour.

— Ah oui, c'est vrai que la neige sera bientôt là ! dis-je en l'embrassant sur la joue.

Savoir mes parents aussi actifs un samedi matin m'enchante. Ma mère ne refuse jamais de prendre en charge un patient. Quant à mon père, pourtant jeune retraité, il a un emploi du temps à faire pâlir un ministre.

Je me prépare une tasse de café et m'installe en face de ma grand-mère en prenant soin de poser mon téléphone à côté de moi. Jacky lui adresse un regard dédaigneux.

— Je ne comprends pas à quoi te sert ce machin-chose que tu as toujours à portée de main.

Inutile de préciser que Jacky n'a pas de téléphone portable. C'est à peine si elle utilise le fixe. Pour elle, les liens, les vrais, ne se tissent pas derrière un écran.

— Tu exagères, dis-je, amusée. Ce n'est pas une machine du diable. C'est pratique quand on veut discuter avec quelqu'un qui se trouve loin.

Elle balaye ma remarque d'un revers de la main.

— Je ne dis pas le contraire. Mais vous, les jeunes, vous avez l'impression que ça vous permet de communiquer, alors que c'est faux. Quand on veut se parler, se parler *vraiment*, il faut le faire l'un en face de l'autre. Rien ne vaut cette méthode pour régler ses problèmes.

Je suppose qu'elle s'attend à ce que je rebondisse sur son sous-entendu... Ma mère a dû lui parler de la visite en coup de vent de Colin au Central, et de l'énergie colossale que lui et moi avons déployée pour nous éviter. Si je n'y prends pas garde, la relation ou plutôt l'absence de relation entre Colin et moi sera de toutes les conversations. Ce qui est hors de question.

— Et toi, qu'est-ce que tu fais ? demandé-je pour changer de sujet.

Elle pousse l'un des documents vers moi, me permettant de lire le titre : « Règlement du concours : le plus joli village de Noël ».

— Je vérifie que nous n'avons rien oublié. Le concours va bientôt commencer.

Surprise, je désigne du doigt la dizaine de pages étalées entre nous.

— Tu veux dire que tout ça, c'est le règlement ?

— J'en ai bien peur. J'aurais apprécié un coup de main de ta mère, elle se débrouille comme une cheffe avec l'administratif, mais elle s'est déjà beaucoup investie dans le travail du comité et elle est très prise par ses tournées d'infirmière, je ne peux pas lui en demander plus. Susanne sera là d'une minute à l'autre, je suppose qu'à deux on devrait s'en sortir.

Curieuse, je regarde les premières pages. Il y a les dates de la venue de l'équipe de tournage. Ce qu'on peut faire, ne pas faire, les interviews des organisateurs, le planning des animations validé, la composition du jury, et la date de la remise du prix. Rien ne semble laissé au hasard.

— Je me demande si on n'a pas vu un peu trop grand, dit Jacky, soucieuse. Nous sommes quatre membres permanents au comité : ta mère, Susanne, Liliane et moi. Il nous faudrait plus de monde.

Mon téléphone se met à sonner. « Claire » s'affiche sur l'écran et m'offre la meilleure excuse pour éviter la perche que me tend ma grand-mère.

Non, Jacky, je ne m'impliquerai pas dans ton concours...

— Excuse-moi, je dois répondre.

Jacky marmonne que notre génération est perdue, ce qu'elle disait déjà quand j'avais quinze ans, et je me dirige vers le salon pour discuter au calme avec mon amie.

— Coucou, Claire, dis-je en décrochant.

— Salut, Juliette. Dis-moi que tu es bien arrivée à Valmont et que tu n'as pas trouvé une énième excuse pour te défiler !

— J'y suis. Et tu peux me croire, j'en suis la première surprise. Comment s'est passée ta semaine londonienne ?

Claire me raconte ses balades interminables près de la Tamise, les repas au restaurant et les baisers volés à la moindre occasion. Au travers de ses mots, j'entrevois le Noël romantique auquel je ne crois plus.

— Et toi, comment tu vas ?

Imaginer un seul instant que j'allais couper à un interrogatoire complet sur mon état de santé était illusoire. Claire, que j'ai tenue informée de mes déboires après mon rendez-vous avec le docteur Thomas, s'est inquiétée d'apprendre que j'avais du mal à dormir.

— J'ai déjà bien récupéré. J'avais juste besoin de rattraper du sommeil en retard et ici, visiblement, je dors comme un loir.

— Bonne nouvelle. J'imagine que maintenant, tu as hâte de retrouver l'ambiance de Valmont.

J'hésite à me montrer franche. Mais Claire est mon amie et je sais qu'elle se montrera compréhensive.

— Je doute d'avoir envie de passer du temps au village. Hier, j'ai accompagné ma mère chez Liliane pour boire un chocolat chaud. Colin était là.

Elle émet un hoquet de surprise.

— Quoi, vous vous êtes déjà vus ?

Je m'apprête à lui faire le topo complet quand Susanne fait son apparition dans le salon. Emmitouflée dans son manteau de laine prune, elle m'adresse un petit signe de la main. Elle semble ravie de me revoir. Et je le suis tout autant, ayant toujours eu assez de discernement pour comprendre qu'elle n'était en rien responsable de ce qui s'est passé entre son petit-fils et moi.

J'écarte le téléphone de mon oreille.

— Bonjour, Susanne, ma grand-mère est dans la cuisine.

— Bonjour, Juliette, merci, je vais l'y rejoindre.

Elle s'éloigne avec un sourire. Susanne a toujours été gentille avec moi. Quand je passais à la boulangerie et qu'elle se tenait derrière le comptoir, elle ajoutait un ou deux croissants à ma commande.

J'attends de la voir entrer dans la cuisine pour reprendre.

— Alors ? s'impatiente Claire. De quoi vous avez parlé ?

— De rien du tout. Il n'est pas resté longtemps et je n'ai pas osé me tourner dans sa direction.

Un silence accueille mon explication.

— Claire ?

— Tu veux dire que vous vous êtes trouvés dans la même pièce…

— C'est ça.

— … Et que ni l'un ni l'autre n'a fait le premier pas ?

— Voilà.

— Juliette, ça fait six ans ! Vous devriez être en mesure de vous adresser la parole.

— Oui, je suppose qu'on pourrait se contenter de banalités…

La suite de ma phrase, je préfère la garder pour moi. Nous « adresser la parole », passe encore. Mais nous parler de ce qui est arrivé… ça, c'est juste impossible. Je refuse de raviver une blessure aussi profonde. J'ai déjà assez souffert de son rejet sans avoir à supporter qu'il me le rappelle dans un « Ah oui, désolé, j'en avais assez de notre histoire et je ne savais pas comment te le dire. J'ai préféré couper les ponts, c'était le plus simple, non ? ». Claire sait déjà tout ça.

Allez, Juliette, reprends-toi. Tu lui joues la partition de la fille détachée et tout ira bien.

— Et puis, après tout, ce n'est pas si grave, non ? On n'est pas obligés de discuter comme le feraient de vieux amis. On peut juste… se tolérer.

— Se tolérer ? Alors pourquoi savoir qu'il est en ville t'empêche d'y mettre les pieds ?

Elle marque un point. La présence de Colin à elle seule me dissuade de retourner au Central. J'ai déjà prévu deux ou trois excuses d'avance pour esquiver une éventuelle nouvelle proposition de ma mère.

— Écoute, Juliette… il est temps d'aller de l'avant et d'arrêter de fuir. Fais ce que tu as prévu sans te demander s'il sera présent ou non. Ne gâche pas les quelques jours que tu t'accordes avec ta famille en t'enfermant chez eux.

Son discours est ferme, mais sensé.

— Tu as raison, dis-je. Je vais y réfléchir.

— Ravie de l'entendre.

Quand je raccroche, Susanne et ma grand-mère sont encore dans la cuisine, plongées dans les préparatifs du concours. Remuée par ma conversation avec Claire, je préfère quitter la maison et faire un tour dehors.

Mon manteau sur les épaules, je marche le long du hameau, sans autre but que de tenter d'y voir plus clair.

La proximité de Colin est difficile à vivre. L'effet qu'il a sur moi, même après tout ce temps, est sans équivalent. Et ce ne sont pas les quelques relations tout juste passables que j'ai eues ces dernières années qui me prouveront le contraire. Aucun homme ne m'a jamais troublée comme il a su le faire. Aucun autre homme n'habite mes pensées, mes rêves, et mes regrets. Et c'est précisément pour cette raison que j'ai tant souffert de son rejet.

Quand j'arrive au bout de la rue, je m'engage sur le chemin qui s'enfonce dans la forêt. Cette route, je l'ai prise des milliers de fois pour rejoindre le sapin que Colin et moi avions désigné comme notre point de ralliement. C'était *notre* arbre.

Après quelques minutes, je finis par l'apercevoir un peu en retrait du sentier et, aux souvenirs que sa simple vision fait remonter, mon cœur se serre. Nous avons échangé tant de mots, tant de promesses au pied de cet arbre. Je souris en me rappelant les élucubrations naïves d'une jeune fille. Celle qui croyait au Grand Amour. Comme si un amour de jeunesse pouvait se mesurer aux obstacles qui se dressent sur sa route : l'éloignement, le deuil, le passage à la vie adulte.

Les yeux humides, je finis par dépasser le sapin, sans plus lui accorder un regard. Il appartient à mon passé, comme tout ce qui se rapporte à Colin.

La fraîcheur de l'air me donne le coup de fouet nécessaire pour maintenir une bonne allure, si bien qu'au bout d'un quart d'heure je suis au cœur de la forêt, encerclée par de grands et majestueux sapins. L'odeur de bois et de mousse m'apaise. Et je mesure soudain à quel point mon village m'a manqué. Son calme, sa forêt, ses maisons d'où s'échappent les volutes de la fumée des cheminées et son grand air.

Claire a mille fois raison. Revenir ici n'était pas une erreur. Au contraire, c'est peut-être l'occasion de faire le point sur ces dernières années. Et même si j'éprouve toujours du ressentiment à l'égard de Colin, j'espère enfin réussir à passer à autre chose.

Après quelques minutes de marche supplémentaires, je décide de rebrousser chemin. Quand j'entre dans la maison, des éclats de voix me parviennent depuis la cuisine.

— Tu es ridicule, dit ma grand-mère. Ri-di-cule.

Je m'approche de la porte entrouverte pour suivre la conversation animée sans me montrer.

— Je ne sais pas si c'était une bonne idée de travailler sur le concours aujourd'hui, riposte Susanne.

— Bien sûr, tu vas aussi me dire à quel moment je dois discuter du concours ou non ! C'est tout toi, ça. Toujours à décider de ce qui est le mieux sans jamais consulter les personnes concernées.

La tonalité de leur échange me laisse interdite. D'habitude, Jacky et Susanne sont les meilleures amies du monde.

— Très bien, Jacqueline. Si c'est comme ça, eh bien, décidons ! Nous n'avons qu'à opter pour le doré et l'argenté.

— Ne fais pas l'enfant, je vois bien que tu cèdes comme on le ferait devant un âne têtu.

— Il faut bien, puisque tu ne me laisses pas le choix.

— C'est toi qui ne me laisses pas le choix, dit Jacky dans un rire sans joie.

— Je regrette que tu le prennes comme ça, déclare Susanne d'une voix plus basse, comme alourdie par le chagrin.

Elle semble attendre une réaction de ma grand-mère, qui ne vient pas.

— De toute évidence, ajoute-t-elle, je ferais mieux de rentrer.

— Bien sûr… tu t'en vas, dit ma grand-mère d'une voix mal assurée. C'est ce que tu reproches aux habitants du village, mais c'est aussi ce que tu fais de mieux.

— Peut-être que tu as raison. D'ailleurs, je vais aussi m'en aller… du concours. Je vais me retirer du comité, je crois que c'est préférable pour tout le monde.

L'annonce de Susanne résonne dans le silence de la cuisine. Stupéfaite, je plaque une main sur ma bouche. S'ensuit le bruit de chaises qu'on tire.

Gagnée par une vive émotion, je me montre sur le seuil de la porte. Dans la cuisine, les deux femmes se font face. Elles se toisent, un voile de tristesse dans leur regard.

— Qu'est-ce qui se passe ? dis-je tout bas.

— Ne t'inquiète pas, Juliette. Susanne et moi avions besoin de mettre certaines choses au clair.

Susanne enfile son manteau dans le silence pesant qui s'est abattu sur la cuisine, pour signifier qu'elle s'en va. La conversation, ou plutôt la dispute, est close. Elle me salue d'un petit signe de la tête.

— Je suis contente de te savoir en ville, Juliette. Tu embrasseras tes parents pour moi.

Dès qu'elle est partie, je m'approche de Jacky.

— Est-ce que ça va ?

Ma grand-mère me répond d'un hochement de tête, manifestement sous le choc. Durant les minutes qui suivent, je la questionne pour en apprendre plus mais elle se contente de répondre vaguement.

— Elle va changer d'avis, j'en suis sûre, dis-je pour la rassurer.

Jacky lève ses yeux verts, dont j'ai hérité. La peine que j'y lis me prouve qu'elle n'est pas de cet avis.

— Peu importe. Je vais quitter le comité, moi aussi.

— Mais tu ne peux pas faire ça, dis-je dans un murmure. Ce concours, montrer combien les traditions de Noël sont importantes à Valmont… C'était votre idée, à Susanne et à toi.

— Et c'était une mauvaise idée. Je me suis trompée. Je préfère laisser ma place.

Quand mes parents reviennent, je suis encore en train d'essayer de raisonner ma grand-mère.

— Je vais aller parler à Susanne, nous assure mon père. Je suis certain qu'elle regrette déjà.

Jacky secoue la tête, balayant sa proposition.

— Si au moins tu voulais nous dire à propos de quoi vous vous êtes disputées, ajoute-t-il, agacé d'avoir à lui tirer les vers du nez.

Ma grand-mère reste muette.

— Juliette nous a déjà tout expliqué, dit ma mère. Arrête d'insister avec ça.

En effet, dès qu'ils ont franchi la porte, je leur ai rapporté les bribes de conversation que j'ai entendues. Mon père n'a pas jugé mon récit suffisant, et je ne lui donne pas tort. Je ne les imagine pas se mettre en colère pour si peu. Je suis certaine qu'il y a autre chose, mais si Jacky refuse d'en parler, nous ne le saurons pas de sitôt. Elle est au moins aussi butée que moi.

— Ce concours est sans doute un peu trop stressant, dit ma mère. Jacky doit se ménager. Son opération de la hanche remonte à il n'y a pas si longtemps.

— Qu'est-ce qu'on va faire ? je finis par demander, à bout d'arguments.

Mon père se rassoit et croise les bras sur son torse.

— Le plus simple, c'est d'annuler la participation du village. On fera quelques animations comme l'année dernière et ce sera suffisant.

Ma mère lève les mains pour montrer que ce n'est pas possible.

— Il faut trouver une solution. On ne peut pas annuler. On aurait l'air ridicule. Et puis, on va décevoir les habitants : tout le monde parle de ce concours.

Après une pause, elle ajoute :

— Je vais prévenir Liliane. À nous deux, on peut y arriver. Après tout, il n'y a plus grand-chose à faire.

Mon père secoue la tête.

— Avec ton travail à côté, c'est impossible. Quant à moi, je vous aurais bien donné un coup de main, mais je me suis engagé à saler les routes secondaires. Je suis pris pour une semaine complète. Sans compter que la gestion de projet, ce n'est pas mon fort.

Trois paires d'yeux se braquent sur moi.

— Je regrette, dis-je d'une petite voix. Je ne connais rien aux animations de Noël.

— Ne dis pas de bêtises, dit mon père. Tu adores Noël. En plus, tu as toujours été une championne de l'organisation.

J'adorais Noël.

— On pourrait se réunir demain, continue ma mère comme si j'avais dit oui. Tu verras, il reste seulement quelques détails à régler. Mais on ne peut pas se passer de supervision générale !

Un silence s'installe autour de la table. Je sonde Jacky du regard, convaincue qu'elle va changer d'avis.

Mon père s'approche de moi et me glisse à l'oreille :

— Je la connais, c'est juste l'affaire de quelques jours.

La dernière fois qu'il a dit « Je la connais » en parlant de ma grand-mère, c'était quand il a affirmé qu'elle ne pourrait jamais remonter sur un vélo à son âge. Résultat : elle a fait quatre tours du village pour lui donner tort. Mais je renonce à le lui faire remarquer.

— C'est d'accord, dis-je au pied du mur. Je prends sa place. Mais juste pour quelques jours.

5

Réfléchir à deux fois avant de dire oui

« Quelqu'un entre dans notre vie et une partie de nous dit : T'es tout sauf prêt. Et l'autre partie dit : Fais-la tienne pour l'éternité. »

Remember Me

Dimanche 5 décembre
Colin

Je ferme la boulangerie à 18 heures. Mais au lieu de monter faire quelques cartons, je me rends chez ma grand-mère pour m'assurer que tout va bien.

Depuis son retour de chez Jacky, hier, c'est à peine si elle m'a adressé la parole. Des rumeurs courent au village, concernant sa démission du comité des fêtes. Je n'y ai accordé que peu d'importance, jusqu'à constater qu'elle ne pointait pas le bout de son nez à la boulangerie.

Arrivé devant chez elle, je frappe doucement à la porte.

— Mamie ?

Au bout d'un laps de temps qui me paraît interminable, elle vient m'ouvrir. Elle est vêtue de son peignoir mauve, celui qu'elle enfile juste avant de se mettre au lit. Ma grand-mère n'est pas du genre couche-tard, mais vu l'heure, j'ai de quoi me poser des questions.

— Je suis passé voir comment ça allait, dis-je en guise d'introduction. On ne t'a pas beaucoup vue à la boulangerie aujourd'hui.

Ni hier. Mais je ne veux pas lui laisser entendre que je m'inquiète. Susanne s'est montrée claire à ce sujet : elle refuse que je bouscule mon emploi du temps pour m'occuper d'elle. Elle veut que j'aille de l'avant, après l'épreuve que nous avons traversée ensemble, il y a six ans.

— J'avais beaucoup à faire ici, me dit-elle en me laissant entrer. Ces derniers temps, j'ai été trop occupée pour remettre de l'ordre chez moi.

Je traverse le couloir et entre dans le salon. Comme d'habitude, son intérieur est impeccable. Impossible de savoir si c'est parce qu'elle a tout rangé, comme elle le prétend, ou bien s'il s'agit d'une excuse. Le temps m'a appris que ma grand-mère n'était pas femme à montrer ses sentiments les plus mélancoliques.

— Une tasse de thé ?

J'accepte avec plaisir.

Elle s'affaire dans la cuisine durant un instant et revient avec un plateau contenant une assiette de madeleines au chocolat, un verre de lait et un pot de sucres. Mon estomac se met à gargouiller, réveillé par les saveurs de mon enfance.

— Sers-toi.

— Tu n'as pas besoin de me le dire deux fois.

Je pioche dans l'assiette et dévore un gâteau en deux bouchées. Ma grand-mère s'amuse de me voir toujours aussi friand de ces gourmandises dont elle seule a le secret.

— Je te préparerai un sachet pour ton petit déjeuner. J'en ai fait pour un régiment.

Intrigué, je la questionne :

— Tu attendais quelqu'un ?

Jacky, par exemple.

J'attrape une autre madeleine, faisant comme si ma question était anodine.

— Peut-être... Enfin, non. Ce sont ces illuminations qui m'ont donné envie de cuisiner.

Ma grand-mère adore cette période de l'année. Elle aime tout ce qui se rapporte à Noël : les traditions, les recettes, les guirlandes, les chants et les illuminations. Même après le décès de mes parents, elle a insisté pour continuer à décorer le sapin. Elle a tenu à ce que nous passions chaque réveillon ensemble et à cuisiner une dinde pour le repas du 25, m'imposant d'attendre jusqu'au dernier moment pour ouvrir mon cadeau.

En regardant autour de moi, je ne note aucune touche de Noël. Pas même un sac rempli de nouvelles décorations qu'elle serait allée acheter à l'hypermarché dans la vallée.

Je décide de la questionner à propos des rumeurs que j'ai entendues en allant prendre la commande de pain chez Liliane.

— J'imagine que, avec le comité et cette histoire de concours, vous avez prévu de nous en mettre plein la vue.

Son regard s'échappe. Je m'apprête à insister quand le sifflement de la bouilloire nous interrompt.

— Je vais chercher ton thé.

Elle se lève et disparaît dans la cuisine. Tenant à comprendre ce qui se passe, je lui emboîte le pas. Appuyé contre le chambranle donnant sur sa kitchenette, je la regarde remplir nos tasses.

— Alors, c'est vrai ?

Elle se tourne vers moi.

— Je savais que ce n'était qu'une question d'heures avant que les commères répandent la nouvelle dans tout le village.

— C'est normal. Tu es une figure incontournable du comité.

C'est elle qui avait insisté pour que ma mère y participe également.

— Eh bien, les choses changent. Je crois que j'en ai assez. Au fond, tout ça, ce n'est plus de mon âge.

Sa réponse ne me convainc pas. Ma grand-mère est très en forme. Je lui donne un coup de main pour monter ses courses et pour quelques travaux de bricolage et d'entretien de son appartement, mais mon aide s'arrête là.

— On parle de Noël ! Tu adores t'en occuper. Tu m'en parles dès septembre et tu ne t'arrêtes qu'en février, après que je t'ai supplié cent fois de passer à autre chose.

— Cette année, c'est différent. Jacky et moi ne sommes plus sur la même longueur d'onde.

Je croise les bras sur mon torse, stupéfait par ce que j'entends.

— Comment ça ?

— Tu as bien compris. Je préfère laisser ma place au comité.

— Vous vous êtes disputées et tu ne veux plus participer ? je tente d'une voix douce.

Ses épaules s'affaissent.

— C'est mieux comme ça. Et puis, tu connais Jacky,

elle est impossible ! Quand elle s'y met, on ne peut plus la raisonner.

Elle a parlé d'une traite. Ses joues rosissent, tant l'émotion liée à leur dispute est encore vive.

— Mais tu la connais par cœur et tu l'aimes comme elle est. D'ici quelques jours, tu y verras plus clair. Je suis certain que votre dispute est seulement passagère.

— Non, je ne crois pas.

Le ton ferme et définitif qu'elle emploie me surprend. Elles sont les meilleures amies du monde. Elles se sont soutenues dans toutes les épreuves de la vie. Jacky s'est occupée de ma grand-mère comme l'aurait fait une sœur quand mon grand-père a décidé de partir avec une autre femme.

— J'ai besoin que tu fasses quelque chose pour moi, me demande-t-elle en me tendant ma tasse.

— Bien sûr.

— Quand j'ai téléphoné à Liliane pour annoncer mon désistement, elle m'a dit qu'il était préférable que je trouve quelqu'un pour me remplacer. Elle a pensé à toi. Je sais que ça tombe mal, tu dois avoir beaucoup à faire pour vider ton appartement, mais il s'agit juste de donner un coup de main et je ne sais pas vers qui me tourner.

Ses yeux bleu pâle se glissent dans les miens. Appuyée contre le plan de travail, sa tasse serrée entre ses mains devenues frêles avec le temps, elle patiente le temps que je réfléchisse.

— Tu peux compter sur moi.

Un sourire éclaire enfin son visage.

— Merci, dit-elle, manifestement soulagée.

Elle m'explique qu'elle viendra me remplacer à la boulangerie pour que je puisse aller à la prochaine réunion, qui se tiendra le lendemain matin, au Central.

Nous buvons notre thé, sans plus évoquer sa dispute avec Jacky. J'espère que cette histoire ne sera bientôt qu'un mauvais souvenir. Très vite, ma grand-mère va se réconcilier avec sa meilleure amie et elle demandera à reprendre sa place au comité avant la fin de la semaine prochaine. J'en mets ma main à couper.

Le lendemain, quand elle entre dans la boulangerie, j'ai terminé de faire le réassort dans les présentoirs. Elle s'approche, le teint reposé et mis en valeur par un léger maquillage, et dépose une bise sur ma joue.

— Je prends la relève, sauve-toi.

C'est la même phrase, dite avec entrain, chaque fois qu'elle vient me donner un coup de main.

— Je pense que j'ai mis assez de pain pour tenir jusqu'à midi. S'il en manque, tu n'as qu'à me téléphoner. Je serai là dans la minute qui suit.

Juste le temps de traverser la place.

— Mais oui, mais oui..., dit-elle en ceinturant son tablier.

— Je t'ai laissé le tabouret. Si tu te sens fatiguée, tu m'envoies un...

— Arrête de t'inquiéter pour rien, mon Colin ! Ne sois pas en retard, allez... ouste !

Elle accompagne son ordre d'un geste de la main qui signifie clairement « bon vent ». Plus amusé que contrarié par cet accès d'autorité, j'enfile mon blouson et traverse la place d'un pas rapide. J'ouvre la porte du café-restaurant et m'approche du comptoir derrière lequel je trouve Liliane, fidèle au poste.

— Je viens pour la réunion du comité.

— Pile à l'heure ! me dit-elle, une lueur moqueuse dans les yeux.

Ne comprenant pas ce qui semble la réjouir, je regarde ma montre. Il est 11 h 01.

— Euh… je suis en retard ?

— Pas du tout ! Tu es même en avance. Anne n'est pas encore là. Un membre du comité est déjà arrivé. Si tu veux bien te donner la peine d'aller t'asseoir, je vous rejoins dans dix petites minutes, le temps de nettoyer quelques tables.

Je jurerais qu'elle se mord la lèvre pour ne pas éclater de rire. Un peu dérouté par son attitude – elle sait que le contexte dans lequel je remplace ma grand-mère n'a rien de drôle, je me tourne vers le fond de la grande salle… et je me fige. Juliette est installée à une table. Seule, penchée sur son téléphone, elle ne m'a pas vu entrer.

Immédiatement, je reviens à Liliane qui affiche un sourire satisfait.

— Tu m'expliques ?

— C'est facile, elle remplace sa grand-mère.

— Jacky ?

— Oui. Elle a décidé de quitter le comité, elle aussi.

C'est logique. Après leur dispute, elles ont décidé de se retirer toutes les deux et, manifestement, c'est Juliette qui a hérité de la place de Jacqueline. Mais…

— Tu le savais, lâché-je sur un ton suspicieux. Et tu as pensé à moi pour remplacer ma grand-mère ?

— Possible. Alors, joli cœur, on se dégonfle ?

Les mots me manquent.

Un client lui fait signe à l'autre bout du comptoir. Liliane lui indique par un signe de la tête qu'elle s'apprête à venir prendre sa commande.

— Je vous rejoins d'ici dix minutes, me répète-t-elle en guise de réponse. Essayez de ne rien casser en m'attendant.

Elle m'adresse un clin d'œil et s'éloigne, me laissant seul face à ce dilemme cornélien : déguerpir avant que Juliette remarque ma présence ou l'affronter une bonne fois pour toutes.

Les options défilent dans mon esprit à une vitesse fulgurante. Partir ne ferait que me couvrir de ridicule. Sauf que j'ignore comment Juliette va se comporter en sachant que c'est à moi qu'on a demandé de remplacer ma grand-mère.

L'espace d'un instant, je me dis qu'elle le sait peut-être déjà. Liliane lui a probablement donné cette information. Ou alors, Jacky l'aura fait. Par conséquent, elle ne sera pas surprise de me voir ici. Peut-être même qu'elle ne sera pas en colère.

Et peut-être aussi que je prends mes rêves pour la réalité.

Me raccrochant à cette hypothèse, je m'avance vers elle. Malgré toute ma bonne volonté, je ne parviens pas à calmer les ruades de mon cœur. Il cogne fort dans ma poitrine, et je suis à deux doigts de perdre ma fragile assurance.

Allez… C'est juste un mauvais moment à passer.

Quand j'arrive à la table, Juliette lève les yeux vers moi. Ses iris verts me fixent. La surprise que je lis sur son visage cède le pas à de la suspicion puis à de la contrariété.

OK, personne ne lui a dit que j'allais me pointer à la réunion.

Le visage fermé, elle se détourne de moi et cherche Liliane du regard.

— Écoute, dis-je pour calmer le jeu et éviter qu'elle s'en aille, je participe à la réunion du comité à la place de ma grand-mère.

Elle me regarde de nouveau, comme si elle me découvrait pour la première fois. En retour, je me dérobe, ne voulant pas la laisser deviner mon état de confusion.

La maturité lui va bien. Ses traits sont plus fins, laissant saillir de jolies pommettes sous ses yeux verts. Ses lèvres rehaussées par une touche de rouge à lèvres et la jolie teinte rose de ses joues, qu'elle doit sans doute au stress de cette situation imprévue, lui donnent un air adorable. Ses cheveux châtains, désormais coupés plus court, encadrent son visage de jolies ondulations.

Elle est tellement belle !

J'imagine que je ne devrais pas m'attarder sur ce genre de détails, tout comme je devrais éviter de l'associer à des mots comme « adorable » ou « belle ». Pourtant, c'est tout ce qui me vient en tête, après six années de séparation.

Mais qu'est-ce que tu fous ? T'es juste là pour une réunion, pas pour déterrer le passé.

— Je peux m'asseoir ? dis-je sur un ton plus froid que je ne le voudrais.

Elle acquiesce, mais m'adresse un regard qui me dissuade de prendre le tabouret à côté du sien. Je choisis la prudence et m'assois en face d'elle.

Un silence gênant s'installe, que Juliette brise soudain d'un ton neutre.

— Les autres ne vont pas tarder. Ma mère a pris du retard sur sa tournée, mais elle est en route…

— … Et Liliane nous rejoint d'ici dix minutes, dis-je à mon tour pour montrer que, comme elle, j'attends qu'on vienne nous tirer de l'embarras.

Dix minutes…

Dix minutes qui risquent d'être les plus longues de ma vie.

6

Faire équipe, de gré ou de force

« J'ai décidé que ma vie était trop simple. Je veux vraiment la compliquer... avec toi. »

6 jours, 7 nuits

Juliette

Je fais mine d'être totalement absorbée par mon téléphone, dans l'espoir que Colin ne remarque pas à quel point je suis chamboulée.

Il est assis *tout près* de moi. Mon pauvre petit cœur risque de ne pas y survivre.

Nous patientons, enfermés dans un silence inconfortable. Je fais de mon mieux pour éviter de le dévisager, mais c'est compliqué. Des cheveux bruns, abondants, de grands yeux bleus et brillants dans lesquels on ne peut que s'égarer, une mâchoire mieux dessinée que dans mes souvenirs. Ses muscles se sont étoffés, lui donnant une carrure… encore plus désirable.

Je déglutis, malmenée par le constat, ô combien prévisible, qui s'impose à moi : il est beau à couper le souffle !

Ceci étant, une belle enveloppe ne suffira pas à me faire oublier les années difficiles que j'ai passées à cause de lui.

Je me remémore soudain les mots qu'il m'a envoyés, six ans auparavant : « J'ai réfléchi. Mieux vaut en rester là. Nous ne pouvons plus continuer à nous voir. Je te souhaite le meilleur. Je te souhaite de vivre ton rêve. »

Un relent amer m'emplit la bouche. Mon rêve... Ce que j'ai vécu s'apparente plutôt à un cauchemar. Mais il peut toujours courir pour que je le lui avoue.

Colin s'est installé de l'autre côté de la table, à bonne distance. Je suppose qu'il a senti qu'il ne serait pas le bienvenu sur le tabouret à côté de moi.

Il s'éclaircit la voix, signe qu'il va rompre le silence.

— J'ai appris que tu passais quelques jours au village.

Je reste mutique, mais il tente de poursuivre :

— Ça faisait longtemps qu'on ne t'avait pas vue ici.

Il finit par s'interrompre, sans doute aidé par le regard consterné que je lui adresse.

Longtemps ?

— Depuis six ans, précisé-je sur un ton réfrigérant.

Je le mets au défi de parler de notre – ou plutôt de *sa* – rupture maintenant, alors que ma mère et Liliane vont débarquer d'une minute à l'autre. À moins qu'un règlement de compte en public ne le dérange pas.

Douché par mon manque d'entrain, Colin se redresse et cherche Liliane du regard. Six ans. Je sais bien ce que ça signifie pour lui. J'étais encore au village au moment de l'accident de voiture. Après cette terrible nouvelle, Colin est resté hagard et désorienté durant plusieurs jours. Ne sachant quoi faire d'autre, je suis restée auprès de lui, me satisfaisant de son silence entrecoupé de sanglots. L'heure de notre départ approchait. Les inscriptions dans nos écoles respectives étaient finalisées. Son dossier avait été accepté dans une école d'audiovisuel. Nous avions même trouvé un logement. Un minuscule studio en périphérie que je prévoyais d'aménager à nos goûts.

Au lieu de me dire qu'il ne pouvait pas partir – ce que j'aurais parfaitement compris –, il a décidé de rompre. Au début, je me suis imaginé que c'était le chagrin qui parlait à sa place, et qu'il reviendrait sur sa décision. Mais durant les jours, les semaines et les mois qui ont suivi, alors que je l'attendais dans notre petit studio, il a refusé tous mes appels et n'a répondu à aucun de mes messages. Jusqu'à ce que je me rende à l'évidence : il avait changé de numéro. Il m'avait exclue de sa vie, sans m'accorder une vraie conversation. Sans me donner une seule explication. Il m'avait simplement rayée de son existence.

Je risque un coup d'œil dans sa direction et observe sa mine abattue. Malgré le ressentiment que j'éprouve, je frémis. J'ai toujours détesté le voir comme ça.

— Me voilà !

C'est la voix de ma mère.

Sauvée !

Elle dépose une bise sur ma joue et s'installe sur le tabouret près du mien. Son regard passe de Colin à moi. Si elle est surprise de nous trouver assis à la même table, elle n'en fait pas la remarque. Liliane nous rejoint à son tour, un plateau à la main. Elle pose quatre cafés, une liasse de documents et un bloc-notes devant nous.

— Bien, j'ai prévu une copie pour chacun d'entre vous.

Je reconnais le règlement du concours. Ma mère prend son exemplaire et, du bout du doigt, montre l'article qui mentionne les dates de la venue de l'équipe de tournage.

— Je l'ai relu hier soir, dit-elle. Si on veut être efficaces, il faut balayer la liste définitive des animations aujourd'hui et se les répartir. Notre rôle consistera simplement à s'assurer que tout se passe bien.

— Il faudra aussi faire en sorte que tout le monde y mette du sien, continue Liliane. Chaque habitant devra s'occuper de décorer son jardin. Pour ceux qui n'ont pas suffisamment de décorations à la maison, on peut piocher dans la réserve de la mairie. J'ai eu M. Blanc, il est d'accord pour les mettre à disposition.

— C'est un bon point, dit ma mère dans un sourire. De mon côté, j'en ai parlé à plusieurs de mes patients, et je n'ai recueilli que des bonnes volontés. Le concours motive même les plus réfractaires.

Liliane s'empare du bloc-notes pour noter ce qu'il reste à accomplir.

— Il y a la vente de sapins, vendredi prochain. On pourra distribuer les décorations prêtées par la mairie à ce moment-là.

— Parfait. Ensuite, dit ma mère, on enchaîne avec le marché de Noël. L'ouverture aura lieu le samedi soir. Il faut rappeler les producteurs qui ont répondu présents et s'assurer qu'ils disposeront de tout ce dont ils ont besoin. Dimanche, c'est l'installation du grand sapin sur la place. La directrice de l'école fera venir les enfants pour le décorer la semaine prochaine.

Liliane et ma mère poursuivent avec les autres festivités : le concours de pulls de Noël, la soirée de dégustation de vin chaud, les chants traditionnels, la distribution des cadeaux et la confection des bonshommes en pain d'épices.

Colin et moi restons simples spectateurs de leurs échanges d'informations.

— Voilà, dit Liliane en tapotant le bout de son stylo sur

le calepin. Ce n'est pas grand-chose, mais c'est ce que nous avons réussi à mettre sur pied. Il n'y a plus qu'à finaliser deux ou trois bricoles.

Je regarde la liste, terrorisée par ce qu'implique ce « pas grand-chose ». Est-ce que quelqu'un a remarqué que nous ne sommes que quatre autour de cette table ? Dont deux qui auraient pu se passer de venir tant leur contribution est insignifiante.

— Colin, reprend Liliane en pointant son stylo sur lui, Susanne nous a dit qu'on pourrait organiser l'atelier pour la confection de sablés dans la boulangerie. Tu confirmes ?

Colin déglutit, aussi impressionné que moi. J'en déduis que c'est la première fois qu'on le sollicite en tant qu'organisateur.

— Bien sûr. On fait ça quand vous voulez.

Ma mère lui sourit, ce qui me fait grincer des dents. Elle lui a toujours trouvé des tas d'excuses. Même quand il m'a brisé le cœur.

Selon elle, il traversait une période très difficile, et je devais lui laisser du temps. C'est exactement ce que j'ai fait, avant de réaliser qu'il n'avait probablement jamais eu l'intention de renouer avec moi.

— Maintenant, on passe à la distribution, dit Liliane en regardant sa montre. Je prends le concours de pulls, les chants de Noël, la décoration du grand sapin sur la place et la distribution de cadeaux.

— Moi, enchaîne ma mère, je m'occupe de suivre la décoration des jardins, et le marché de Noël.

Les deux femmes valident leur répartition d'un hochement de tête, puis elles se tournent vers nous. Un silence qui n'augure rien de bon s'installe à la table.

— C'est que…, commencé-je.

— Je n'ai jamais rien organisé de ce genre, continue Colin.

Autrement dit, nous n'allons pas être d'une grande aide.

— Allez…, dit Liliane, pas la peine de vous sous-estimer. On va vous laisser le plus simple : la vente de sapins, la dégustation de vin chaud et l'atelier des bonshommes de pain d'épices. Vous pourrez prendre conseil auprès de vos grand-mères. Ce sont deux têtes de mules, mais je suis certaine qu'elles ne refuseront pas de vous donner un coup de main.

La liste me donne le tournis. En jetant un œil au calendrier rédigé par Liliane, je constate que l'équipe de tournage sera présente pour la dégustation de vin chaud. Et, bien sûr, pour les autres animations que Liliane et ma mère se sont attribuées.

Liliane quitte la table et revient avec une cafetière brûlante.

— Sans compter qu'en vous y mettant tous les deux, ça sera moins compliqué.

Tous les deux ? Comment ça, « tous les deux » ?

— Excellente idée, commente ma mère.

Je crois que je suis en état de choc. Colin et moi ? Est-ce qu'elles plaisantent ?

Liliane adresse un regard lourd de sous-entendus à Colin, exactement comme si elle avait fomenté son coup.

— Ce sera plus simple, renchérit-elle. Vu les délais, on ne peut pas se permettre de trop s'éparpiller. Toi, Colin, tu connais bien le village et les habitants. Et toi, Juliette, si ma mémoire est bonne, tu es calée au niveau de l'organisation. Il suffira de s'assurer que tout se déroule comme prévu. Vous allez former une super équipe.

Après une courte pause, elle ajoute :

— C'est tellement gentil d'avoir accepté de remplacer vos grand-mères !

Elle ne cherche même pas à cacher son sarcasme.

Une bouffée de chaleur me submerge.

OK. Tâcher de parler d'une voix claire. Ne pas montrer que je panique. Garder le contrôle.

— Comme on débute tous les deux dans ce… domaine, on risque de faire des erreurs. On s'en sortira bien mieux en solo. J'ai l'habitude de travailler en autonomie et…

Tous les regards se braquent sur moi.

— Ah non, il faut penser « efficacité » avant tout, dit Liliane.

Elle se frotte le menton et ajoute, l'air entendu :

— Ça ferait beaucoup trop pour une personne seule, alors que vous pourriez être deux.

Nous nous tournons vers ma mère, comme si nous jouions une partie de ping-pong infernal.

— C'est difficile de trancher… Qu'en penses-tu, Colin ?

Balle de match.

C'est la victoire assurée. Lui non plus n'a aucune envie de faire équipe avec moi. Ravie que le stratagème grossier de Liliane capote, je prends ma tasse pour boire quelques gorgées de café.

— On fait comme ça, annonce Colin d'une voix tranquille. Je fais équipe avec Juliette.

Je manque d'avaler de travers. Les regards se braquent sur moi, me mettant au défi de refuser. D'oser dire que je ne veux pas faire équipe avec Colin. D'oser avouer que rien que sa présence m'est douloureuse.

— OK, dis-je d'une voix que j'aurais aimé plus assurée.

Ma mère m'observe du coin de l'œil, tandis que Liliane rassemble les documents.

— Une dernière chose : comme l'équipe de tournage ne pourra pas être présente pour chaque animation, j'ai pensé qu'on pourrait également filmer de notre côté. Colin, tu t'en occuperas ?

Il ne répond pas immédiatement. Et pour cause. Ça doit faire six ans qu'il a remisé ses rêves de cinéma documentaire au placard.

— Tu as toujours ta caméra ? insiste Liliane.

— Je crois, oui.

— Parfait ! Chacun sait ce qu'il a à faire, nous pouvons lever la réunion.

Quelques minutes plus tard, ma mère et moi quittons le café-restaurant, pour rejoindre la voiture. Durant le trajet du retour, elle ne dit rien, s'attendant sans doute à ce que je prenne la parole en premier. Même si j'ai fait de mon mieux pour cacher les sentiments contradictoires que j'ai ressentis durant la réunion, je sais qu'elle n'en a pas perdu une miette.

Et je sais exactement ce qu'elle se dit : *Juliette nous a menés en bateau. Elle n'a pas tourné la page, contrairement à ce qu'elle a affirmé à qui voulait l'entendre.*

De retour à la maison, nous passons à table. Ma mère attend que le déjeuner soit terminé et que nous soyons seules pour me questionner :

— Comment ça va ?

— Passé la surprise de me retrouver en binôme avec Colin, je dirais que ça va.

Elle hoche la tête pour m'encourager à lui livrer ce que j'ai sur le cœur.

— J'ai l'impression que ce comité est un guet-apens. Deux membres s'en vont et on nous demande, à Colin et moi, de les remplacer. Je me demande même si cette dispute entre Jacky et Susanne n'est pas un coup monté.

Ma mère m'adresse un regard peiné.

— J'ai parlé avec ta grand-mère. Susanne et elle ont malheureusement l'air d'avoir de bonnes raisons d'être en froid.

— Qu'est-ce qu'elle t'a dit ?

— Pas grand-chose. Seulement que leur litige n'avait rien à voir avec le concours. Crois-moi, si ça n'avait pas été vraiment important, ta grand-mère ne t'aurait jamais mise dans cette situation.

Ma mère se penche sur la table et pose sa main sur la mienne.

— Tu sais, je me doutais bien que ton absence au village avait un rapport avec lui, malgré ce que tu as cherché à nous faire croire. Je te fais un thé ?

Au travers de sa demande, je comprends qu'elle souhaite que nous ayons une vraie conversation. Celle que nous n'avons jamais eue durant ces six dernières années. Cette fois, la Juliette parisienne, à la vie sociale trop remplie, ne peut plus rien pour moi.

— D'accord.

Elle se lève et rejoint le plan de travail. Elle verse l'eau dans la bouilloire et se tourne vers moi.

— Tu n'as pas tourné la page…

Ce n'est pas vraiment une question, aussi je me contente de hausser les épaules.

— Certains jours, je me lève sans penser à ce qui s'est passé entre Colin et moi. J'ai l'impression que la tristesse est enfin partie. Mais, généralement, ça ne dure pas.

— Est-ce que je dois m'inquiéter ?

— Non, je vais bien. C'est juste que passer à autre chose

est bien plus long que ce que j'imaginais. Mon ex-petit ami m'a plaquée il y a six ans et je n'arrive toujours pas à aller de l'avant. Personne n'y peut rien.

— Bien sûr que si. Je n'ai pas mesuré à quel point ça pouvait être difficile pour toi. Je refuse de t'obliger à prendre cette place au comité si côtoyer Colin te fait encore souffrir. Si tu ne veux pas faire équipe avec lui, je le comprends. Il est encore temps de trouver une autre solution.

Sa proposition me touche.

De la vapeur d'eau s'échappe de la bouilloire. Ma mère prend deux tasses dans le placard ainsi que deux sachets de thé. Elle pose ma tasse devant moi et se rassoit sur sa chaise.

— Colin a eu beaucoup de mal à se remettre de votre séparation.

— Je sais, dis-je en enserrant ma tasse brûlante.

Elle m'en a parlé quand, les premiers mois, j'espérais que, faute de m'appeler, il était au moins passé voir mes parents – ce qu'il n'a jamais fait.

— Mais je ne t'ai pas tout dit. J'ai découvert quelque chose presque un an après ton départ pour Paris.

Surprise, je lève les yeux vers ma mère.

— Tu ne voulais plus entendre parler de lui. Tu disais que tu t'amusais bien à Paris. J'ai jugé qu'il valait mieux garder ça pour moi.

— J'étais en colère, dis-je, sentant l'émotion me submerger.

Et je crois que je le suis encore.

— Un matin, nous sommes allés faire un tour dans le bois, ton père et moi. Nous l'avons trouvé près de votre arbre.

Je hausse un sourcil, faisant comme si je ne me rappelais pas notre sapin majestueux.

— Je l'y ai croisé plusieurs fois, continue ma mère. Il avait l'air malheureux comme les pierres.

Sa révélation me serre le cœur. Pourquoi Colin se serait-il amusé à passer du temps près de cet arbre ? Peut-être qu'il est allé effacer les inscriptions que nous avions gravées sur le tronc pour s'assurer qu'il ne reste plus rien de notre histoire.

— Je ne sais pas exactement ce qui s'est passé entre vous, ajoute ma mère de sa voix douce. Mais je pense que l'un et l'autre, vous aviez vos raisons et que, peut-être, il serait temps de parler.

Parler. Faire remonter la douleur de la rupture.

— Je ne sais pas si j'en suis capable.

— Tu sais au moins si tu veux faire équipe avec lui ou non ?

Il y a quelques jours, j'aurais dit non. Mais maintenant que je l'ai vu et que j'ai croisé son regard, je suis incapable de répondre à sa question.

— Laisse-moi un peu de temps.

Ma mère m'adresse un regard navré. C'est précisément ce genre de regard que j'espérais éviter en lui vantant une vie parisienne animée. Il ne faudra pas une journée avant que mon père soit au courant.

— Je sors un peu, j'ai besoin de prendre l'air.

J'enfile mon manteau et je quitte la maison. Espérant que cette balade m'aide à prendre une décision, je longe la route et, après le hameau, je m'engage sur le chemin qui mène à la forêt. L'odeur de sapin me saisit, comme la dernière fois. Mais au lieu de prolonger ma route, je m'avance vers notre arbre.

Mon cœur bat fort. Je sais que lire les promesses que nous avons gravées sur le tronc me brisera le cœur. Mais je veux comprendre pourquoi Colin est revenu ici et m'assurer qu'il n'a pas tout effacé. J'ai besoin de savoir que notre relation vit encore, même si c'est seulement dans le passé.

Quand je suis tout près, je découvre beaucoup plus d'annotations que dans mes souvenirs. À celles que nous avions faites s'ajoutent des dizaines de traits. Au-dessus d'eux, une inscription : *Ton absence.*

Pourquoi Colin serait-il venu marquer cet arbre des jours de mon absence à Valmont ? C'est lui qui a brisé notre couple.

Mais c'est aussi lui qui a gravé ces traces du temps qui s'écoule... Émue, je passe la main sur le tronc. Ma mère a raison : Colin a peut-être des choses à exprimer. Et si je quitte le comité maintenant, je condamne la moindre chance d'une discussion entre nous. Et je ne saurai jamais pourquoi il a pris cette décision.

Plus tard, quand je rentre, chamboulée par ma promenade, je trouve ma mère et Jacky installées dans le salon, devant le feu de cheminée.

Je cherche le regard de ma mère pour y trouver un signe encourageant concernant ma grand-mère, qui ne s'exprime plus que par monosyllabes depuis hier. Elle m'adresse un maigre sourire qui signifie : pas d'amélioration.

— Je garde ma place au comité.

Ma mère me gratifie d'un « merci » chaleureux. Maintenant que j'ai pris ma décision, pas question de laisser ma grand-mère s'enfoncer dans son mutisme. À mon tour de lui secouer les puces ! Et puisque je suis condamnée à la remplacer, je m'estime en droit de revendiquer son aide.

— Jacky ? Ne plus faire partie du comité ne te dispense pas de me donner des conseils pour la vente de sapins. Allez, au boulot !

7

Les souvenirs s'invitent aux festivités

« Embrasse-la donc, au lieu de la soûler de paroles. »

La vie est belle

Vendredi 10 décembre
Colin

La semaine est passée à toute allure. Entre la boulangerie et les premiers cartons, je n'ai pas eu une minute à moi.

Quand mon téléphone s'éclaire, sur le comptoir, le prénom de Jessica s'affiche sur l'écran. Je m'apprête à la laisser passer sur la messagerie avant de me rappeler que j'ai déjà refusé ses appels précédents. En cette fin d'après-midi, c'est le calme plat à la boulangerie, je n'ai aucune raison valable de ne pas répondre.

— Salut, dis-je en décrochant.

— Oh ! salut ! Je commençais à me dire que tu m'évitais.

Droit au but, c'est bien Jessica.

— Désolé, je suis débordé.

En quelques mots, je lui parle du comité et des animations à venir, comme si cela justifiait quoi que ce soit. En réalité, quand je suis allé voir Liliane pour m'enquérir de l'organisation de la vente de sapins, elle m'a fait savoir que Juliette s'était déjà occupée de tout. En clair, je n'avais qu'à me présenter deux heures avant la vente pour aider à décharger les arbres.

— C'est super que tu t'investisses, répond Jessica, toujours enthousiaste. C'est sans doute ton dernier Noël à Valmont, autant le rendre mémorable.

Sans doute. Elle attend sûrement que je saisisse la perche et que je la rassure.

— Je me serais bien passé de cette charge supplémentaire, éludé-je.

— Est-ce que Susanne va bien ?

— Elle se porte comme un charme, dis-je en la voyant pousser la porte de la boulangerie.

Elle m'adresse un sourire et m'encourage d'un signe à poursuivre ma conversation. Je m'isole dans la réserve pour discuter en toute intimité.

— Et toi, Jessica, comment ça va ?

— Plutôt pas mal. Je suis repassée à cette fameuse boulangerie proche de chez moi. La gérante m'a demandé des nouvelles de mon candidat ! Il faut dire que je n'ai pas tari d'éloges à propos de ce gars talentueux venant d'un petit village perdu dans les Alpes.

Elle fait de l'humour, mais je sens qu'elle s'inquiète. Elle s'attendait à ce que je me montre plus réactif et je ne l'ai même pas relancée pour obtenir un numéro ou une adresse mail.

— Le poste est disponible à partir de quand ?

Un silence me répond.

Quel crétin !

Jessica n'est pas idiote, elle sait lire entre les lignes. Et moi qui ne parviens pas à mettre de l'ordre dans mon foutu crâne ! Depuis que Juliette est là, je suis complètement paumé. Je la guette, chaque fois que s'ouvre la porte de la boulangerie, alors que je suis à peu près certain qu'elle ne remettra jamais les pieds ici. Je l'ai vu à sa mine, quand Liliane et Anne nous ont appris que nous allions faire équipe. On aurait dit qu'on lui annonçait son exécution dans l'heure, alors que moi, pauvre idiot, j'ai sauté sur l'occasion pour me rapprocher d'elle.

— Jess ? dis-je au bout d'un moment.

— Je suis là. Disons que ta question me surprend. Est-ce que tu as toujours envie de ce job ?

Je la remercie intérieurement de ne pas avoir posé l'autre question : *est-ce que tu veux toujours me rejoindre à Nice ?* À laquelle je répondrais par l'affirmative, mais peut-être pas pour les bonnes raisons. Que dirait-elle si elle savait que Juliette occupe de nouveau toutes mes pensées ? Sans doute que je m'accroche à un mirage, et elle aurait raison. Juliette est seulement de passage, une vie bien remplie l'attend à Paris. La vie dont elle rêvait.

— Tu tapes dans le mille, comme d'habitude, dis-je d'une voix que je tente de rendre légère. J'ai réfléchi et je ne suis pas certain d'avoir envie de me remettre en selle aussi vite.

— Bien sûr, j'aurais dû m'en douter. On laisse tomber le poste. Ce sera l'occasion de prendre des congés. Je suis certaine que tu n'en as pas pris beaucoup ces dernières années.

Aucun. La boulangerie ne me laisse aucun répit. Fermer reviendrait à priver les habitants de Valmont de leur pain quotidien et les pousser à se rendre à Saint-Martin, le village le plus proche… ce que je ne suis pas sûr de vouloir. De leur vivant, mes parents avaient à cœur d'être au service de leurs clients. Ils disaient que, tant qu'un Guillaud serait derrière le four, nous serions ouverts tous les jours. Je n'ai jamais eu le cœur de les faire mentir.

— Tu veux me donner le numéro de cette boulangerie pour que je m'excuse auprès de la gérante ?

— Laisse, ça ira. Je m'en charge.

Je lève les yeux vers l'horloge et constate qu'il est bientôt l'heure de me rendre à la vente de sapins. Je m'apprête à dire à Jess que je dois raccrocher, mais elle me devance :

— Bon, je vais me préparer pour mon service, je suis du soir cette semaine.

— OK. On se reparle plus tard.

— On fait comme ça, dit-elle d'une voix où pointe la déception de ne pas avoir un au revoir plus chaleureux.

Je raccroche, conscient de ne pas être honnête avec elle. Mais comment faire ? Je suis moi-même incapable de faire le tri dans ce que je ressens. À un détail près : mon cœur bat plus fort quand Juliette est dans les parages. Et ça, c'est bien réel, ce n'est pas un mirage.

L'esprit bouillonnant, je rejoins ma grand-mère. Elle discute avec une cliente, Mme Pelletier. Gisèle habite deux maisons avant celle des parents de Juliette. Chaque fois que ma grand-mère m'épaule, elle lui fait un compte rendu de l'activité de sa rue, comme si c'était le quartier d'affaires d'une mégalopole. Ma grand-mère s'amuse de son commérage, je la soupçonne même de la relancer au-delà du raisonnable pour le plaisir d'une discussion futile.

— Je l'ai vue se promener dans les bois, deux fois

depuis son arrivée. Elle a besoin de se changer les idées, la pauvre petite.

D'abord concentré sur mon carnet de commandes, je tends une oreille pour savoir de qui elle parle. Mme Pelletier, qui m'a vu arriver, se met à chuchoter bien que ce soit parfaitement inutile : on pourrait l'entendre depuis la réserve.

— Elle semble si triste. C'est dommage, à son âge une belle fille comme elle devrait avoir le sourire aux lèvres. Et puis… je la trouve amaigrie.

— Le grand air, c'est le remède à tous les maux, répond ma grand-mère pour entretenir la conversation sans trop se mouiller.

— C'est vrai. En tout cas, elle a bien fait de revenir à Valmont. Ses parents vont la requinquer.

Aucun doute, elle parle de Juliette. Et j'irais même jusqu'à dire qu'elle guette ma réaction. Je ne lui ferai pas le plaisir d'intervenir…

Bon, cela dit, elle me conforte dans l'idée que Juliette n'est pas seulement ici pour ses vacances, mais plutôt pour se remettre de quelque chose. Mais de quoi ?

Je m'efforce de rester de dos pendant qu'elle paye sa commande puis, dès que Mme Pelletier a quitté la boulangerie, je me tourne vers ma grand-mère.

— Tu sais ce qu'elle a voulu dire ?

— Bonjour, mon Colin. Tu as une mine resplendissante aujourd'hui.

Je bredouille des excuses en réalisant que je me suis montré trop direct. Elle me montre sa joue pour que j'y dépose une bise et je m'exécute de bonne grâce.

— Et donc ? dis-je pour revenir au sujet qui me préoccupe.

— Je ne sais pas grand-chose.

Elle fait mine de ranger le pain pour ne pas avoir à croiser mon regard inquisiteur, mais je me poste en face d'elle, les bras croisés sur le torse.

— Pas grand-chose ?

— Bon… puisque tu y tiens : Jacky m'en a touché deux mots avant notre dispute. Juliette a essuyé un coup dur dans son travail. Mais ce n'est pas tout.

— Quoi ?

Ma grand-mère soupire.

— Ça fait longtemps que Jacky s'inquiète pour elle. Elle ne la trouve pas franchement épanouie.

Je suis tenté de lui demander pourquoi personne ne m'a rien dit plus tôt… mais je connais déjà la réponse. Parce que j'ai fait en sorte de ne plus rien savoir d'elle. Et ce n'était pas par désintérêt, bien au contraire. La vérité, c'est que j'avais peur. Peur qu'elle se force à rester près de moi plutôt que partir vivre son rêve.

Ma grand-mère doit deviner que sa phrase réactive de tristes souvenirs. Elle m'adresse un faible sourire.

— Tu ne lui as toujours pas parlé ?

— On s'est vus à la réunion du comité.

— Tu sais très bien ce que je veux dire…

— Juliette ne donnait pas l'air d'avoir spécialement envie de discuter du passé avec moi.

Je secoue la tête, comme si ressasser tout ça était absurde. C'était son rêve de partir à la capitale, et je me suis efforcé de le respecter. Quitte à endosser le rôle de celui qu'elle déteste le plus au monde.

Un vrombissement attire mon attention. Derrière la vitre, j'aperçois le véhicule du producteur de sapins. Après une manœuvre, il se gare au centre de la place.

— Je dois y aller, dis-je en sortant de ma torpeur.

J'enfile mon blouson et quitte la boulangerie, prêt à décharger la camionnette – et convaincu qu'un peu d'activité physique me permettra de chasser Juliette de mes pensées.

Une heure plus tard, nous avons fini de disposer les sapins sur la place. M. Jacquet, le producteur, me félicite d'une tape amicale dans le dos.

— Eh bien ! Je vous tire mon chapeau : je n'ai jamais fait de mise en place aussi efficace.

Le résultat est à la hauteur de mon besoin d'évacuer la tension engrangée ces dernières heures. Nous avons classé les arbres en trois catégories : les épicéas, les nordmann et les douglas. Quand les éclairages de Noël se sont allumés, vers 17 heures, un halo de couleurs étincelantes a sublimé les spécimens que nous proposerons à la vente.

Quoique absorbé par ce spectacle de lumière, je me rappelle soudain que Liliane et Anne ont évoqué des décorations promises par le maire, et qui seraient à distribuer ce soir. Au même moment, la voiture des parents de Juliette débouche au coin de la place. C'est un utilitaire gris, chargé à ras bord. Et je sais qui est au volant.

— On dirait que vous avez du renfort, monsieur Guillaud. Bon, je file, j'ai une autre livraison pour Saint-Martin. Vous me passerez un coup de fil, s'il y a des invendus ? Je viendrai les récupérer en fin de soirée.

— Pas de problème.

J'ignore si me laisser seul avec ma coéquipière est une bonne idée. En tout cas, ça me rend nerveux et ruine le bénéfice de mes efforts. J'ai déjà besoin d'une autre séance de sport…

En rejoignant Juliette près de sa voiture, je remarque qu'un groupe de curieux s'approche des sapins. Au moins, si l'affluence est au rendez-vous, je n'aurai pas à entretenir une pseudo-conversation superficielle avec elle.

— Un coup de main ?

— Ce n'est pas de refus.

Derrière la porte coulissante grande ouverte, je devine des sacs remplis de décorations.

— Je suis passée à la mairie cet après-midi. Et je vois que, de ton côté, tu as installé les sapins.

— Liliane m'a transmis ton message.

Oui. La gérante du café-restaurant nous sert d'intermédiaire. Mais inutile d'ajouter de l'huile sur le feu en soulignant le ridicule de la situation. Nous déchargeons vite et en silence. Quand nous avons terminé, je lui fais part des consignes de M. Jacquet :

— Nous avons des épicéas, des nordmann et des douglas. Dans chaque groupe, il y a trois tailles d'arbres. Les prix sont indiqués sur l'étiquette attachée au tronc.

Je lui montre le tiroir-caisse improvisé que j'ai posé par terre.

— On prend les paiements par chèque uniquement.

La suite, elle la connaît. M. Jacquet reverse dix pour cent de son chiffre d'affaires au comité des fêtes.

Tout est parfaitement clair pour Juliette qui acquiesce et se dérobe, me laissant croiser ses yeux verts une infime seconde. C'est suffisant pour me rappeler à quel point elle est éblouissante. Aujourd'hui, elle porte un jean bleu foncé rentré dans des bottes fourrées. De sa doudoune grise dépasse une écharpe rose assortie à l'adorable bonnet qui camoufle ses boucles brunes.

Bon sang… arrête avec tes « adorables » !

Maintenant que je la vois en pied, je constate que ses formes pulpeuses, que j'aimais tant caresser, ont fondu. Difficile de croire qu'elle aurait perdu du poids pour plaire à un pauvre type : ce n'est pas le genre de Juliette de se plier à des diktats. Les mots de ma grand-mère me reviennent : elle semblait imputer ce changement à problème plus profond.

— Il reste un dernier sac, Colin.

Nous restons quelques secondes figés l'un en face de l'autre.

Heureusement, un couple se présente déjà devant notre installation, mettant fin à ce moment gênant. Ce sont les Denis, un couple de retraités qui loge au bout de la rue.

— Je retourne à la voiture. Tu t'occupes d'eux ?

Juliette acquiesce, sans se faire prier. J'avance vers son véhicule et je trouve ledit sac sur le siège passager. À l'intérieur, il n'y a pas de décorations, mais un thermos, deux tasses, une boîte que je devine remplie de gâteaux, et un poste CD. Je reste une seconde interdit.

Est-ce qu'elle a préparé ça pour nous deux ?

Secouant la tête pour chasser toute hypothèse hasardeuse, je m'empare du sac, de la table pliante, et des deux chaises calées entre le fauteuil et le tableau de bord. Je pose le tout près de notre stand improvisé et cherche Juliette du regard.

— Vous faites un excellent choix, dit-elle devant un douglas imposant.

Les Denis semblent ravis.

— Ce sont surtout nos petits-enfants qui vont apprécier. Ils arrivent dans dix jours.

Mme Denis prend la main de son mari. Ils échangent un sourire complice à la perspective de ce moment.

— Comment fait-on pour le charger ? demande M. Denis.

Je m'avance pour répondre à leur question.

— Approchez votre voiture, je vais vous aider. Vous avez besoin de décorations pour votre terrasse ?

Ils refusent de concert. Mme Denis ajoute :

— On a largement de quoi faire.

Je me tourne vers Juliette dans l'idée de lui demander de gérer le paiement avec Mme Denis. Elle acquiesce pour me signifier qu'elle a compris le message avant même que j'aie ouvert la bouche, ce qui n'est qu'un cuisant rappel de notre complicité de l'époque. Entre nous, un regard suffisait pour en dire beaucoup.

En cinq minutes, l'énorme sapin est chargé dans la voiture de M. Denis. Son épouse nous rejoint au moment où nous terminons et nous congratule pour le travail accompli. Puis elle me glisse :

— Ça nous a fait plaisir de vous voir, tous les deux. Il y avait longtemps.

Je m'apprête à rétablir la vérité, mais elle ne m'en laisse pas le temps. M. Denis m'adresse un clin d'œil et prend également place dans sa voiture. Je les laisse filer, sachant que, tôt ou tard, quelqu'un finira par leur dire qu'ils font fausse route.

Quand je reviens à notre stand, la table et les deux chaises sont dépliées, deux tasses jouxtent le thermos. Des chants de Noël s'échappent de l'authentique poste CD disposé à même le sol.

— J'ai pensé que la soirée serait longue, dit-elle simplement.

Je déglutis, considérant avec beaucoup d'attention les deux chaises placées l'une à côté de l'autre. Plutôt que de m'asseoir en attendant nos prochains clients, je décide que c'est le bon moment pour sortir la caméra. Discrètement, je la tire de la poche intérieure de mon blouson. Je n'ai eu aucun mal à la trouver même si, comme beaucoup de ce qui appartenait à ma vie d'avant, j'avais choisi de la ranger dans un tiroir. Reste à savoir si je sais toujours m'en servir après tout ce temps.

Je mets l'appareil en marche et je commence à filmer les sapins. La musique de Noël apporte sa magie aux images, si bien que je n'ai pas besoin de les commenter. Quand Juliette apparaît dans le champ, je souris. J'adorais la filmer. Juliette avait une vraie présence, très lumineuse… et ça n'a pas changé.

Je retrouve peu à peu le plaisir de saisir l'instant et je sens que ma caméra redevient une extension naturelle de ma main, de mon regard. Je continue de filmer Juliette, sans qu'elle y prête attention. Elle ouvre le thermos et remplit ma tasse, puis elle prend la sienne entre ses mains pour respirer l'odeur de son chocolat. Je l'ai vue faire ce geste des dizaines de fois. Et, sans crier gare, il ravive le souvenir de notre dernier baiser.

— Je vais faire le tour des arbres, dit-elle avant de s'échapper entre les allées.

Je tourne la caméra vers les sapins et, tandis que je la filme qui s'éloigne, je laisse le souvenir me revenir dans sa globalité. C'était un soir de juin, il y a six ans. Ses parents étaient sortis. Elle m'avait fait monter dans la cuisine, pour me proposer un thé. Adossée au plan de travail, elle avait enserré sa tasse et humé les volutes, les paupières closes, comme aujourd'hui, pendant que je lui racontais un film vu la veille.

Elle avait rouvert les yeux, me regardant avec malice. J'étais sûr qu'elle allait citer une réplique de film, elle adorait faire ça.

— « *Embrasse-la donc, au lieu de la soûler de paroles.* »

Et c'est précisément ce que j'avais fait.

8

Difficile de trouver la bonne distance

« Et qu'est-ce qui se passe si tu tombes amoureuse ?
— Oh... Me dis pas que tu crois à ces trucs-là !
— Je te parle d'amour, là, pas du père Noël. »

(500) jours ensemble

Juliette

La vente se passe plutôt bien.

Les chants traditionnels de Noël apportent leur touche de gaîté à notre stand, si bien que les yeux des promeneurs s'illuminent dès qu'ils s'approchent. Souriants, la mine rêveuse, ils flânent entre les groupes de sapins avant de nous faire signe pour obtenir des conseils ou nous indiquer le spécimen qui a leur préférence.

À plusieurs reprises, parce que je ne suis pas très au point en matière de conifères, Colin vient à ma rescousse. Armé d'une bonne dose d'humour, et de sa caméra, il vante le naturel du douglas, l'odeur enivrante de l'épicéa, sans oublier de mentionner la résistance du nordmann… et nos clients finissent par éclater de rire : devant autant d'atouts, difficile de faire un choix !

J'avais oublié combien Colin pouvait être sociable et drôle. Passer du temps avec lui me rappelle tous ces petits détails qui me faisaient craquer. Comme sa manie de tout filmer.

Je me souviens de son sourire, à moitié caché par l'écran de sa caméra, quand il la tournait vers moi, pensant que je ne le voyais pas. J'adorais quand il filmait nos escapades dans les bois, certain que le Colin et la Juliette adultes se délecteraient de ces images. Finalement, rien ne s'est passé comme prévu.

Mes parents arrivent en début de soirée. Au visage fermé de mon père, je devine que ma mère a dû le mettre à jour sur ma prétendue vie épanouie à Paris et donc sur ma vraie-fausse digestion de rupture.

Mon père m'adresse un petit signe de la main et se tourne vers mon binôme. Entre son bonnet et son écharpe, ses yeux apparaissent comme deux fentes prêtes à le mitrailler. Pendant qu'ils choisissent leur sapin, mon père jette des regards appuyés à Colin, qui a abandonné sa caméra sur notre table d'appoint.

Son côté protecteur me touche. Mon père m'aurait protégée de toutes les peines sentimentales, s'il l'avait pu. Seulement, cela revenait à m'empêcher de faire mes propres expériences. Un dilemme cornélien pour un père désireux du meilleur pour sa fille.

Je rejoins mes parents, tandis qu'ils entament une discussion animée devant un nordmann de plus de deux mètres de haut.

— Ça ne passera pas, Anne.

— Bien sûr que si. On le mettra vers la cheminée.

Mon père lève un sourcil narquois, comme s'il soupçonnait ma mère de croire que, de ce côté-là du salon, le plafond serait plus haut.

— Je comprends maman, il est magnifique. D'ailleurs, on a failli le vendre trois fois déjà.

— Et laisse-moi deviner... Personne ne l'a pris car il est trop grand.

Je ris, bien déterminée à ne pas laisser mon père ironiser. Dès le mois de décembre, ma mère et moi avons toujours fait bloc. Jusqu'à ce que je quitte le village, j'attendais Noël avec une impatience qui faisait rire tout le monde.

Et puis, j'ai changé. J'ai décidé de ne plus m'intéresser à cette fête, comme si elle était la responsable de tout. Je découvre ce soir combien j'ai eu tort.

— Au risque de te décevoir, papa, ils ont plutôt mentionné un problème de voiture.

— Tu vois ! dit ma mère. Je suis sûre qu'il passe !

Mon père m'adresse un regard résigné.

— Je crois que tu as trouvé tes acheteurs. J'espère que le producteur te reverse un pourcentage sur les ventes.

— À moi, non, mais au comité des fêtes, oui. Bon, je préviens Colin. Il va vous aider à le charger.

À mon signal, Colin se raidit, comme si approcher mes parents revenait à marcher vers la potence, ce qui m'arrache un petit sourire victorieux.

— À ce propos, enchaîne mon père, on aura besoin de l'utilitaire. À moins que je ne parvienne à tasser dans la voiture de ta mère cet immense et gigantesque sapin qui ne rentrera pas dans le salon.

Celle-ci lui assène une tape sur l'épaule, pour le réprimander de sa mauvaise grâce.

— Colin, mes parents prennent ce modèle-là. Tu peux les aider à le mettre dans l'utilitaire ?

Aussi tendu qu'un arc bandé, il acquiesce, mais ma mère refuse d'un geste de la main.

— Tu as besoin de la voiture. On va se débrouiller autrement.

— Je n'en ai plus besoin. Les décorations promises par M. Blanc sont presque toutes parties. Laisse-moi la tienne. Ça suffira pour mettre la table et les chaises pliantes.

Ma mère possède une Twingo des années 2000. Un modèle pratique pour ses tournées, mais incapable d'accueillir ne serait-ce que la moitié du sapin que nous avons sous les yeux.

— Eh bien, d'accord ! fait-elle, folle de joie.

Durant les minutes qui suivent, ma mère et moi renonçons à aider mon père et Colin, bien décidés à jouer les gros bras. À la place, nous allons finaliser l'achat.

Quand ma mère me remet son chèque, elle croise mon regard soucieux.

— Je me demande s'ils vont réussir à terminer de charger le nordmann sans s'étriper.

— Ne t'inquiète pas trop pour Colin. Il a l'habitude. Ton père ne manque jamais une occasion de lui montrer qu'il désapprouve ce qui s'est passé.

Je lui adresse un regard interrogateur.

— Tu n'as pas remarqué qu'il mettait presque trois quarts d'heure pour aller chercher le pain, le matin ?

Je réfléchis. Maintenant qu'elle le dit, je m'en suis fait la réflexion plus tôt dans la semaine…

— Il va jusqu'à Saint-Martin.

J'écarquille les yeux, surprise.

— Tu veux dire qu'il boycotte la boulangerie de Colin ?

— C'est ça. Mais si tu lui en parles, il t'expliquera que c'est juste parce qu'il a une course à faire dans le secteur.

Je me tourne vers mon père, saisie par un élan de tendresse.

— Personne ne lui a dit d'arrêter ? finis-je par demander, consciente des efforts que ce détour lui réclame.

— Ton père est têtu, il arrêtera le jour où il aura la preuve que cette histoire est derrière vous pour de bon.

Les dernières nouvelles n'ont pas dû arranger les choses. Ma mère glisse une mèche de mes cheveux derrière mon oreille.

— Je suppose que passer du temps avec Colin te permettra d'avancer.

Dans le fond, je sais bien ce qu'elle suggère... Entre deux ventes de sapin, nous pourrions parler, Colin et moi. Parler vraiment. Elle a raison mais j'ignore toujours si je suis prête.

— Je vois que vous ne manquez pas de clients ! dit ma mère pour revenir à une conversation plus légère.

Elle a raison, des silhouettes plus ou moins familières s'acheminent vers notre stand.

— Allez, ton père et moi, on rentre. On a un sapin à installer. À plus tard !

Elle s'éloigne et libère Colin de son angoissant tête-à-tête avec mon père. Quand il me rejoint, plus pâle qu'un fantôme, je pointe du doigt les nouveaux arrivants.

— Regarde, Colin, on dirait...

— Aurélie et Thomas ! Ils m'avaient dit qu'ils passeraient. Tom est en congé pour le week-end.

Aurélie, dite « Lili », et moi nous sommes rencontrées au collège, à Albertville, avant de nous perdre de vue. Thomas, lui, retrouvait parfois Colin à Valmont pour faire les quatre cents coups. Je me rappelle que j'avais mentionné son nom lors d'une de mes discussions avec Aurélie. Celle-ci avait mimé un tel dégoût que j'avais élevé leur mésentente au rang de discorde irréconciliable. Vu leur manière de se dévorer des yeux, je devine qu'ils ont fini par trouver un terrain d'entente.

— Salut, dit Lili d'un ton amical. Ça fait un bail ! Colin nous a dit que tu étais de retour pour quelques semaines.

Je me tourne vers Colin et lui adresse un regard reconnaissant pour cette petite surprise. J'apprécie sincèrement de revoir des visages de mon enfance.

— Oui, je suis là pour les fêtes.

Thomas s'approche et, d'un geste du menton, nous désigne tous les deux.

— Il faudra qu'on se voie. Et sans traîner.

Le ton dirigiste qu'il emploie me fait sourire.

— À vos ordres, agent Tom, réplique Lili en lui adressant un regard sidéré. Convoque-les au commissariat tant que tu y es ! Moi qui m'étais assurée que tu n'avais pas ton déguisement ce soir.

Il lui décoche un regard noir.

— Lili…

— Quoi ? Qu'est-ce que j'ai…

Il se penche sur elle et la fait taire d'un doux baiser. En guise de réponse, la jolie blonde éclate d'un rire franc. Leur bonheur et leur complicité sont d'une telle évidence…

Lili se détache à regret de Thomas et m'attrape par le bras.

— Je veux le plus beau sapin !

Pendant que je lui montre les derniers spécimens disponibles, elle m'explique comment elle a retrouvé Tom à Saint-Martin, l'année dernière, et sa surprise d'apprendre qu'il était devenu policier. Elle me parle ensuite du café que tenait sa grand-mère.

— Mais oui ! « Chez Madie ».

Liliane connaissait bien Madeleine, la grand-mère d'Aurélie. Elle m'avait conseillé d'aller y déguster ses légendaires biscuits à la cannelle.

— Maintenant, c'est « Chez Lili ».

Ses yeux se voilent d'un mélange de fierté et de nostalgie.

— J'ai repris l'activité de ma grand-mère. Je l'y emmène de temps en temps, même si ses sorties de l'Ehpad sont de plus en plus rares.

Elle me parle ensuite des autres membres de sa famille. Sa sœur Élisa qui fricote avec un peintre installé à Valmont et que je ne devrais pas manquer de croiser. Sa nièce, Chloé, avec qui elle adore passer du temps, et son frère, Quentin, qui suit une formation professionnelle pour s'installer à son compte en tant que chauffagiste.

Lili évoque ses proches avec bienveillance, et je réalise combien leur proximité lui importe. De cette manière, elle ne rate aucun des moments importants de leur quotidien.

— La ville ne te manque pas ?

— Pas une seconde. J'ai apprécié d'y passer quelques années. Maintenant, je préfère un mode de vie plus centré sur ma famille.

Elle s'arrête devant un sapin. Un nordmann d'environ un mètre cinquante de haut.

— Celui-là, je le veux !

Les yeux emplis d'étoiles, aussi excitée qu'une puce, elle fait signe à Thomas de s'approcher.

— Inutile de te demander si tu es sûre de toi…, soupire celui-ci en lorgnant sur un modèle d'à peine un mètre. On dirait que ces messieurs cherchent à freiner l'ambition de ces dames, ce soir !

— Vendu ! dis-je pour arrêter leur choix.

Thomas m'adresse une petite moue désespérée et Colin l'aide à emballer leur sapin. Après nous avoir fait promettre de nous revoir, ils finissent par disparaître au coin de la place.

Quand ils sont sortis de notre champ de vision, et pour m'assurer qu'aucun de nous ne commente cette légère méprise (Aurélie et Thomas nous imaginent sans doute en train de renouer), je m'approche d'un homme qui déambule dans les allées pour l'aider dans sa sélection.

Une vingtaine d'habitants s'ensuivent et font baisser notre stock jusqu'à ce qu'il ne reste plus qu'un dernier sapin.

— Enfin ! dit Colin en s'étirant. La vente touche à sa fin, c'était intense !

— Et les décorations sont toutes parties. J'ai hâte de voir ce que ça va donner sur les façades et dans les jardins !

Nous échangeons un regard complice, avant de nous reprendre, conscients de nous être laissés porter par l'ambiance festive de cette soirée.

Je m'apprête à déclarer la fin de la vente quand la neige se met à tomber.

D'épais flocons virevoltent dans le ciel. Leur danse hypnotique, au gré des chants de Noël émanant du poste CD, nous pousse à rester silencieux un moment.

C'est magique, pensé-je, avant de me rendre compte que nous sommes les derniers courageux à braver le froid sur la grand-place. Seules les lumières du café-restaurant attestent la présence d'autres âmes en cette fin de soirée de décembre.

Jamais je n'aurais imaginé être capable de me retrouver seule avec Colin, au cœur de Valmont. Comme quoi, un pas après l'autre, on finit par couvrir une distance jugée infranchissable de prime abord.

Colin semble aussi attendri que moi par ce spectacle hivernal. Durant cinq minutes, nous regardons les flocons tomber au rythme de *Mon beau sapin* de Tino Rossi, sans oser interrompre cet instant.

Mes yeux finissent par se poser sur le dernier arbre, celui qui n'a pas trouvé preneur. Sa petite taille a poussé les acheteurs vers d'autres spécimens plus impressionnants. Pourtant, il a fière allure, avec ses branches maintenant couvertes de flocons de neige.

— Je le prends.

Surpris, Colin se tourne vers moi.

— Mais… tes parents en ont acheté un.

— Je sais. Mais j'en veux un pour le petit chalet où je loge. Et celui-ci est parfait.

Colin ne cherche pas à m'en dissuader. Il ajoute simplement :

— Il est petit, mais il ne rentrera pas dans la voiture de ta mère. On va prendre la mienne.

Il retire l'étiquette du tronc, comme si l'affaire était conclue.

— Je vais me débrouiller.

Les yeux de Colin se plantent dans les miens.

— Juliette, laisse-moi t'aider, s'il te plaît.

Je sais bien ce qu'il essaye de faire. Il veut obtenir une trêve, ou au moins une preuve que nous pouvons tenter d'aller de l'avant.

Suis-je prête à la lui donner ?

Peut-être pas tout à fait, mais je peux au moins souligner les efforts qu'il fait pour se montrer agréable.

— D'accord. Seulement si tu le livres devant le petit chalet.

Au sourire qui étire ses lèvres, et qui fait naître des frissons de ma nuque à mes bras, je me demande si j'ai eu raison d'accepter.

9

Tentative d'approche en terrain ennemi

« Chaque minute qui passe est une occasion de changer le cours de sa vie. »

Vanilla Sky

Colin

Une fois le sapin chargé dans ma jeep, nous nous mettons en route jusqu'au hameau, situé à la sortie de Valmont, sur la route menant vers Saint-Martin.

La neige, qui tombe abondamment, m'oblige à me concentrer sur ma conduite et c'est tant mieux. J'ai déjà beaucoup de difficultés à ne pas me laisser dissiper par les effluves de son parfum qui emplissent l'habitacle et me rappellent combien j'aimais enfouir mon visage dans son cou pour la respirer.

Et l'embrasser.

Et la chatouiller.

Le coffre-fort ne cesse de déverser les souvenirs que j'avais emprisonnés avec soin, mettant à mal l'engagement que j'ai pris il y a six ans : la laisser libre de faire sa vie. Même loin de moi.

Arrivé à destination, je laisse le moteur tourner quelques secondes pour contempler le spectacle qui s'offre à nous : la maison des parents de Juliette est recouverte d'une fine pellicule de neige. Nous apercevons aussi le petit chalet, éclairé par le halo des phares de ma voiture. D'autres bribes de notre relation passée remontent à la surface.

— On y va ? me dit Juliette.

Je me tourne vers elle, conscient de m'être perdu quelque part entre hier et aujourd'hui.

Je gare la voiture près du portail et coupe le moteur. Je m'occupe du sapin tandis que Juliette récupère la table pliante et les deux chaises. Elle les laisse devant la porte d'entrée.

— Passe par le jardin, me dit-elle.

J'accueille sa proposition avec soulagement puisqu'elle m'épargnera de croiser à nouveau son père. S'il y a une personne que je crains à Valmont, c'est bien M. Perrin et son regard glacial. Mais peu importe ses reproches tacites. Tout ce qui a jamais compté, c'est Juliette. Qui étais-je pour briser ses rêves ou même restreindre sa liberté ? Qui étais-je pour lui demander de rester auprès d'un gars démoli par le décès de ses parents ?

Je progresse sur le tapis de neige encore immaculé pour rejoindre le chalet et dépose le sapin devant la porte. Rattrapé par un nouveau souvenir, je retiens une brusque envie de rire en me rappelant notre dernier rendez-vous ici. Juliette avait prétendu sortir les poubelles pour me retrouver. Notre supercherie avait vite été découverte.

C'était le dernier Noël insouciant. Un Noël au cours duquel je lui ai offert mon cœur. Quelques mois après, mes parents sont morts et tout a changé.

Une porte claque, me ramenant à l'instant présent. Juliette quitte la maison familiale, traverse le jardin et me rejoint devant la porte du chalet. D'un geste de la main, je lui montre la dépendance.

— Tu as assez chaud ici ?

— Mon père a installé un poêle. Il le fait tourner à plein régime. Tu sais comment il est, il s'inquiète toujours pour moi.

Oui, je sais comment il est... Il n'a jamais caché son mépris envers moi. D'ailleurs, après ma rupture avec Juliette, il n'a plus remis un pied à la boulangerie. S'il savait que j'ai seulement cherché à protéger sa fille...

Le regard de Juliette vient se perdre fugacement dans le mien. Puis elle lance :

— Je vais m'occuper de le rentrer toute seule. Tu en as déjà assez fait.

— OK.

Après tout, peut-être que nos relations sont destinées à rester à ce stade. Parvenir à supporter la présence de l'autre durant quelques semaines au village, laisser le passé où il est. Si c'est son choix, du moins pour ce soir, alors j'en prends note.

— Bonne soirée, Juliette.

J'ai conscience que nos chemins se recroiseront très vite.

Et que, tôt ou tard, il me faudra saisir ma chance et lui révéler enfin tout ce que j'ai sur le cœur.

Le lendemain, aux aurores, je contemple la place derrière les vitres de la boulangerie. Elle est recouverte d'une neige épaisse. Plus jeune, j'aurais enfilé une paire de gants et un bonnet pour aller m'y plonger avant d'entamer une série de bonshommes de neige à l'effigie de ma famille. Le plus grand pour représenter mon père, un gaillard d'un mètre quatre-vingt-cinq, toujours souriant. Le second pour ma mère que je tâchais de faire très fin, allusion aux régimes qu'elle s'imposait constamment malgré les supplications de mon père pour qu'elle cesse de se torturer. Mon père aimait profondément ma mère. C'est lui qui m'a enseigné le respect de la personne que l'on aime. C'est lui qui, chaque jour, m'a montré qu'il fallait donner le meilleur à ceux qui habitent notre cœur.

Je vide une tasse de café et je vais chercher la caméra pour capter l'ambiance du village au lever du jour. Depuis que je l'ai ressortie, je me rends compte que filmer m'a manqué. Dehors dans le froid, d'une voix que je sais chargée de nostalgie, je commente les images qui se fixent sur l'écran de contrôle.

— Voilà Valmont, mon village, chuchoté-je comme pour ne réveiller personne. À cette heure, j'ai la merveilleuse sensation de l'avoir pour moi seul.

Je filme encore quelques secondes et j'entre dans la boulangerie. Un coup d'œil à l'horloge m'indique qu'il est temps de m'activer.

Je passe en réserve pour prendre les sacs de farine dont j'ai besoin. Durant les heures qui suivent, je prépare d'autres fournées de pain.

Enfant puis adolescent, je n'étais pas vraiment intéressé par le métier de boulanger. Je le voyais comme un travail de bagnard et je supposais que mon père avait repris la place de mon grand-père parce que c'était « dans l'ordre des choses ».

Et puis, il y a eu le décès. Il a fallu envisager la possibilité de reprendre le commerce familial. J'ai dit oui. Et j'ai découvert que je pouvais m'épanouir dans ce métier qui lie étroitement l'artisanat gourmand et le contact humain. J'ai mis en pratique ces gestes que j'avais vu faire des centaines de fois et j'y ai pris du plaisir. Devant le four, mes idées les plus noires se sont envolées. J'ai noyé mon chagrin dans la machine à pétrir. Et j'ai enfin pu aller de l'avant.

À l'ouverture de la boulangerie, je passe derrière le comptoir pour servir les premiers clients, fatigué, mais détendu. Si je n'ai pas les idées tout à fait claires, je sais au moins que je dois contacter Jessica.

Quand le premier flot d'habitués se tarit, je prends mon téléphone et compose son numéro. Après plusieurs sonneries, je passe sur la messagerie. Je raccroche, préférant lui annoncer de vive voix qu'elle doit s'attendre à recevoir un ami, plutôt qu'un gars prêt à débuter une relation suivie.

La suite de la journée passe à toute allure. Les clients se bousculent et le renfort de ma grand-mère m'est d'une grande aide.

En fin d'après-midi, l'activité se calme. Profitant de ce répit, ma grand-mère se poste à la vitre pour regarder l'installation des petits chalets, sur la place. Quant à moi, comme convenu avec M. Perret, j'essaie de mettre de l'ordre dans les dernières factures des fournisseurs, tout en l'observant du coin de l'œil.

— Tu devrais aller te reposer un moment, mamie, la soirée va être longue.

Telle que je la connais, elle va s'arrêter à chaque stand, juste pour le plaisir de flâner et d'échanger quelques mots avec les commerçants.

— Ne t'inquiète pas, j'ai prévu de me coucher de bonne heure.

Je secoue la tête pour lui signifier que je ne suis pas dupe.

— Tu dis ça chaque année, mais quand sonne l'heure de la fermeture du marché, tu es encore en train de gambader dans les allées.

— Pas cette fois. J'ai déjà toutes les breloques qu'il me faut. J'irai peut-être y faire un tour dans le courant de la semaine ou le week-end prochain.

Soupçonneux, je me détache de mes papiers et m'approche d'elle. Jamais je n'ai vu ma grand-mère manquer l'ouverture du marché de Noël.

— Tu passes ton tour ?

— Et alors ? Où est le problème ? J'ai le droit d'en avoir assez, surtout à mon âge.

Elle se retranche derrière une fausse excuse. Je mettrais ma main à couper qu'il s'agit encore de cette fameuse dispute.

— Tu devrais aller voir Jacky.

— Hors de question !

— Ne me dis pas que vous allez vous bouder jusqu'à Noël ?

— Jusqu'à Noël, ce n'est pas assez long. Jusqu'à la nuit des temps, tu veux dire !

Les joues de ma grand-mère prennent une teinte rosée. Parler de leur altercation la met à fleur de peau. Et pour cause, ne plus s'adresser la parole à cause d'une mésentente sur le choix de couleurs pour les décorations du sapin de la place ? Plus j'y pense, plus ça me semble improbable.

— Et si tu m'avouais la vraie raison de votre dispute ?

— Je te l'ai dit ! Elle s'obstine dans ses choix sans jamais prendre en compte les miens.

— OK, vous vous êtes chamaillées. Mais ça fait une semaine que vous ne vous adressez plus la parole. Il est temps de lever le drapeau blanc.

Elle semble se perdre dans la contemplation du paysage.

— Je regrette, Colin. C'est mieux ainsi.

Sa voix se fait plus ferme, sans doute pour m'empêcher d'insister. Je connais ce ton : ma grand-mère a dû, à maintes reprises, assumer l'autorité parentale pour finir de m'aiguiller dans le passage à la vie adulte.

— D'accord. Je ne m'en mêle plus. Mais si tu changes d'avis, rejoins-moi. Je vais y faire un saut après la fermeture, pour voir si je peux aider. J'ai promis à Liliane que j'y passerais.

Son silence n'est pas de bon augure. Elle se montre aussi têtue que son amie !

Une demi-heure plus tard, je rejoins directement la place où règne une animation de jour de fête. Les habitants sont nombreux au rendez-vous, sans doute attirés par la perspective de voir des caméras dans notre village. Il faut dire que, grâce à la neige qui a bien tenu, le village ressemble à une carte postale ! L'équipe de tournage va s'en donner à cœur joie.

Et justement, en remontant une allée, je remarque un attroupement près du père Noël scintillant, au cœur du marché : tous les regards sont tournés vers une jeune femme, caméra sur l'épaule, et une présentatrice aux allures de reine des neiges. Micro en main, elle navigue d'un habitant à l'autre pour recueillir leur témoignage.

Une silhouette s'approche de moi, me tirant de ma contemplation. C'est Liliane.

— Curieux de te voir ici à cette heure...

— Ne m'en parle pas ! J'ai fermé le café. Je n'ai pas eu un seul client depuis que l'équipe de tournage est arrivée.

J'éclate de rire.

— Ne me dis pas que tu regrettes. C'était bien l'objectif de notre participation à ce concours !

— C'est vrai. Mais c'est un peu cuisant de se faire voler la vedette.

— Ne t'inquiète pas, ils seront vite de retour chez eux et tu redeviendras le centre d'attraction de ce village.

Elle sourit, sa bonne humeur à nouveau au rendez-vous.

— J'ai entendu dire que la vente de sapins avait été un franc succès. Sur tous les plans…

Surtout, ne pas rebondir sur son sous-entendu…

— Oui, tout a été vendu.

— Et la glace a enfin fondu entre vous ?

Je lui adresse un regard qui, je l'espère, en dit long. Elle devrait se mêler de ses affaires.

— Je me doutais que tu ne dirais pas un mot à ce sujet. Heureusement, je vais pouvoir prendre mes informations à la source.

Liliane lève la main pour indiquer sa présence à… Anne et Juliette.

Pendant que mère et fille approchent, Liliane m'adresse un petit sourire narquois, comme si elle me mettait au défi de continuer à lui dissimuler l'évolution de ma relation avec Juliette.

Anne nous salue l'un et l'autre chaleureusement, tandis que Juliette et moi nous contentons d'un sobre « bonsoir ».

— L'équipe télé est arrivée, dit Liliane.

— Oui, j'ai vu, répond Anne. On a de la chance qu'elle passe ce soir. Avec toute cette neige, le marché de Noël est féerique.

Anne a raison. Plus de trente chalets nous entourent. Chacun d'eux est décoré dans les tons vert et rouge, avec des guirlandes lumineuses et des branches de sapin. Des chants de Noël résonnent et l'odeur des sandwichs à la tome achève de donner le sourire aux habitants.

Cette année, j'ai l'impression que notre marché de Noël a… quelque chose en plus. Mon regard glisse vers Juliette. Sous son bonnet rose, elle observe les étalages, les yeux brillant d'envie.

— D'ici quelques minutes, dit Liliane, ils viendront nous interviewer.

Surpris par son annonce, je me tourne vers elle.

— Nous interviewer ?

— Bien sûr. Ils veulent faire un portrait rapide des membres du comité.

Ma mâchoire menace de se décrocher.

— C'était dans le règlement. On ne peut pas refuser.

Je risque un regard vers Juliette et sa mère pour savoir si je suis le seul qui n'ait pas lu ce fichu document. Manifestement, c'est le cas.

Liliane s'approche et me glisse à l'oreille :

— Je vais m'arranger pour que tu passes avec Juliette.

Je n'ai pas le temps de riposter. L'équipe de tournage s'approche de nous et je comprends qu'une fois encore, je ne vais pas pouvoir me défiler.

10

Le chaud d'un brasier et le froid de la banquise

« Je t'ai couru après assez longtemps,
à toi de courir à présent. »
Gossip Girl

Juliette

Sofia, la journaliste, la quarantaine, vêtue d'un long manteau de laine et d'une chapka beige assortie, nous briefe rapidement.

— Vous êtes tous là, c'est parfait ! Alors, ce qu'il me faut, c'est une courte présentation de votre contribution. Ensuite, je vous poserai quelques questions du genre : « Est-ce que vous avez toujours été fan de Noël ? », « Pourquoi le jury devrait choisir votre village ? »… Vous voyez le topo ?

Sofia nous présente la caméraman, Filipa, une jeune femme d'à peine vingt ans. Elle soulève sa casquette pour nous saluer et nous adresse un sourire encourageant, tout en braquant sa caméra sur nous. Je me demande si elle n'est pas déjà en train de nous filmer.

— D'après ce que j'ai compris, enchaîne Sofia, il y a deux nouveaux membres cette année. Je vais suivre votre idée, dit-elle à l'attention de Liliane, on va commencer par les organisateurs les plus anciens. Ensuite, on passera aux petits nouveaux.

Autrement dit, je vais encore me retrouver à jouer les duettistes avec Colin. Et pour cause : la journaliste ignore que nous sommes deux individus au passif explosif que la moindre étincelle pourrait raviver.

Avec un peu de chance, le feu prendra au moment où la caméra tourne. Au lieu de découvrir les festivités de Noël de Valmont, les téléspectateurs verront qu'on s'y écharpe dès qu'on en a l'occasion, magie de Noël ou pas. Et ce ne sont pas nos deux grand-mères qui diront le contraire...

Colin semble accueillir la nouvelle sereinement. À plusieurs reprises, j'ai constaté qu'il n'était pas aussi réfractaire que moi. Comme si nous côtoyer aussi souvent n'était pas un problème. J'aimerais croire que ce n'est pas parce qu'il vit parfaitement notre rupture, mais je ne vois pas d'autre explication. Lui a su aller de l'avant, moi, non.

Sofia entraîne ma mère et Liliane vers le père Noël lumineux, tandis que Filipa se positionne face à elles. Durant les minutes qui suivent, la présentatrice les interroge sur la liste des animations à venir. Leur échange est si naturel que, plusieurs fois, elles se mettent à rire toutes les trois.

Derrière nous, les curieux se massent dans un brouhaha qui m'empêche d'entendre la suite de l'interview. Je tends l'oreille, en vain.

— On dirait qu'elles ont beaucoup à raconter sur le village, me dit Colin.

Il est tout proche de moi, les mains dans les poches. Ce soir, tout est là pour me rappeler combien je le trouvais attirant. Ses épais cheveux bruns qui semblent défier la loi de la gravité. Son allure irrésistible. Son regard hypnotique.

Ne pas me laisser aller. Ne pas retomber sous le charme.

— Oui, elles ont dû répéter leurs arguments !

— Si l'idée est de faire venir du monde, alors le pari est gagné.

Il a raison. On dirait que tous les habitants du village se sont donné rendez-vous sur la place. Finalement, il ne fallait pas grand-chose pour raviver leur intérêt pour le marché et les traditions de Noël. J'aurais aimé que Jacky voie ça de ses propres yeux.

— On doit parler de la dégustation de vin chaud.

— D'accord. Je suppose qu'il faudra encore jouer les intérimaires pendant quelques jours. Le temps de laisser l'orage qui a séparé nos grand-mères se dissiper.

Colin ne relève pas. Il plante ses yeux dans les miens. Il prend cet air sérieux que je connais par cœur. La conversation va prendre un tour qui risque de me déplaire.

— Et puis il faudra qu'on parle... de nous.

De nous.

De. Nous.

Deux petits mots capables de déclencher un mouvement de panique en moi. Des mots tourbillons qui me donnent le vertige. Mon cœur se recroqueville et mes poumons pompent l'air comme si, bientôt, j'allais être à court.

— Juliette, on ne peut pas continuer à faire comme si de rien n'était.

Si, on peut. D'ailleurs, je commençais à me dire qu'on ne se débrouillait pas trop mal.

Son regard insistant me force à considérer sa demande. Au fond, je sais qu'il a raison. Mais le courage me manque.

— Je ne vois pas ce qu'il…

— Ne fait pas ça.

— Faire quoi ?

— Me donner une excuse bidon.

Il me fixe d'un regard où se mêlent détermination et chagrin. Je me sens dans une impasse. Sa demande me bouleverse, ravivant la douleur que j'ai ressentie chaque fois qu'il ignorait mes appels.

— Ça fait six ans, dis-je d'une voix chargée d'émotion.

Il s'apprête à répondre, mais une voix nous interrompt.

— C'est à vous !

C'est Sofia, la journaliste. La caméra est déjà braquée sur nous.

— Est-ce que tout va bien ?

Nous répondons à l'unisson :

— Très bien !

Je risque un coup d'œil autour de nous. Personne, en dehors de Sofia, ne semble avoir remarqué le froid qui s'est installé entre Colin et moi, et qui pourrait transformer le village en banquise.

— On vous suit, dit Colin.

Sofia nous entraîne devant le chalet où sont vendues des décorations artisanales et des bougies.

— Ici, ça sera parfait. Rapprochez-vous un peu.

Ben voyons !

— Super ! Encore un peu… Voilà.

La présentatrice nous observe durant quelques secondes, comme si elle cherchait à décrypter notre attitude. Finalement, elle adresse un hochement de tête à la caméraman, signe que l'interview peut commencer.

Je respire un bon coup. Tout ce que je souhaite, c'est en finir au plus vite.

— Juliette, Colin, vous êtes ce qu'on appelle des enfants du village. Est-ce que vous avez toujours participé aux animations de Noël ?

Je décide de répondre la première.

— J'ai toujours aidé ma mère et ma grand-mère qui ont créé le comité. J'ai cessé seulement quand j'ai quitté le village, il y a six ans.

L'œil de Sofia s'éclaire et je regrette aussitôt mes propos.

— Vous avez quitté Valmont… pour quelle raison ?

Sa question me met mal à l'aise. En jetant un bref coup d'œil dans sa direction, je constate que Colin n'en mène pas large lui non plus.

— Pour étudier et pour travailler à Paris. Je reviens seulement…

— … Pour passer Noël dans votre cher village, termine Sofia. Bien sûr… chaque année vous devez prendre plaisir à retrouver vos proches pour préparer toutes ces festivités.

Ce n'est pas tout à fait ça.

D'un geste, elle désigne la place grouillant de monde. Je m'abstiens de lui révéler que non, ces six dernières années, j'ai plutôt cherché à éviter cet endroit.

Sofia se tourne vers mon binôme imposé.

— Et vous, Colin, est-ce que vous partagez la même histoire que Juliette ? Vous aidiez vos parents en vue des animations de fin d'année ?

Je me raidis une nouvelle fois. Colin pâlit. La question est maladroite, mais personne n'a expliqué à la journaliste que la mère de Colin était membre du comité jusqu'à son décès.

— J'étais moins impliqué. C'est venu plus tardivement.

— Vous voulez dire que vous n'avez pas toujours été fan de Noël ?

— Pas vraiment, mais c'est en train de changer.

Colin m'adresse un regard lourd de sous-entendus.

Le micro revient sur moi. J'ai l'impression de débiter des banalités. J'explique notamment avoir remplacé ma grand-mère au sein du comité. Sofia sourit avec nostalgie, comme si elle y voyait une sorte de passation familiale.

Elle interroge ensuite Colin sur son quotidien à Valmont et la boulangerie.

Quand, enfin, elle nous libère, je m'empresse de rentrer au chalet. Je ne veux pas prendre le risque de me trouver de nouveau seule avec Colin maintenant qu'il est décidé à exhumer le passé.

Le lendemain matin, après avoir bu mon café (j'ai pris l'habitude de le prendre à la maison, même si je dors côté petit chalet), j'enfile mon manteau et je quitte la maison pour profiter de l'extérieur. Le soleil illumine les champs recouverts de neige. Je regarde un long moment les pentes scintillantes, profitant de la fraîcheur de l'air avant de me décider à téléphoner à Claire. Elle répond après une sonnerie.

— Coucou, ma Juliette ! Alors, comment se passe ton séjour ?

— C'est plutôt à moi de te poser la question. Londres, c'est comment ?

— De mon côté, rien de nouveau : quand Doug est au bureau, je flâne dans les grands magasins. Et le soir on profite d'être ensemble.

Elle soupire, comme si ce programme était d'un ennui mortel.

— Ne me dis pas que tu en as marre ?

— Au contraire ! Dire que, dans une semaine, je serai déjà de retour à Valmont… Si je n'étais pas ravie à l'idée de t'y retrouver, je crois que j'enverrais valser mon job à la scierie.

Je l'imagine se mordiller le pouce tout en me parlant : je savais bien que, tôt ou tard, ce mode de vie finirait par la lasser.

— La séparation s'annonce difficile ?

— C'est de plus en plus dur. Doug va voir s'il peut prendre quelques jours de congés pour rentrer avec moi. Mais ce n'est pas gagné. Bref, je risque de passer les fêtes à pleurer sur mon sort. Parfois, je me demande si j'ai eu raison de me lancer dans une relation à distance.

— Mais tu l'aimes ?

— De tout mon cœur, lâche-t-elle d'une voix plus grave que d'habitude.

S'ils s'aiment autant, alors il doit y avoir une solution.

— J'espère que Doug pourra t'accompagner. Dans tous les cas, je serai là pour te remonter le moral.

— Avec des films de Noël et du pop-corn ?

Je souris contre le téléphone. Ce programme ressemble comme deux gouttes d'eau à celui de notre adolescence : une comédie romantique, Claire occupée à faire des commentaires graveleux sur le héros et moi, un stylo en main, à remplir mon carnet de citations.

— Des tonnes de pop-corn.

Elle éclate de rire.

— Tu me rassures ! Et toi, raconte ! Si j'ai bien suivi, le village va entrer dans l'histoire.

— Ça se pourrait. L'équipe de tournage est sympa. Hier, on a eu droit à une interview et…

— Laisse-moi deviner ! Tu t'es retrouvée avec Colin.

— Ouais : les deux petits nouveaux ensemble ! On dirait que le sort s'acharne.

En quelques mots, je lui relate la vente de sapins.

— La soirée ne s'est pas passée aussi mal que je le pensais.

— Mais ?

Je fais quelques pas de plus dans la neige en direction du petit chalet.

— Hier, juste avant l'interview, Colin a dit qu'il faudrait qu'on parle... de nous.

— Super ! Vous n'avez plus qu'à acheter une bouteille de vodka et à vous installer près de votre arbre.

— J'imagine, oui. Mais quand il l'a suggéré, j'ai paniqué.

Silence au bout du fil. Je présume que Claire attend que je vide mon sac.

— Depuis que je suis à Valmont, je passe par tous les états possibles. Je voudrais continuer à le détester, mais la minute d'après je me dis qu'il est temps de passer à autre chose et de devenir amis, et puis quand il est là... quand il est là...

Ma voix se met à trembler.

— Vas-y, dis-le, ma Juliette.

— Quand il est là, j'ai l'impression de revenir en arrière et d'être à nouveau la jeune fille accro qui le guettait dès qu'elle mettait un pied dehors.

— Tu as encore des sentiments pour lui.

Ce n'est pas vraiment une question.

— Cette discussion qu'il veut avoir me fait peur. Colin va me dire qu'il est désolé d'avoir rompu aussi brutalement, mais que c'était la seule option, et il terminera en proposant qu'on devienne les meilleurs amis du monde.

— Juliette, ne joue pas le match avant même qu'il ait eu lieu. Vous *devez* parler, parce que tu ne peux pas continuer à vivre comme ça. À te noyer dans un travail qui ne te plaît pas, tout ça pour fuir.

Au moins, là-dessus, nous sommes d'accord.

— Personne ne peut prédire ce qui se passera. Mais dans tous les cas, vous serez libérés. *Tous les deux.*

Elle insiste sur ces derniers mots, laissant planer un sous-entendu concernant Colin.

Bon. Il est temps que je lui pose la question qui m'a brûlé les lèvres des milliers de fois.

— Est-ce qu'il a quelqu'un ?

— Plus ou moins.

Mon cœur se recroqueville, comme pour parer le coup. Ce n'était pas la réponse que j'espérais.

— Je ne l'ai jamais vu entretenir de relation sérieuse depuis toi, ajoute Claire. Mais cet été, il a rencontré une fille. Il semblait plus attaché à elle qu'aux autres. Juliette… vous devez avoir cette conversation et cesser de souffrir chacun de votre côté.

J'expire bruyamment.

— D'accord.

Sur le point de raccrocher, je me rends compte que je n'ai aucun moyen de le contacter pour fixer un rendez-vous.

— Est-ce que tu pourrais me donner son nouveau numéro, s'il te plaît ?

Après un silence interminable, Claire finit par dire :

— Il n'a jamais changé de numéro.

11

Se donner rendez-vous

« Notre amour est comme le vent.
Je ne peux pas le voir, mais je peux le sentir. »

Le Temps d'un automne

Colin

Un peu nerveux, je m'installe à une table près de la fenêtre et je regarde l'heure sur mon téléphone. Il est 18 h 10. Je suis en avance, Juliette m'a dit qu'elle serait au Central vers 18 h 30.

Tâchant de faire le vide dans mes pensées chaotiques, je regarde la grue lever l'immense sapin au centre de la place du village. Demain, les enfants de l'école viendront le décorer. C'est un moment que j'aime particulièrement car, depuis la boulangerie, j'entends leurs rires et je vois leurs visages rayonnant de joie.

Du pouce, je fais défiler les messages de Juliette enregistrés dans mon téléphone. Je les ai tous gardés. Je les ai même relus de temps à autre, comme s'ils formaient un lien ténu entre elle et moi.

Liliane s'arrête à ma table pour me proposer un autre café. Je décline d'un geste de la main.

— Tu sais où me trouver si tu as besoin de quoi que ce soit, dit-elle avec un sourire encourageant.

Liliane s'est toujours montrée compréhensive à mon égard. Elle a tenu à faire de moi le fournisseur officiel du café-restaurant dès que j'ai repris le flambeau. Elle a pris le risque de décevoir ses clients pour me donner ma chance. C'est ce type d'entraide qui me manquera le plus quand je poserai mes valises ailleurs. De nouvelles amitiés verront sans doute le jour, mais il ne faudra pas compter dessus les premières semaines.

Quand mon téléphone s'éclaire, je me penche sur l'écran, convaincu de trouver un autre message de Juliette qui m'annonce qu'elle annule notre rendez-vous sous un prétexte quelconque.

Mais je me trompe. C'est un appel vidéo de Jessica. Comme j'ai un peu de temps devant moi, je décide de répondre quand même. Ce n'est pas honnête de ma part de la laisser dans le doute plus longtemps.

— Salut, Jessica.

Elle apparaît, assise sur son canapé, un sourire aux lèvres, coiffée et maquillée. Est-ce qu'elle s'est fait belle spécialement pour l'occasion ?

— Salut, toi ! Je suis contente de t'avoir enfin pour moi.

Jessica est le genre de filles avec qui il est facile de se projeter. Douce et compréhensive, elle voit toujours le positif chez les autres. Quand nos routes se sont croisées, je sortais d'une longue série de relations éphémères. J'étais à un tournant. J'avais besoin de clore le chapitre « Juliette » mais aussi le chapitre « type sans cœur qui multiplie les relations sans lendemain ».

— Regarde qui j'ai avec moi !

Elle décale son téléphone, laissant apparaître une jolie tête blonde.

— Hugo !

Il m'adresse un signe de la main. Hugo est le fils de Jessica, né d'une première union désastreuse. Âgé de deux ans, il est le portrait de sa mère : blond, des yeux marron emplis de tendresse.

— Il a pris un mauvais virus, m'indique Jessica. J'ai passé mon temps à surveiller sa fièvre. Je voulais te rappeler avant, mais je n'ai pas eu une minute à moi.

— T'inquiète pas, dis-je. J'ai été bien occupé moi aussi. Comment va-t-il maintenant ?

Elle se penche sur son fils et lui dépose un baiser sur le front.

— Alors... tu dis à Colin comment tu te sens ?

Le petit bonhomme lève le pouce vers l'écran. Ses yeux sont encore brillants de fatigue, mais il a l'air d'être en forme.

— Je suis sûr que tu seras vite remis sur pied. Je sais que tu es un garçon très courageux.

Il hoche la tête avec énergie. Quand Jessica est venue cet été, il était avec elle. Nous avons veillé à ne pas nous montrer démonstratifs devant lui pour ne pas créer de confusion dans sa tête et parce que, de toute évidence, il était bien trop tôt pour lui dire quoi que ce soit. Malgré ces précautions, je me suis vite attaché à ce petit garçon. À présent, la décision que j'ai prise est encore plus difficile à annoncer.

— Il tombe de fatigue, je vais le coucher un petit moment.

Elle disparaît de l'écran, mais je l'entends toujours. Elle parle à Hugo, lui promettant de longues balades sur la plage dès qu'il sera complètement rétabli. Les babillages du petit garçon me font sourire.

Quand Jessica revient, elle se réinstalle sur le canapé et rapproche le téléphone de son visage.

— Tes préparatifs avancent ?

— J'ai fait quelques cartons. Le plus gros du travail concerne la boulangerie. J'ai encore des tonnes de papiers à trier. Parfois, je me demande si je ne devrais pas les brûler et prétendre les avoir les perdus.

Elle se met à rire.

— Courage : il te reste encore quelques semaines pour vider les lieux. Si tu es vraiment débordé, je peux prendre quelques jours et venir t'aider. Hugo adorerait passer un peu de temps à la montagne.

Je ne réponds rien. Je sais qu'il serait cruel de faire durer ce semblant de relation plus longtemps.

— Il faut qu'on discute.

Jessica se redresse. Elle prend une mine grave qui me serre le cœur.

— Je crois que j'ai déjà compris.

Je reste muet, incapable de m'expliquer.

— Tu as quelqu'un dans ta vie… c'est ça ?

Je m'apprête à dire non, pour ne pas la faire souffrir inutilement, mais je me ravise. Ce n'est pas juste de lui mentir.

— Oui.

— OK, j'imagine que ça devait arriver.

Elle déglutit. Ses yeux se mettent à briller, me donnant l'impression d'être encore ce sale type que je ne supportais plus de voir en moi. Jessica doit s'imaginer qu'une autre, de passage, est venue lui prendre sa place. C'est précisément ce qu'elle a vécu avec le père d'Hugo et, durant nos conversations, je m'étais efforcé de lui montrer que tous les hommes n'étaient pas de cette trempe.

— Ce n'est pas ce que tu crois.

Je vois qu'elle s'efforce de ravaler ses larmes.

— Ne t'inquiète pas...

— Laisse-moi t'expliquer. C'est...

— ... Juliette ?

J'acquiesce. Ce prénom n'a pas pu lui échapper. Je l'ai prononcé si souvent, durant nos conversations... Jessica m'assurait chaque fois qu'elle ne voyait pas mon amour de jeunesse comme une rivale. « C'est du passé », disait-elle. J'imagine qu'elle doit regretter amèrement ses paroles.

— Elle est revenue en ville.

Jessica tâche de sourire, comme si c'était une bonne nouvelle.

— Peut-être que c'est l'occasion de vous redonner une chance ?

Je lève une main pour l'arrêter. Ce n'est pas à elle de m'encourager.

— Disons que j'ai surtout réalisé que je n'étais pas prêt à me lancer pour de bon dans une relation sérieuse. Si je viens à Nice, ça ne sera pas pour de bonnes raisons.

De l'autre côté de l'écran, Jessica hoche la tête.

— Qu'est-ce que tu vas faire ?

— Aucune idée.

— J'imagine que ça remet en question beaucoup de choses...

— Oui... Est-ce que ça va aller ?

Elle hausse les épaules.

— Tu me connais, je saurai rebondir.

— J'en suis sûr.

Un silence s'installe. Nous nous regardons un instant, conscients qu'il est temps de raccrocher.

— Si tu passes dans le coin, viens nous voir, ça nous fera plaisir.

— Je n'y manquerai pas.

Elle m'adresse un dernier sourire et coupe la communication.

Après avoir lâché un profond soupir, je me lève. J'ai besoin d'un remontant pour affronter la suite de la soirée.

Quand elle me voit arriver au comptoir, Liliane abandonne Julien et Maël, les deux serveurs saisonniers qu'elle embauche chaque hiver pour compléter son équipe. À cette période de l'année, Matthieu, son cuisinier, ne peut pas alterner entre la salle et la cuisine comme il le fait habituellement hors saison.

— Un whisky, s'il te plaît.

Elle pince les lèvres, peu emballée par ma commande.

— Tu cherches à noyer ton chagrin ?

— Si c'est le cas, tu sais très bien qu'un seul verre ne suffira pas.

Elle sourit, mais elle et moi savons que ma plaisanterie est de mauvais goût. Travaillant dans un café-restaurant habilité à servir des alcools forts, Liliane est le témoin des meilleurs comme des pires moments d'une existence. En particulier des miens.

— Excuse-moi. Je veux juste un verre, pas la bouteille, promis.

Juliette sera là d'une minute à l'autre, je n'ai pas envie qu'elle me trouve dans un état d'ébriété avancé.

— Je te sers ça dans une minute.

Liliane retrouve ses serveurs et leur donne quelques consignes. Puis, elle prépare deux verres et s'installe sur un tabouret de l'autre côté du comptoir, pour me faire face.

— Je t'accompagne. J'attends du monde ce soir pour la veillée, mais j'ai quelques minutes devant moi.

Je cherche aussitôt des yeux le tableau noir, toujours suspendu au-dessus du bar, sur lequel Liliane note le programme des soirées qu'elle organise au Central.

— « Apprenez à décorer votre jardin »... ?

— Oui, tu as bien lu. C'est Anne qui a eu cette idée. Les participants peuvent boire un verre et échanger des idées sur comment installer les décorations lumineuses en extérieur.

Je dois avoir l'air sidéré car elle ajoute :

— C'est très sérieux comme thème de soirée, il y a beaucoup de choses à savoir !

— C'est vrai, on peut se questionner sur la couleur de guirlande qui se verra le mieux depuis l'espace.

— Je vois que tu as retrouvé ton sens de l'humour !

Je souris. Je n'ai jamais été fan des décorations kitsch, mais je suppose qu'en effet il faut se pencher un minimum sur le sujet, notamment si on veut éviter de faire sauter les plombs.

La porte du café-restaurant s'ouvre sur une demi-douzaine de clients. D'ici quelques minutes, la salle sera bondée.

Liliane déleste son verre de deux bonnes gorgées.

— Est-ce que tu vas enfin me dire ce que tu as sur le cœur ? Je vois bien que ça ne va pas fort aujourd'hui.

Je n'hésite pas longtemps. Liliane est devenue une amie après la mort de mes parents. Elle s'est montrée présente pour me soutenir dans les étapes du deuil que je ne pouvais pas partager avec ma grand-mère, au risque d'ajouter de la peine à son chagrin. Liliane m'a écouté, elle a retiré la bouteille du comptoir quand c'était nécessaire et elle m'a botté les fesses quand je broyais du noir. C'est elle qui est venue me chercher un matin, près du sapin dans les bois, pour me dire d'arrêter de me faire du mal.

— Juliette sera là dans un moment.

— Bien. Et je suppose que ce n'est pas pour parler du concours.

— Tu supposes bien.

— Juliette est peut-être têtue, mais si elle vient, c'est qu'elle souhaite trouver un terrain d'entente.

— Je ne sais pas si je vais m'en contenter.

Je vide la moitié de mon whisky puis j'ajoute :

— Depuis qu'elle est là, je revois tous mes projets.

— Tu peux être plus clair ?

— Tu te souviens de cette fille avec qui j'ai flirté cet été ?

Elle acquiesce. Et, de fil en aiguille, je me retrouve à lui révéler mon envie de nouveau départ.

— Je m'en doutais un peu. Hervé est passé un soir et… enfin, tu sais comment sont les gens après un verre ou deux. Il a fait une allusion à la vente de la boulangerie.

Ce n'est pas étonnant dans un village comme Valmont. Même mon agent immobilier n'a pas gardé le silence.

— Ma grand-mère refuse que j'en parle avant Noël.

— C'est noté.

Je n'ai pas besoin de le dire deux fois. Liliane est connue pour être muette comme une tombe. C'est d'ailleurs ce qui explique que tant de gens se confient à elle.

— Donc, si je résume, tu as signé la vente de la boulangerie. Mais maintenant que Juliette est dans les parages, tu te demandes si c'est une bonne idée.

— C'est plutôt bien résumé.

— On dirait que vous avez un foutu problème de timing, tous les deux.

Je regarde ma montre et constate qu'il est déjà 18 h 45. Inquiet, je jette un œil derrière moi, pour m'assurer de ne pas l'avoir manquée. Je reconnais plusieurs visages. Certains habitants m'adressent un petit signe de la main avant de reprendre leur conversation. Mais aucune trace de Juliette.

Elle a raison. On a un foutu problème de timing.

— Tu sais quoi, Liliane ? Je pense que ça a assez duré.

12

Se dire la vérité est loin d'être facile

« — Je voulais que tu saches : tu ne me manques pas encore.
— Ça va venir. »
Le Patient anglais

Juliette

Il est 18 h 45 et je n'ai pas encore quitté le petit chalet. Encore enroulée dans ma serviette-éponge, je contemple les deux tenues que j'ai posées sur le lit. À droite, un jean et un pull en laine mauve, la tenue idéale pour une soirée entre amis. À gauche, un pantalon noir plus élégant et un pull rouge rehaussé de quelques strass discrets. Le genre de vêtements que je mettrais pour un rendez-vous galant.

Look décontracté ou habillé ? Je ne parviens pas à me décider. Découragée, je m'assieds sur le lit. Pourtant, ce n'est pas faute d'avoir imaginé ce moment des milliers de fois.

Dans tous mes scénarios, Colin finissait par me contacter. Parfois, il m'attendait au bas de mon immeuble, un bouquet à la main. Mais le temps a passé et j'ai fini par me convaincre que je n'étais qu'une idiote bien trop naïve, accro aux comédies romantiques.

Un quart d'heure plus tard, j'ai rangé la tenue plus sophistiquée et enfilé le pull et le jean. Je suis coiffée et maquillée.

Devant le miroir en pied près du lit, je jette un œil angoissé à ma coiffure.

OK, ça va aller. Je suis prête. Plus prête que moi, ça n'existe pas.

Trois coups à la porte me détournent de mon reflet.

C'est sûrement mon père qui m'apporte encore un carton de décorations pour que je puisse habiller dignement le sapin !

Je m'approche de la porte et l'ouvre en grand, m'apprêtant à le remercier pour sa gentillesse. Sauf que ce n'est pas lui qui se tient devant moi, grelottant de froid.

— Qu'est-ce que tu…

Sous le choc, je ne termine pas ma phrase.

— J'avais cru comprendre qu'on devait se voir.

Je voudrais préciser qu'on ne devait pas se voir *ici*, mais ce n'est pas le moment. Aussi vite que je le peux, je le tire par le bras et referme la porte sur lui.

Colin me regarde comme si j'étais devenue folle. Ce que je pourrai lui confirmer, juste après avoir vérifié qu'il n'a pas laissé d'indices derrière lui.

— Où est ta voiture ?

— À sa place.

— Où exactement ?

— Juliette, tu es sûre que ça va ?

Je lui fais les gros yeux et je constate que c'est efficace.

— Si elle n'a pas décidé de fuguer, elle doit être dans le garage, sous le porche après la boulangerie.

— Comment tu es venu ?

— À pied, j'avais besoin de marcher. Qu'est-ce qui se passe, au juste ?

Je vérifie que la porte est bien fermée, puis je m'y adosse pour lui faire face.

— Mon père est à la maison. Je ne veux pas qu'il te voie ici.

Colin accuse le coup.

— On peut dire que tu ne manques pas de franchise.

— On peut dire que tu ne manques pas de culot.

Nous nous regardons un instant, puis finissons par sourire.

— J'avais peur que tu ne viennes pas.

— J'ai un peu traîné, mais j'étais sur le point de partir.

Colin ne semble pas convaincu. Et en même temps… comment lui donner tort ?

— Bon. OK. En fait, je n'étais pas sûre de vouloir revenir sur ce qui s'est passé. Et pour être honnête, c'est toujours le cas. Mais si je dois encore passer quelques jours à Valmont, je pense que c'est mieux qu'on envisage de mettre à plat nos différends.

— Content de te l'entendre dire. Tu veux qu'on retourne au Central ?

Je secoue la tête.

— Je préférerais qu'on évite de se faire remarquer en traversant le jardin comme deux fugitifs. On peut rester là un moment ?

— Tu veux dire, le temps pour ton père de se mettre au lit ?

— Quelque chose comme ça.

Colin s'amuse de me voir prendre autant de précautions. Après tout, nous ne sommes plus des enfants. Mais ce qu'il ignore, c'est que mon père est un brin irritable depuis qu'il sait que j'ai (très légèrement) enjolivé ma vie à Paris.

— Mes parents se sont fait bien trop de souci pour moi ces dernières semaines. Si on ajoute la guerre froide entre nos grands-mères, je crois qu'ils ont leur dose de problèmes pour le mois entier.

Colin soupire.

— Ton père pense que j'ai de mauvaises intentions envers toi ?

Bon point de départ pour notre discussion...

— On s'installe ici ?

Je désigne le tapis, entre le lit et le poêle. Colin acquiesce et se laisse tomber sur le sol. Je m'assieds en face de lui.

— T'as raison, il fait bon ici.

Je ne peux m'empêcher de parcourir des yeux ses larges épaules tandis qu'il retire son blouson.

Quelques secondes passent durant lesquelles aucun de nous n'ose prendre la parole. Les mots, pour exhumer une blessure enfouie avec soin, ne viennent pas si facilement. Je pensais m'époumoner, assaillie par un torrent de colère. Je nous voyais nous jeter des atrocités à la figure. J'ai tout imaginé... sauf ce silence un peu crispé.

— Je pensais que tu l'aurais déjà recouvert de guirlandes.

Colin me montre le sapin que nous avions transporté en voiture jusqu'au chalet.

— Priorité à celui de mes parents ! J'ai aidé ma mère à décorer le leur... mais son tour viendra.

Puisqu'il était présent lors de la vente de sapins, je lui raconte la mésaventure qui a suivi.

— Tu te rappelles que mon père était convaincu que leur arbre de Noël ne passerait pas ?

— Laisse-moi deviner. Il a fallu le couper ?

— D'au moins vingt centimètres. Tu aurais vu leur tête quand on a essayé de le redresser dans le salon !

Nous sourions tous les deux à l'évocation de cette image qui, à coup sûr, va s'inscrire dans les légendes familiales !

— Je pensais décorer mon mini-sapin pendant le week-end.

Colin regarde le carton rempli de guirlandes, de boules et de nœuds colorés.

— Il y a quelques années, tu ne te serais jamais couchée avant que toutes les branches aient disparu sous des kilos de guirlandes.

C'est vrai. J'adorais tellement Noël et tout ce qu'il représentait pour moi ! Une famille unie, un quotidien joyeux dans un village pittoresque. Après mon départ, Noël s'est limité à quelques heures passées dans le salon de mes parents entre deux trains.

C'est peut-être ce qu'ont ressenti les habitants de Valmont, eux aussi. L'esprit de Noël a fini par déserter leur vie, année après année, jusqu'au jour où cette fête s'est transformée en course aux cadeaux purement commerciale, dénuée de sens.

— Ma vision de Noël a beaucoup évolué ces dernières années. Je n'ai même jamais acheté de sapin à Paris.

Colin fronce les sourcils, surpris que j'aie pu autant changer.

— Et toi ? Toujours à traîner les pieds pour installer deux ou trois guirlandes chez toi ?

— Tu serais surprise ! C'est moi qui m'occupe de décorer

la boulangerie. Chaque année, je varie en fonction des nouvelles tendances.

À son large sourire, je réponds par une moue appréciatrice.

— Tu es passé pro, alors ? Tu pourrais me donner quelques conseils pour celui-là.

— OK, attends-toi à avoir le plus joli sapin de tout Valmont !

Colin se penche sur le carton et décrète d'une voix d'expert :

— Tu prends les boules et je m'occupe des guirlandes.

— D'accord.

Nous passons la demi-heure suivante à couvrir les branches épineuses d'autant de boules et de guirlandes qu'elles peuvent en supporter. Paré de rouge, d'argent et de doré, notre sapin a fière allure !

— C'est vraiment magnifique !

— Et attends de voir la touche finale.

Sur ce, Colin attrape une boîte à musique trouvée au fond du carton et en remonte le mécanisme. Les notes de *Petit Papa Noël* emplissent la pièce. Quand la musique cesse, nous contemplons notre œuvre.

Notre tout premier sapin…

J'ai tant de fois imaginé ce moment que le vivre dans ce contexte me fait presque mal.

Nous sommes maintenant assis à quelques centimètres l'un de l'autre. À cette distance, je peux sentir son parfum. Ce n'est pas le même qu'il y a quelques années. L'odeur est plus boisée, plus chaleureuse. Comme une invitation à se blottir contre lui.

Colin se lève et va récupérer sa caméra dans son blouson.

— Tu permets ? J'ai repris goût à filmer ces petits

moments qui font le sel du quotidien. Celui-ci mérite d'être immortalisé, non ?

J'acquiesce. Il allume l'appareil, braque l'objectif sur le sapin et mime une voix de présentateur du JT.

— Ce soir, nous avons frôlé la catastrophe...

Je secoue la tête, amusée d'avance par l'histoire abracadabrante qui va suivre. Quand Colin est derrière la caméra, il a beaucoup trop d'imagination.

— ... Juliette, ici présente, n'a pas eu un seul sapin de Noël durant ces six dernières années. Mais cette anomalie a enfin été réparée grâce à ce splendide épicéa, seul rescapé de la meilleure vente de sapins que Valmont ait jamais connue.

Colin semble satisfait de son petit numéro. Il éteint sa caméra.

— Comment c'est, à Paris ? demande-t-il en se rasseyant.

Je ferme les paupières une seconde. Quand je les rouvre, je nous observe l'un l'autre, assis sur ce tapis près du poêle. On y est.

— J'ai passé mon diplôme de gestion administrative et j'enchaîne les missions d'intérim.

Je pourrais préciser que, mon diplôme en poche, j'avais la possibilité de rentrer et que son silence m'en a dissuadée, mais je n'en fais rien.

— Et toi ?

Le bleu hypnotique de ses yeux s'assombrit, comme un ciel troublé par la tempête.

— Ça a été très dur.

Il baisse la tête avant de continuer.

— Après l'accident, j'ai mis de longs mois avant de refaire surface. Quand il a fallu régler le sort de la boulangerie, j'ai décidé de renoncer à mes rêves de cinéma et de reprendre la place de mon père. Je suppose que c'est ce que font la plupart des gens en deuil : organiser, gérer, rester actifs. Ça aide à remonter la pente.

— Je comprends.

C'est mon tour de baisser la tête. Je ne veux pas qu'il décèle dans mon regard les restes de la colère que j'ai éprouvée quand il m'a tenue à l'écart.

Colin me surprend en posant sa main sur la mienne. Le contact de sa paume brûlante sur ma peau me fait frissonner.

— J'ai gardé tous tes messages de l'époque. Je sais que tu ne m'as pas laissé tomber.

Je hoche la tête douloureusement.

— Mais tu n'as jamais répondu.

— Si je l'avais fait, tu serais revenue.

— Et alors ?

— Et alors ça n'aurait rien changé. Tu aurais trouvé un gars dévasté et en proie à un mal de vivre permanent.

— J'aurais pu t'aider. Être à tes côtés dans ces épreuves.

— J'aurais refusé.

Il secoue la tête, comme s'il avait réfléchi à cette éventualité des centaines de fois. Il me fixe de son regard grave.

— Si j'avais répondu à un seul de tes messages, j'aurais craqué, et je t'aurais dit de revenir. Mais si tu l'avais fait, je n'aurais jamais supporté que tu me voies dans cet état.

— Tu as décidé pour nous deux !

— C'est vrai. Je croyais te protéger. J'ai pensé que je n'avais ni le droit de t'empêcher de partir pour accomplir tes rêves, ni le droit d'exiger ton retour. Un jour ou l'autre, tu m'aurais détesté pour ça.

Il relâche ma main et ajoute :

— Plus d'une fois, j'ai regretté avoir réagi aussi…

radicalement. Mais les années sont passées. À en croire les rumeurs au village, ta vie à Paris te plaisait. Et j'ai donc renoncé à te contacter.

Lui aussi a entendu ce que je me suis évertuée à faire croire. « Juliette mène la grande vie à la capitale. » « Juliette a un agenda tellement rempli qu'elle ne peut pas passer au village plus de deux ou trois jours dans l'année. » J'ignorais que je mentais aussi bien. Aux autres. Et à moi-même.

Il reprend la boîte à musique et tourne la mini-manivelle quelques secondes.

— J'ai réalisé que j'avais pris ma décision dans un moment difficile et que je t'avais sûrement fait du tort.

— C'est vrai, dis-je, la gorge serrée.

Colin m'adresse un maigre sourire.

— Je suis désolé. Je ne voulais pas te faire souffrir, c'était tout le contraire.

— Alors, tu n'as pas cherché à te débarrasser de moi ?

— Pas du tout. Et toi, Juliette... est-ce que tu me détestes ?

Je l'ai détesté, c'est vrai. Mais ces derniers jours passés ici m'ont montré qu'il était temps d'arrêter de lui en vouloir, car ça ne mène nulle part.

— Non. Je ne te déteste pas.

Nous nous regardons soudain comme si nous nous retrouvions pour la première fois depuis six ans.

Des souvenirs plus doux de notre histoire me reviennent. Sa tendresse. Notre complicité débordante. Le plaisir que je prenais à le provoquer, juste pour voir ses yeux s'assombrir.

Un sourire se dessine sur mes lèvres.

— Quoi ?

— Je crois que je suis contente d'être revenue.

— Moi aussi, je suis content que tu sois revenue.

Son sourire s'étire et une délicieuse tension envahit mon ventre. Puis Colin s'approche, doucement. Il passe une main sur ma nuque. Ce geste, si familier, provoque de délicieuses vibrations sur ma peau. Je m'avance à mon tour, tâchant d'oublier le reste du monde.

Nos lèvres se frôlent quand trois coups sur la porte nous font sursauter.

— Juliette, tu es encore là ? Ta mère m'envoie pour te dire qu'on passe à table.

C'est la voix de mon père. Colin s'écarte de moi et m'adresse un regard inquiet.

— Qu'est-ce qu'on fait ? murmure-t-il.

— Je vais essayer de faire diversion.

Plus facile à dire qu'à faire...

13

Où je me fais une amie adorable

« — Où va-t-on, mademoiselle ?
— Dans les étoiles. »

Titanic

Colin

OK, ce n'est pas le moment de perdre mon sang-froid.
Juliette s'approche de la porte d'un pas assuré qui ne me dit rien qui vaille. Même si j'ai soutenu que nous sommes deux adultes, je ne crois pas que me trouver là me fera gagner des points auprès de son père. Je lorgne vers la petite salle de bains en songeant sérieusement à m'y enfermer, comme un amant surpris dans le lit d'une femme mariée.

Et je constate au passage que, même après toutes ces années, je suis sensible à l'opinion des parents de Juliette. Comme si d'être apprécié par eux pouvait changer quelque chose au fiasco de notre relation.

— Je sors de la douche, papa. J'allais partir.

— Ah ! D'accord.

Elle se tourne de mon côté, le visage plus détendu. Je lève un pouce pour l'encourager. Encore un peu et elle me ferait un clin d'œil…

— Tu peux dire à maman que je mangerai quelque chose en ville ?

— Oui, bien sûr. Tu… tu es sûre que ça va ?

Son père se montre inquiet et ça n'a rien à voir avec moi puisqu'il ignore ma présence auprès de sa fille. J'en conclus que cela doit avoir un rapport avec les propos de Mme Pelletier. Juliette ne m'a jamais expliqué les raisons de son retour. Et j'ai bien l'intention de les découvrir par moi-même.

— Arrête de te faire du souci. Bon, je file m'habiller.

Juliette revient s'asseoir à côté de moi, les yeux brillant d'espièglerie.

— Je pense qu'il ne soupçonne rien.

— Hum…

Je me montre sceptique. Il y a quelques années, son père savait déjouer nos plans dans l'œuf.

— La neige a fondu, tu n'as donc pas pu laisser de traces. Et ta voiture est restée en ville. Impossible de deviner que quelqu'un est là.

Je me rappelle soudain combien Juliette prenait plaisir à trouver des combines pour pouvoir me rejoindre en douce…

— Et maintenant ?

— On va aller en ville. Je vais sortir la première, tu attends dix minutes et tu me rejoins en passant par-derrière.

— Et tes parents ?

— Ils seront à table, côté cuisine.

Elle hausse les épaules comme si c'était complètement évident et je me surprends à trouver cela adorable.

Vraiment adorable.

Quinze minutes plus tard, Juliette gare la voiture de sa mère dans le centre de Valmont.

— On va au Central ? me demande-t-elle en coupant le moteur.

— Si on trouve une table.

Quand nous entrons dans le café-restaurant, bondé comme je le pressentais, Liliane nous montre deux tabourets d'un geste du menton.

— C'est tout ce qui me reste, c'est de la folie ce soir !

Je parcours la carte à la recherche d'une boisson de circonstance.

— J'hésite entre une bière de Noël et un cidre chaud, et toi ?

— Je vais prendre un lait de poule !

Liliane a essayé à maintes reprises de me faire goûter ce breuvage traditionnel, sans succès.

— Mais... tu en as déjà bu ?

— Jamais, dit-elle. Mais j'en ai toujours eu envie.

Ce soir, il n'y a plus aucune trace de mélancolie dans ses yeux, pétillant de joie, et j'adore l'idée d'y être pour quelque chose.

— OK, en ce cas : je tente, moi aussi.

Je préfère de loin retrouver la Juliette fan de Noël, plutôt que de l'entendre m'expliquer qu'elle peut rester indifférente en présence d'un sapin non décoré. Même si cela implique de tester des boissons douteuses !

Je lève le doigt pour commander.

— Deux laits de poule, s'il te plaît !

Liliane se presse de nous servir. J'avise le contenu de mon verre avec une légère inquiétude. Un liquide blanc, presque jaune, m'évoquant un verre de lait qu'on aurait oublié au soleil longtemps. Trop longtemps.

Juliette lève son verre pour trinquer.

— À notre magnifique sapin !

Je lève le mien et, après un signe de tête, je le porte à mes lèvres. Décontenancé par la texture crémeuse, je bois tout de même deux gorgées du liquide avant de me laisser surprendre par les notes sucrées, chargées de cannelle, pour finir par le goût âpre du rhum. Pas mauvais…

— On dirait que ça te plaît !

— C'est délicieux, dit-elle. Et toi, tu aimes ?

— Disons que je ne serais pas contre une rasade de rhum supplémentaire.

Elle rit à ma plaisanterie et je m'attarde un peu plus que nécessaire sur ses lèvres, ses jolies pommettes puis ses yeux. Elle soutient mon regard quelques secondes avant de prendre un air grave. Une mine bien trop sérieuse pour un dimanche soir et qui me pousse à reconsidérer l'épisode du petit chalet.

Nous étions à deux doigts de nous embrasser, avant l'interruption paternelle, je n'ai pas rêvé. Et cette conversation, comment l'interpréter ? Nous avons clos notre guerre froide et devons repartir sur des bases amicales… ou bien quelque chose est encore possible entre nous ?

Une main se pose sur mon épaule, me détournant de mes pensées. C'est Tom !

— Salut ! On est arrivés un peu avant vous, avec Lili, et il nous reste de la place, ça vous dit de nous rejoindre ?

Il désigne une table au fond de la salle. Du regard, je consulte Juliette.

— Avec plaisir.

Nous prenons nos verres et le suivons jusqu'à sa table. Lili n'est pas seule et se charge des présentations.

— Juliette, Colin, je vous présente Nuggets. Il a son entreprise de plâtrerie-peinture à Valmont. C'est le meilleur sur le marché.

— Elle exagère, je viens tout juste de monter mon entreprise.

Sa modestie est appréciable. Plusieurs clients de la boulangerie m'ont vanté ses travaux en affirmant combien il était efficace et soigneux. Et combien on avait besoin de ce genre d'entrepreneurs dans le coin.

— Je suis Colin. Je tiens la boulangerie de la place. Et voici Juliette.

Nuggets – que je connais plutôt sous le nom de M. Rosset – la salue d'un signe de tête, puis il consulte sa montre, l'air soucieux.

— Elle va arriver, lui dit Lili. Je suis sûre qu'elle est juste en retard.

Manifestement, il attend quelqu'un. Pour ne pas nous exclure de la conversation, Tom se penche de notre côté et explique :

— Élisa, la sœur de Lili, doit nous rejoindre. Elle devrait être là depuis une bonne demi-heure.

Juliette et moi échangeons un regard entendu. Il n'y a pas si longtemps, c'est moi qui attendais une certaine jeune femme, assis à une table du Central. La soirée s'annonce compliquée pour la gent masculine.

À la mine peinée de Nuggets, je devine que, quand Élisa sera là, il faudra nous éclipser. Ces deux-là auront sans doute beaucoup à se dire.

— Dire qu'on pensait que ce serait plus calme ici qu'à Saint-Martin, ironise Lili.

— Liliane a proposé aux habitants de se retrouver pour parler de la décoration de leur jardin, j'explique. Le concours a débuté et tout le monde se mobilise.

— Valmont va connaître son quart d'heure de gloire, ajoute Tom avec un sourire amusé.

Durant les minutes qui suivent, je leur raconte comment Juliette et moi nous sommes retrouvés à être interviewés pour présenter l'âme de Noël de notre village.

— Toi, fervent défenseur de Noël ?

— Absolument, Tom, dis-je en faisant mine d'être vexé. Je suis un adepte des traditions.

— Il veut passer expert..., ajoute Juliette pour le soutenir.

— Méfiez-vous, dis-je, amusé de les voir se liguer contre moi, je pourrais vous surprendre.

Je lève l'index pour demander le silence. J'attends quelques secondes pour capter la musique d'ambiance :

— *Jingle Bells* de Frank Sinatra.

Tom m'adresse un regard admiratif. Mais je ne compte pas en rester là. Quand la musique change, j'annonce le titre, seulement après avoir entendu les premières notes.

— *Mon beau sapin* de Tino Rossi.

— Impressionnant !

— Méfie-toi, Lili, c'est la chance du débutant. Colin ne sait même pas pourquoi on sert de la bûche à Noël.

— Bien sûr que si, Tom ! C'était une tradition de Noël, on brûlait une énorme bûche pendant la soirée du réveillon et on se rassemblait autour pour se tenir au chaud.

Tom continue de m'interroger, alors pour le faire taire, je cite chaque nouveau morceau de musique, sans me tromper. Ce qu'ils ignorent, c'est que j'ai mon petit secret ! En fait,

Liliane passe en boucle ce CD de novembre à la mi-janvier. Je connais l'enchaînement des morceaux par cœur.

— OK, Colin, j'admets que tu t'es un peu amélioré.

Tom s'incline et la conversation prend enfin une autre direction. Il profite que les filles discutent avec Nuggets, totalement absorbées par son histoire avec Élisa, pour me questionner.

— Est-ce que Juliette et toi, vous...

— Non. On a seulement parlé du passé et décidé de prendre un nouveau départ.

Tom est un ami. Nos métiers respectifs nous empêchent de nous voir toutes les semaines, mais nous faisons toujours en sorte de répondre présents l'un pour l'autre dans les moments importants. Il sait que j'envisageais de vendre la boulangerie pour me donner la chance de choisir ma propre voie, ailleurs qu'ici. Mais il ignore que j'ai signé un compromis il y a quelques semaines.

— Et vous avez l'intention de parler d'autre chose que du passé ?

Je souris devant mon verre de lait de poule à moitié vide. On dirait qu'il a capté la tension entre Juliette et moi. Ce quelque chose qui plane dans l'air chaque fois que nous sommes dans la même pièce. Même après tout ce temps.

— Pas vraiment.

Tom fronce les sourcils.

— Vous devriez y penser.

Je me contente de hocher la tête. Retrouver Juliette était inespéré. Mais je n'oublie pas qu'il n'y a pas si longtemps, elle refusait de venir au village par crainte de croiser ma route. Alors, espérer plus, c'est un peu comme croire au père Noël.

— Après les fêtes, elle repartira en me faisant jurer que nous resterons de bons amis.

— Tu fais des suppositions.

— Je me montre réaliste et prudent.

— C'est bien le problème.

Je secoue la tête pour lui montrer que je ne le suis pas.

— Je veux nous épargner de souffrir.

— Oui, et tu fais des choix à sa place, ce qui n'a pas été une grande réussite jusqu'à aujourd'hui.

Interdit, je le laisse poursuivre.

— Contente-toi d'exprimer ce que tu as sur le cœur et laisse-la décider de ce qu'elle veut faire. Ou alors, tu risques de le regretter amèrement.

Comme si c'était simple…

De l'autre côté de la table, la discussion s'interrompt brutalement. Normal, Élisa vient de signaler par SMS qu'elle arrivait au Central.

Nuggets se lève et enfile sa veste.

— Je sors la rejoindre. Je vais lui proposer de faire le tour du marché de Noël.

— Bonne idée, dit Lili.

Tom me balance un coup de pied sous la table.

Le salaud ! Il n'y est pas allé de main morte mais au moins, je comprends où il veut en venir.

— On pourrait y faire un tour, nous aussi, ça te tente ?

Juliette m'adresse un sourire lumineux.

— Avec plaisir !

Nous enfilons nos manteaux et saluons Lili et Tom, sans doute contents de se retrouver en amoureux.

Quand nous franchissons la porte, le froid nous saisit. Cette bouffée d'air givré me fait du bien, mais je note que Juliette grelotte.

— Où est ton bonnet ?

— Je l'ai oublié.

— Tu vas tenir le coup ?

Elle frotte ses mains l'une contre l'autre.

— J'en serai quitte pour une pneumonie, mais je refuse de manquer une visite du marché de Noël avec un guide professionnel.

J'éclate de rire avant d'enrouler mon bras autour du sien, en espérant ainsi lui transmettre un peu de chaleur.

— Merci, dit-elle en se serrant contre moi.

Sentir son corps contre le mien, même si c'est simplement un geste galant, me procure un sentiment de plénitude. Comme si, l'espace d'un instant, les planètes venaient de s'aligner dans ma voûte céleste.

— Je veux tout savoir, me dit-elle alors que nous remontons l'allée principale, maintenant vidée de la foule des premières heures de la soirée.

— À propos de quoi ?

— De ta nouvelle passion pour les musiques de Noël.

— Tu vas être déçue. Je ne connais que l'unique playlist de Liliane. Mais je peux réciter tous les titres dans l'ordre sans me tromper.

Elle sourit quand je lui raconte les séances de torture auditive auxquelles j'ai dû me soumettre chaque fois que je venais chercher ma commande de pain au Central.

Nous avançons doucement pour permettre à Juliette de regarder chaque étal et nous nous arrêtons devant celui des vêtements et accessoires en laine.

— Tu as déjà un bonnet, Colin.

— Mais toi, non. Sans compter que je n'ai pas de pull pour le concours.

— Tu vas participer ?

— La question ne se pose même pas. « En tant que membre du comité, il faut donner l'exemple » : Liliane m'a fait tout un sermon. Tu en as prévu un ?

— Je crois que j'ai ça dans ma valise ! Sinon, j'irai piocher dans l'armoire de ma mère.

— OK. Tu m'aides à choisir ?

Elle acquiesce et, sans perdre une seconde, commence à étudier tous les modèles de pull à disposition. De mon côté, je cherche un bonnet qui pourrait lui convenir.

— J'ai trouvé !

Juliette agite un modèle rouge et vert, avec un renne au centre. Le spécimen est démesurément kitsch, mais je suppose qu'on ne peut pas faire plus sobre, vu le thème.

— Alors ?

— Je pensais à quelque chose de plus classique, mais ça devrait aller.

— Attends, tu n'as pas vu le meilleur.

Surexcitée, elle appuie sur le col et le pull se met à clignoter comme une guirlande de Noël.

— Je retire ce que j'ai dit. Hors de question que je porte cette horreur !

Elle rit puis m'adresse une moue désolée.

— OK, je cherche autre chose… Tiens, celui-là !

Cette fois, il s'agit d'un pull vert anis, qui semble tout droit sorti des années soixante-dix.

— Tu veux vraiment que je porte ça ?

— Qu'est-ce que tu lui reproches ? Il est original et tu peux être certain que personne d'autre n'aura le même.

— Ah ça, je te fais confiance. Parce que personne n'aura suffisamment de mauvais goût pour acheter ce truc.

Le vendeur, un quinquagénaire au visage avenant, s'approche de nous.

— Excellent choix, madame. C'est un modèle unique, tricoté main, 100 % de laine de mouton, vous serez bien au chaud.

Juliette se pince les lèvres pour ne pas éclater de rire sous son nez et ajoute :

— Mon camarade l'adore déjà !

Le vendeur se tourne vers moi, les yeux remplis de la joie incrédule d'avoir enfin trouvé un client pour ce pull épouvantable.

— J'hésite encore, dis-je sans lâcher Juliette des yeux. Est-ce que vous avez un bonnet pour mademoiselle, dans le même genre ? J'aimerais que nous soyons assortis.

Le sourire espiègle de Juliette disparaît aussitôt.

— Bien sûr. Je n'ai pas sorti tous mes modèles. Je vous trouve ça tout de suite.

Durant les minutes qui suivent, le vendeur nous montre un stock de bonnets monstrueux. Leurs couleurs sont passées de mode. Les coutures rouges des motifs « rennes » ont débordé au niveau des yeux. On dirait des animaux enragés, prêts à mordre !

— Ils sont parfaits. Je vais en offrir un à ma camarade. Elle n'en a pas et il fait vraiment froid ce soir. Je vais prendre celui-ci.

J'opte pour le renne qui ressemble le plus à un vampire.

Juliette cligne des yeux, mais ne perd pas son aplomb.

— J'apprécie vraiment ce cadeau. Pour te remercier, je vais prendre le pull. Je suis certaine que tu vas faire fureur.

Elle attrape le pull vert anis et je déglutis.

— Si tu le dis.

Nous payons le vendeur dont c'est décidément le jour de chance, et nous continuons à remonter l'allée. Bien sûr, je me suis débrouillé pour forcer Juliette à porter son bonnet sur-le-champ.

— C'est une mauvaise idée, bougonne-t-elle, je fais peur aux enfants.

— Pas du tout ! Bon, c'est vrai qu'ils te fixent un peu bizarrement, mais ce bonnet te va comme un gant, je t'assure.

Quand nous avons fini de déambuler dans les allées, je regarde ma montre. Il est 22 heures et les producteurs commencent à ranger leurs marchandises.

— Il serait plus sage que j'aille me mettre au lit. Je suis désolé d'écourter, mais comme je me lève à 3 heures pour faire le pain…

— Je comprends.

— Je te raccompagne à ta voiture.

Elle ne s'y oppose pas, ce qui me laisse espérer qu'elle a passé un bon moment. Quand nous empruntons la ruelle pour rejoindre la Twingo de sa mère, nous devinons deux silhouettes, à peine plus loin, adossées à une voiture.

— Je crois que c'est Nuggets et Élisa, me chuchote Juliette.

Elle a raison. Aux éclats de rire qui nous parviennent, je devine que, finalement, la soirée se termine mieux qu'elle n'a commencé. Tâchant de nous faire discrets, nous approchons de la voiture sur la pointe des pieds.

— Je suis contente pour eux.

— Tu sais pourquoi elle tardait à venir ?

Juliette acquiesce.

— Élisa a une fille, Chloé. Ces derniers mois, celle-ci s'est mis en tête de recontacter son père. Et figure-toi qu'il a débarqué la semaine dernière.

— J'imagine que l'arrivée d'un ex n'a pas facilité les choses pour Nuggets.

Je la vois prendre de nouveau cet air sérieux que je ne sais jamais comment interpréter.

— C'est vrai. Un ex arrive et c'est la panique à bord.

Elle baisse les yeux, comme si tout cela la faisait réfléchir à nous.

— Juliette ?

— Tu dois rentrer, je sais.

Elle se hisse sur la pointe des pieds et dépose une bise sur ma joue.

— Bonne nuit.

Elle monte dans sa voiture et s'en va, me laissant avec mon pull moche et la frustration de ne pas avoir pu l'embrasser.

14

Un boulanger très sexy

« Ce ne sera pas facile. Ce sera même très difficile. Il va falloir qu'on travaille sur ça tous les jours, mais je veux le faire parce que je te veux, toi. Je te veux, pour toujours, toi et moi tous les jours. »

N'oublie jamais

Mercredi 15 décembre
Juliette

Il est 16 heures et je m'installe à la table de la cuisine en face d'une Jacky toujours très silencieuse. Je voudrais qu'elle me guide dans les derniers ajustements concernant la dégustation de vin chaud pour que tout se passe au mieux samedi prochain.

— Bon. J'ai contacté le producteur de vin. La commande sera bien livrée vendredi. Liliane m'a confirmé que nous pourrions préparer le mélange dans la cuisine de son café-restaurant.

Je lui montre deux recettes que j'ai trouvées sur Internet et recopiées sur mon bloc-notes. Elle les étudie avec soin avant d'y apporter quelques corrections.

— Il faut plus de cannelle et moins de sucre. Les gens n'y reviendront pas si c'est écœurant. Tu devrais aussi le faire chauffer plus longtemps, mais à feu doux et en y jetant les agrumes seulement au dernier moment.

Elle prend mon stylo et annote mon document.

— Tu ne crois pas que tu devrais venir avec moi ? L'idée de cette dégustation, c'est de proposer l'authentique recette du village. *Ta* recette !

Elle lève à peine les yeux du calepin.

— Tu ne vas pas passer toutes les fêtes à rester dans ton coin ! Tu devrais venir voir la place, c'est magnifique ! Le grand sapin est presque entièrement décoré et, le soir, il y a un monde fou au marché de Noël.

— Je sais bien comment ça se passe. Je te rappelle que je me suis chargée de l'organisation pendant près de vingt ans.

— Et moi, je te rappelle que tu comptais le faire encore longtemps. Avec ce concours, il y a beaucoup plus de monde que les dernières années. Les gens se rassemblent, ils parlent des prochaines animations et disent qu'ils viendront en famille. C'est exactement ce que tu voulais !

— Possible.

— Il faut que tu voies ça.

— Est-ce que tu vas passer tout ton temps à essayer de me convaincre de retourner au village ?

— Possible…

— Alors je vais nous faire du thé.

Pendant qu'elle met l'eau à bouillir, je relis la recette qu'elle vient de modifier. Elle connaît les dosages sur le bout des doigts. Je suis certaine qu'elle va regretter de s'être mise sur le banc de touche pour une querelle qui n'en vaut sûrement pas la peine.

— C'est la première fois que vous vous disputez, Susanne et toi ?

Elle prend deux tasses et se tourne vers moi.

— La seconde.

Je fais le compte : je sais qu'elles se sont rencontrées quand elles avaient à peine vingt ans. Deux disputes en près de soixante ans d'amitié...

— Puisque tu ne veux pas me dire pourquoi vous vous êtes chamaillées cette fois-ci, parle-moi de votre première dispute.

— Si tu y tiens...

Elle reprend sa place, nos deux tasses fumantes disposées entre nous.

— À l'époque, nous n'étions que deux gamines. Susanne habitait au centre de Valmont et moi, je vivais chez mes parents.

Dans la ferme de mes arrière-grands-parents. Après leur décès, elle a été vendue à un couple de jeunes éleveurs. Ma grand-mère vivait déjà avec mon grand-père, dans une maison située de l'autre côté du village. Maintenant que lui aussi nous a quittés, Jacky passe le plus clair de son temps ici, préférant la compagnie de sa famille à la solitude.

— Tu veux dire que ça remonte au tout début de votre amitié ?

— C'est même grâce à cette première dispute que nous avons commencé à passer du temps ensemble.

— Tu m'intrigues, là.

Jacky soupire comme pour se donner du courage. Elle boit quelques gorgées de son thé et se lance.

— Au village, il y avait un garçon qui faisait l'unanimité auprès des filles. Il s'appelait Henri.

Un voile de nostalgie emplit les yeux de Jacky. L'évocation de ce garçon semble faire remonter des souvenirs agréables.

— Évidemment, Susanne et moi ne faisions pas exception. Nous avions toutes les deux envie d'attirer son attention.

— Mais aucune ne l'a eu, puisqu'il n'y a pas de trace d'un Henri dans notre famille ou celle de Colin.

— Fine déduction. Il se trouve que ce Henri s'amusait beaucoup de nous voir nous étriper les unes les autres pour obtenir ses faveurs. Susanne et moi nous sommes disputées à son sujet et, finalement, quand nous avons compris son petit jeu, nous l'avons délaissé pour devenir les meilleures amies du monde. On peut dire que ce Henri n'aura pas déclenché que des rivalités.

— Mais au début, vous vous êtes disputées à cause d'un garçon ?

— À cause de ce qu'on croyait être l'amour. Quand on est jeune, on pense que celui qui fait battre notre cœur pour la première fois est le bon, mais ce n'est pas toujours le cas. Ce Henri ne méritait pas que l'on continue à se chamailler comme deux poissonnières.

Je bois une gorgée de mon thé, et je demande :

— Explique-moi pourquoi vous vous êtes disputées cette fois-ci.

— Je regrette. J'ai promis à Susanne de ne rien dire et, même si nous sommes en froid, je ne manquerai pas à ma parole.

Je tente d'insister, mais Jacky se montre têtue.

— Parlons d'autre chose, si tu veux bien… Ta mère m'a dit que Colin et toi vous en sortiez très bien. Vous vous êtes réconciliés ?

— En quelque sorte. On a fini par discuter de ce qui s'est passé entre nous.

— Et... vous pensez vous fréquenter à nouveau ? demande-t-elle sur un ton faussement innocent.

— Je ne sais pas. J'ai promis de ne rien dire.

Je lui adresse un regard qui indique clairement que moi aussi, je peux faire des cachotteries.

— Inutile de parler, je lis la réponse au fond de tes yeux. Bon, il est temps de préparer la crèche.

Elle m'adresse un sourire victorieux et se lève pour rejoindre le salon. Seule dans la cuisine, je médite sur mon bloc-notes. Après la dégustation de vin chaud, il ne restera que la confection des bonshommes de pain d'épices à la boulangerie. Ce qui serait un prétexte tout à fait valable pour passer du temps avec Colin si je ne savais pas qu'il a déjà quelqu'un.

Hier, j'ai bien failli occulter ce léger détail. Quand il s'est approché de moi, dans le petit chalet, je n'avais qu'une envie : qu'il m'embrasse pour de bon. Mais l'histoire de Nuggets et Élisa m'a rappelé que je n'avais pas le droit de débarquer de nulle part et de m'immiscer dans sa vie, chassant au passage une personne devenue précieuse pour lui.

Si, l'espace d'une seconde, j'ai pensé que Colin et moi pouvions avoir une autre chance, je dois admettre que ce n'est pas le bon moment. Nous sommes peut-être destinés à n'être que de simples amis.

De simples amis.

À 18 heures, je pousse la porte de la boulangerie. Un peu impressionnée, je m'avance jusqu'au comptoir. Il y a eu quelques changements ici. Les meubles de présentation du pain sont plus larges et plus nombreux, occupant tout un pan de mur. À droite, deux nouveaux présentoirs vitrés proposent des viennoiseries et un assortiment de pains spéciaux. Partout, des décorations de Noël scintillent : guirlandes lumineuses aux murs, père Noël muni de sa hotte suspendu près de l'horloge. Il y a même un sapin à l'entrée !

Colin pousse la porte de la réserve. Il s'arrête net, en m'apercevant.

— Salut, Juliette.

Il porte un tablier blanc sur un T-shirt gris. Ses cheveux sont sens dessus dessous, et il a un peu de farine sur la joue. J'ai eu mille fois l'occasion de l'imaginer dans son nouveau rôle de boulanger, mais j'ignorais combien il pouvait être sexy en tenue de travail.

— Salut... Je passais pour parler de la dégustation de vin chaud de samedi. Mais peut-être que je tombe mal...

— Pas du tout. J'étais en train de tester une recette de pain spécial. Il y a toujours un moment creux en fin d'après-midi. D'habitude, j'en profite pour faire un peu d'administratif, mais aujourd'hui je n'ai pas la tête à ça.

Je sonde ses grands yeux bleus... Il a l'air sincère.

— D'accord. Je ne serai pas longue.

Il pose le pain dans une large corbeille plate derrière le comptoir et s'essuie les mains sur son tablier.

— Viens t'asseoir dans l'arrière-salle, on sera plus tranquilles.

Derrière la porte, je découvre les coulisses de son métier. L'arrière-salle est une vaste pièce carrelée du sol aux murs. Au centre, un immense plan de travail en inox. Sur les pans de mur, des étagères remplies d'ustensiles et, au fond, plusieurs chariots pour faire lever le pain.

— Tu peux accrocher ton manteau ici, me dit Colin en m'arrachant à ma contemplation.

Ses yeux s'attardent sur moi pendant que je retire ma veste et mon bonnet rose.

— Je suis déçu, lâche-t-il en s'appuyant à la table.

Je me tourne vers lui, perplexe.

— Je pensais que tu porterais ton nouveau bonnet.

— Je pense avoir traumatisé assez d'enfants pour cette année.

— Si tu ne le portes pas, je vais rendre mon pull.

— Hors de question ! Pense à tous ces gens que tu peux aider !

— Il va falloir développer...

— C'est pourtant évident : te voir dans ce pull va faire baisser le taux de dépression hivernale à Valmont. Si on ajoute les téléspectateurs qui auront la chance d'admirer ce merveilleux motif « renne assoiffé de sang » en direct sur leurs écrans, tu peux faire concurrence aux laboratoires et à leurs anxiolytiques.

— Je vois que tu as retrouvé ton sens de l'humour.

Il a raison. Je me sens mieux. Beaucoup mieux depuis que nous ne sommes plus en froid.

Je me recentre sur la raison de ma visite.

— J'ai discuté avec Jacky. Elle a corrigé la recette de vin chaud. La commande est finalisée.

Colin s'approche, l'air désolé.

— Je te dois un verre pour me faire pardonner. Une fois de plus, c'est toi qui t'occupes de tout.

— C'est normal. Tu as ton travail à gérer tandis que moi, je n'ai que ça à faire de mes journées. En dehors d'essayer de faire passer Jacky aux aveux, bien entendu.

Colin semble soucieux.

— J'ai du mal à comprendre pourquoi elles ne se parlent plus. Ma grand-mère n'a rien voulu me dire.

— Même chose pour Jacky. La seule information que j'ai réussi à obtenir, c'est qu'il s'agit de leur seconde dispute, en près de soixante ans d'amitié.

— Je ne savais pas qu'elles s'étaient déjà disputées…

— Histoire ancienne. C'était à propos d'un garçon.

Colin s'approche de l'évier et se nettoie soigneusement les mains tout en me parlant.

— Je vais faire une nouvelle tentative auprès de ma grand-mère, mais je ne garantis rien. Elle peut être sacrément têtue. Bon, dis-moi ce que je peux faire pour samedi.

— Hormis venir avec ton pull ?

— Hormis venir avec mon pull.

Une fois la question vestimentaire réglée, nous définissons notre organisation. Notre stand sera installé devant le Central pour nous permettre de nous ravitailler plus facilement. Nous commencerons la distribution à l'ouverture du marché de Noël, vers 15 heures.

— Tu pourras passer à la mairie pour récupérer les tables ? De mon côté, j'irai acheter de la décoration.

— Pas de problème.

Colin se penche pour regarder la liste de tâches notée dans mon bloc-notes. Sa présence, à quelques centimètres de moi, et les effluves de son parfum me font perdre tous mes moyens.

— Quand tu auras fini, dis-je en déglutissant, tu pourras me rejoindre dans les cuisines chez Liliane.

— OK.

Il se rapproche encore et mon cœur se met à battre plus fort.

Surtout, reste concentrée sur le concours.

— Il faudra aussi penser à l'atelier de confection des bonshommes de pain d'épices. J'ai prévu un flyer. Liliane va le distribuer aux clients à partir de ce soir.

Je recule pour reprendre mon souffle et mes esprits.

— Un flyer ?

Colin soutien mon regard beaucoup plus longtemps que le nécessite sa question. Je me dérobe et tire une liasse de documents de mon sac.

— Voilà quelques copies que tu pourras donner à tes clients. J'ai aussi prévu une affiche pour la boulangerie.

— Tu dois faire fureur dans ton travail, dit Colin en parcourant les flyers.

Sa remarque me surprend. Je devine qu'il ne sait rien de mes dernières déconvenues professionnelles.

— Pas autant que je le voudrais.

Il me fixe, s'attendant sans doute à ce que je développe. Mais je préfère changer de sujet.

— Toi, par contre, tu as trouvé ta voie...

Il hausse les épaules.

— C'est plutôt la boulangerie qui m'a trouvé.

Sa réponse se veut légère et drôle, mais cela ne prend pas. Tous deux savons qu'il a délaissé sa passion pour le cinéma et embrassé cette carrière parce que ses parents sont morts. Je regrette de m'être aventurée sur ce terrain-là.

— Ce n'est pas ce que je voulais dire.

— Ne t'inquiète pas. Je peux en parler maintenant.

Il plonge ses yeux dans les miens.

— Les débuts ont été difficiles. Mais ça m'a aidé à aller de l'avant. La boulangerie m'a donné un but. Le matin, je n'avais pas besoin de réfléchir. Je me levais tôt et je descendais faire le pain. Le soir, j'allais me coucher, épuisé. J'ai fonctionné comme ça, presque mécaniquement, pendant des mois, jusqu'à ce que je me sente mieux.

Je me contente de hocher la tête alors que j'ai la furieuse envie de m'approcher et de le prendre dans mes bras.

— Tu as su mettre un peu de toi ici.

Ses yeux, un peu plus tristes, se lèvent vers moi en quête d'explications.

— J'ai noté les changements. Il y a plus de choix. Dans mes souvenirs, ton père ne proposait pas toutes ces sortes de pains.

Mes observations semblent le faire réfléchir.

— C'est vrai, j'ai un peu étoffé la carte.

— Et là, qu'est-ce que tu prépares ?

Je désigne le monticule de farine et les deux bols de fruits secs, à l'autre bout de la table.

— Je me suis mis en tête de proposer un pain spécial pour accompagner le foie gras. L'idée, c'est qu'il soit plus doux que le pain habituel pour faire ressortir la saveur des morceaux de figue et relever le goût du foie gras. J'ai déjà fait un premier essai, lundi dernier, mais ce n'était pas concluant. J'espère que cette fois, ce sera le bon dosage. J'aimerais le mettre à la vente d'ici la fin de la semaine.

Il s'interrompt et me regarde, l'air surpris de s'être laissé emporter par ses propres explications. Je ris, amusée par son enthousiasme et rassurée de le voir si investi dans son métier.

— Je suis contente que travailler ici te plaise.

— C'est vrai, dit-il comme s'il n'en prenait conscience que maintenant.

Après quelques secondes de silence, je comprends qu'il est temps de partir.

Pendant que je me rhabille, Colin ne dit pas un mot, perdu dans ses pensées. Quand nous repassons du côté de la boulangerie, je repère une voiture au travers des vitres. C'est sans doute un client qui se gare près de la devanture.

— Ta décoration est vraiment magnifique, je n'aurais pas fait mieux.

— J'ai commencé à décorer quand tu es partie. De cette manière, j'avais l'impression qu'il y avait un peu de toi ici.

J'en ai le souffle coupé. Et quand je recouvre enfin mes esprits, un client entre dans la boulangerie, m'empêchant de réagir à sa confession.

Les yeux de Colin passent du jeune homme à moi. Je pourrais attendre qu'il s'occupe de lui. Mais je préfère prendre la fuite et faire taire les espoirs qui enflent en moi chaque fois que je croise sa route.

15

Effluves d'alcool et sapin de Noël

« — Je suis impressionnée.
— Et moi, je suis amoureux. »

Sexe Intentions

Samedi 18 décembre
Colin

Le livreur m'apporte un énorme bouquet de fleurs. Je m'empresse d'aller le poser dans l'arrière-salle et retourne servir les clients.

En début d'après-midi, quand ma grand-mère arrive, je lui montre la réception du jour.

— On dirait que tu as un admirateur secret, mamie.

Elle s'approche des fleurs et cherche une carte qu'elle ne trouvera pas. J'ai déjà vérifié.

— Ne dis pas de bêtises, c'est sans doute un cadeau d'un fournisseur de la boulangerie.

— Ce serait une première, dis-je, amusé de la voir chercher une excuse.

Sans compter que je sais qu'elle a reçu des chocolats hier puisqu'elle est passée m'en proposer. Reste à savoir qui peut bien lui envoyer ces cadeaux et pourquoi elle ne veut rien me dire.

— Ça fait combien, vingt ans, que grand-père nous a quittés ? Vingt ans que tu es seule et…

Ma grand-mère repousse les fleurs et se tourne vers moi, chassant l'air de ses mains.

— Je ne vois pas pourquoi tu parles de ça maintenant. Allez, tu devrais filer, ou tu risques d'être en retard.

Elle enfile un tablier et me tend mon blouson pour me signifier que la conversation est close. Mais je n'ai pas l'intention de la laisser s'en tirer si facilement. Si quelqu'un la courtise, je tiens à en savoir plus sur son compte. Ne serait-ce que pour ne pas m'inquiéter si elle s'absente de chez elle plus longtemps que d'habitude.

J'enfile le pull de Noël que j'ai promis de porter pour la distribution de vin chaud, constate qu'il est toujours aussi monstrueux, et je me rends à la mairie.

Une heure plus tard, j'ai installé nos tables devant le Central, face aux chalets du marché de Noël fermé pour le moment. Avant d'entrer dans le café-restaurant, je jette un œil au sapin que les enfants ont fini de décorer cette semaine. Les agents de la ville lui ont apporté la dernière touche hier : une immense guirlande lumineuse. Les illuminations promettent d'être magiques.

Depuis le début du mois, Valmont est à la fête. L'engouement des habitants pour le concours a largement dépassé les espérances de Liliane ou de la mère de Juliette. Et même si j'ai dû écourter mes nuits pour préparer mes cartons en vue de la vente de la boulangerie, je ne regrette pas d'avoir été embarqué dans cette aventure. De cette manière, je vis une dernière fois l'effervescence du village qui m'a vu grandir.

Me rappelant à ma mission, je franchis la porte du café-restaurant et me dirige vers le comptoir. À cette heure, le service de midi est terminé et la grande salle est quasiment vide.

— Elle est dans la cuisine !

— Bonjour à toi aussi, Liliane…

Elle sourit d'entendre mon ton ironique, sans lever les yeux de l'ordinateur de sa caisse.

— Oh bien sûr, bonjour. Mais on sait tous les deux que ce n'est pas moi que tu viens voir.

Je grommèle qu'un jour, il faudrait qu'elle songe à s'occuper de ses affaires et elle se met à rire.

— Vas-y, joli cœur. Et pas de combat de coqs…

Le sens de sa phrase m'échappe mais ne m'empêche pas de franchir la porte de service. Dans la cuisine, je trouve Matthieu, le cuisinier, et Juliette, penchés sur une grande cuve en inox posée sur le feu.

Matthieu est un gars plutôt discret. Quand il prend son service, il passe par la porte de derrière et généralement il ne sort pas de sa cuisine avant d'avoir fini son travail.

Grand, les cheveux châtains, il se montre peu au village. Jusqu'à aujourd'hui, je ne m'étais jamais interrogé sur son pouvoir de séduction auprès des filles. Mais le trouver dans cette cuisine, à quelques centimètres de Juliette, un sourire enjôleur accroché au visage, me fait considérer la question. Leur proximité m'irrite sans raison valable.

Bon sang, je suis jaloux !

Je signale ma présence et Juliette se tourne de mon côté, m'accueillant avec un grand sourire.

— J'espère que tu t'y connais plus que moi en vin chaud, sinon j'ai bien peur de décevoir tout Valmont.

La chaleur étouffante de la cuisine m'oblige à quitter mon blouson. Tâchant de me montrer naturel dans mon infâme pull vert anis, je m'approche de la cuve. Quand je hume l'odeur, tout me paraît normal.

— Goûte ! me dit Juliette devant ma mine perplexe.

Ses yeux descendent sur le renne approximatif de mon pull. À ses lèvres pincées, je devine qu'elle retient un rire. Je ne relève pas sa provocation et je prends la cuillère qu'elle me tend avant de la plonger dans la cuve.

— Pouah ! C'est amer !

— Matthieu pense que c'est parce que je l'ai fait bouillir.

Je me tourne vers l'intéressé, littéralement hypnotisé par mon pull.

— Matthieu ?

— Oui, pardon. La cuisinière est difficile. Même à feu doux, elle chauffe fort.

— OK. Juliette : est-ce qu'on a de quoi en refaire ?

— Oui, j'ai vu large, mais on risque d'être en retard sur l'horaire prévu.

Je me penche sur la recette, laissée sur le plan de travail. En recommençant de zéro, on peut être prêts dans un peu plus de trente minutes. Le marché de Noël viendra tout juste d'ouvrir.

— Pour une boisson culte, les clients attendront.

— Je peux vous aider, propose Matthieu.

Je ne sais pas si j'interprète mal, mais j'ai l'impression qu'il s'adresse à Juliette. Et qu'il a sorti son sourire le plus charismatique pour l'occasion.

— C'est gentil mais on va s'en sortir à deux, dis-je sur un ton qui ne souffre pas de compromis.

— J'ai fini mon service, insiste Matthieu en s'approchant déjà de la recette.

Je m'empresse de la récupérer avant qu'il s'en empare. Matthieu croise les bras sur son torse.

— Tu peux me laisser jeter un œil à la liste d'ingrédients ?

— Liliane n'apprécierait pas que je te fasse prolonger ton service. On va y arriver.

Je détache chaque mot pour qu'il comprenne le message. Nous nous toisons. Le raclement de gorge de Juliette nous interrompt.

— Vous pourriez aussi vous en occuper tous les deux ?

Nous nous tournons vers elle de concert.

— Ah non !

Au moins, lui et moi sommes d'accord sur un point.

— Très bien. En ce cas, je suppose que nous n'avons qu'à nous répartir les tâches. Après tout, à trois, ce sera plus rapide.

Ce fourbe de Matthieu m'adresse un sourire ravi, presque narquois. Et hoche la tête à l'attention de Juliette. Puis, se tournant vers moi, il assène le coup de grâce :

— Au fait… sympa, ton pull. Jolie couleur.

Juliette se met à rire.

— Allez ! Au boulot !

Je décide de quitter mon accoutrement pour ne plus avoir à subir de remarques déplacées.

Le moins qu'on puisse dire, c'est que notre trio s'avère efficace. Durant la demi-heure qui suit et dans un silence tendu, nous épluchons les oranges et préparons le mélange d'épices. Matthieu s'occupe de la cuisson. Quand nous avons terminé, nous goûtons à tour de rôle.

— C'est divin, annonce Juliette.

Matthieu et moi nous contentons d'un « Ça va », tout juste poli.

— Je vais le transvaser dans la marmite à vin chaud.

Matthieu propose de préparer la tournée suivante pendant que nous allons servir les clients, et je suis bien obligé de saluer son initiative.

— Bonne idée, dis-je du bout des lèvres.

Juliette secoue la tête, plus amusée qu'irritée par notre petit duel, et me tient la porte menant à la grande salle.

— On devrait y aller.

Je renfile le pull de la honte pour braver le froid. Quand nous arrivons dehors, le marché vient d'ouvrir et les premiers curieux sont déjà là.

— Juste à temps, dis-je en jetant un regard à ma coéquipière.

Juliette disparaît dans le café-restaurant et revient avec un sac chargé de babioles. En moins de cinq minutes, elle a égayé notre stand avec des guirlandes, des figurines de Père Noël, des branches de sapin et une ardoise pour indiquer aux promeneurs qui ne connaîtraient pas la tradition que la dégustation est offerte.

La musique d'ambiance ajoute à l'atmosphère magique de Noël. Au milieu des effluves de cannelle et d'agrumes, j'entends des éclats de rire et partout je distingue des visages souriants. Je risque un coup d'œil vers Juliette. Elle est occupée à retirer son manteau.

— Tu vas prendre froid.

— Aucune chance, tu vas comprendre…

Elle se penche sur son sac et en tire un pull de Noël bien plus élégant que le mien. Vert kaki, avec un renne dans les tons marron au centre, il est agrémenté de pompons de couleurs différentes : rouge, jaune et vert. Elle est à croquer.

— Très joli.

Ses joues rosissent.

— Je l'ai emprunté à ma mère.

Ses yeux tombent sur le mien.

— Merci de le porter.

— J'espère que tu as conscience qu'aujourd'hui je sacrifie mon amour-propre.

Elle rit. De ce rire qui m'a tellement manqué ces dernières années.

— Alors on va dire que c'est moi qui te dois un verre.

— Je te prends au mot. Ce soir. Quand nous en aurons fini avec le vin chaud.

Juste tous les deux.

— Et la boulangerie ?

— Ma grand-mère me remplace. Elle fait la fermeture.

Juliette rougit davantage, surprise par ma détermination. L'interlude avec Matthieu le séducteur m'a montré que je n'étais pas prêt à la voir tomber dans les bras d'un autre.

— Alors va pour un verre.

Nous restons plantés derrière notre stand, les yeux dans les yeux, cherchant à y lire des réponses aux questions que nous n'avons pas eu le courage de poser. Pourtant, ce soir, je voudrais que ça change.

— Salut, la compagnie !

Nous nous tournons dans un seul mouvement. Sofia, la journaliste, vêtue de sa tenue de princesse des neiges, nous offre un sourire radieux. Filipa, en position derrière sa caméra, nous adresse un signe la main.

Je réponds par un « Bonjour » un peu hésitant, ne sachant si nous sommes filmés ou non. Et si les téléspectateurs pourront s'amuser de notre échange de regards brûlants.

Juliette salue l'équipe à son tour et Sofia commence à poser des questions, ce qui ne laisse aucun doute : le show a bel et bien commencé.

Pendant que Sofia détaille notre installation, et que Filipa fait un gros plan sur mon pull, je glisse à l'oreille de Juliette :

— Réserve ta soirée. Puisque je vais passer sur la chaîne nationale affublé de cette horreur, tu me dois un verre *et* un repas.

— Oui, j'admets que ça vaut un entrée-plat-dessert.

Sofia finit par revenir à nous :

— Alors, Juliette, Colin, expliquez-nous ce que vous proposez.

— Nous offrons un verre de vin chaud aux promeneurs, dit Juliette. Ça leur permet de se réchauffer et d'attendre la tombée de la nuit.

— Le sapin va s'illuminer ce soir, c'est bien ça ?

Nous acquiesçons. Filipa se tourne vers l'arbre majestueux. Puis elle revient à nous, et la présentatrice enchaîne :

— Est-il possible de nous livrer la recette de votre vin chaud ?

— Secret défense. Juliette tient la recette de sa grand-mère. Une femme de caractère, assez têtue, il faut bien le dire, qui refuse de la donner à une personne qui ne serait pas de la famille.

— Un bon vin chaud n'est pas aussi facile à faire qu'on le croit, réplique ma coéquipière qui entre dans mon jeu. Tout est une question de dosage et de patience. Mais même sous la torture, je ne divulguerai pas le secret de la recette. J'ai trop peur des représailles.

Sofia rit, satisfaite de nos explications. Nous lui offrons un verre, qu'elle déguste face à la caméra.

— Délicieux. Comme ce village que je prends plaisir à découvrir. Bravo à vous deux ! C'est un plaisir de vous voir si... complices.

La présentatrice laisse planer un sous-entendu. Aucun de nous n'a le temps de rebondir, car l'équipe s'éloigne pour rejoindre Anne. Installée à l'entrée du marché, elle prend les inscriptions pour le concours de pulls de Noël. Juliette s'empresse de rejoindre sa mère et revient avec un autocollant portant le numéro 10, qu'elle fixe bien en vue sur mon torse.

— Tu es officiellement en compétition !

— Je me disais bien qu'il manquait quelque chose pour que cette soirée soit parfaite.

Pour la voir sourire comme à présent, je suis prêt à porter les pulls les plus hideux du monde.

Durant les deux heures suivantes, l'affluence va crescendo. Juliette et moi n'avons pas une seconde à nous, occupés à servir les promeneurs qui ne tarissent pas d'éloges sur notre vin chaud. Il me faut bien admettre que l'aide de Matthieu nous est précieuse car, depuis la cuisine du Central, il prépare seul trois autres cuves, nécessaires pour remplir les verres qui se pressent devant nous.

Plusieurs fois, je sens que mon pull fait l'objet d'une observation à la loupe. Il déclenche l'hilarité ou des commentaires tolérants sur son « originalité ». Je me rassure en voyant passer d'autres prétendants au concours. Pulls lumineux, kitsch, à motifs improbables. Franchement, je ne détonne pas tant que ça. D'ailleurs, Juliette ne manque pas une occasion de me le faire remarquer en riant.

— Tu vois, il y a des pulls deux fois plus moches que le tien !

Quand la nuit est tombée, plusieurs heures plus tard, nous avons enfin un moment de répit.

— Je crois qu'on a terminé, me dit Juliette, soulagée.

Après un regard en direction des derniers habitants qui remontent vers le centre de la place, elle ajoute :

— Tout le monde doit être devant le sapin. D'ici quelques minutes, ils vont annoncer les gagnants du concours et ensuite, ce sera l'illumination. Tu veux qu'on s'approche ?

Je secoue la tête et je sors ma caméra.

— On voit bien d'ici. Je te sers un verre de vin chaud ?

— Je m'en occupe.

Elle me tend un gobelet et je fais mine de trinquer avec la caméra.

— La meilleure boisson, au meilleur endroit. Et avec la meilleure binôme.

Je lève l'objectif pour voir apparaître le visage de Juliette. Nous buvons chacun une gorgée en silence, savourant le plaisir d'avoir enfin un peu de calme. Je filme le marché, aussi silencieux que nous, et me débrouille pour revenir à Juliette.

— C'est vrai qu'il est délicieux.

— Vraiment ? Et tu comptes le dire à Matthieu ?

Je lève les yeux vers elle et, avec humeur, j'éteins l'appareil.

— Évidemment, ne serait-ce que pour le remercier de toute son aide.

Elle porte à nouveau son verre à ses lèvres et se tourne vers moi.

— Tu ne l'apprécies pas beaucoup, on dirait.

Sa question me désarçonne ou m'inquiète, ce qui n'est pas mieux.

— Est-ce que tu cherches mon approbation ?

J'espère qu'elle ne va pas me dire qu'elle compte fréquenter quelqu'un d'ici.

À l'autre bout de la place, la voix de M. Blanc, le maire, résonne dans un micro. Se sachant filmé, il va s'en donner à cœur joie !

— Mesdames et messieurs, les participants ont été *très* nombreux, mais il a fallu faire un choix. Mme Perrin du comité des fêtes a procédé au dépouillement et j'ai l'immense honneur de vous annoncer que le grand gagnant est…

Il ménage le suspens et Juliette fait de même.

— Alors ?

— Tu veux savoir si j'ai des vues sur Matthieu ?

— Quelque chose dans ce genre. Je ne serais pas étonné qu'il tente sa chance.

— Et ?

Juliette se mord la lèvre sans me lâcher des yeux. M. Blanc reprend son discours, sur un ton enthousiaste.

— Le grand gagnant est M. Pelletier avec son pull et son pantalon assortis ! Bravo d'avoir osé le total look Noël !

Des hourras s'élèvent depuis le cœur de la place.

— Colin, j'ai le regret de t'annoncer que tu n'as pas gagné le concours.

Est-ce que c'est un genre de double sens ?

— Juliette, je sais que je n'ai pas à m'immiscer dans ta vie privée, mais je tenais à te dire que je ne supporterais pas que tu commences une relation avec quelqu'un de Valmont.

— Je n'ai pas l'intention de commencer quoi ce soit, avec qui que ce soit.

J'aimerais prétendre que sa réponse me convient car elle exclut une relation avec Matthieu, mais elle semble aussi m'exclure, moi. Je devais m'y attendre. Juliette a une vie parisienne bien remplie, un travail dans lequel elle veut s'investir pour obtenir plus de reconnaissance. L'amour est un ingrédient inutile à son mode de vie.

— J'en prends note, dis-je, déçu.

Elle pose son verre de vin chaud sur la table et revient à moi, l'air perdu.

— Écoute, Colin, je ne te suis plus. Je n'arrive pas à comprendre ce que tu veux exactement.

Après une pause, elle ajoute :

— Ce que tu veux de moi.

Je pose mon verre à mon tour et plante les yeux dans les siens. Je veux tout d'elle. Tout de cette fille aux joues rosies par le froid. De cette fille qui a hanté mes espoirs et mes regrets.

Passer du temps avec Juliette m'a montré à quel point je désire plus que des retrouvailles après des années de séparation. Ce soir, je réalise que je veux une autre chance.

— Ces dernières années n'ont pas été faciles et je sais qu'il n'était pas prévu qu'on se retrouve cet hiver. Mais tu es là. Tu es de retour à Valmont. Et chaque jour qui passe, j'espère un peu plus que quelque chose est possible entre nous.

— Colin, je sais que…

— Laisse-moi aller jusqu'au bout, s'il te plaît.

Elle acquiesce. Porté par mon audace, je prends ses mains dans les miennes. J'enserre ses doigts gelés, scrutant son regard. Le sourire qui étire ses lèvres me donne le courage de poursuivre.

— Je crois qu'une deuxième chance s'offre à nous. Ce n'était pas le bon moment, il y a six ans. Notre bon moment, c'est peut-être maintenant.

Je me tais, pour entendre sa réponse. Le regard de Juliette s'échappe.

— Je suis désolée, je ne peux pas faire ça. Je sais que tu as quelqu'un.

Il me faut une seconde pour accuser le coup. Et une autre pour comprendre qu'on lui a parlé de Jessica. Comment aurait-il pu en être autrement dans un village où tout se sait ?

— Il y a eu quelqu'un, c'est vrai. Mais j'ai compris que c'était terminé au moment où tu as remis les pieds à Valmont.

Juliette relève les yeux et, cette fois, elle me laisse les capturer.

— Il n'y a personne d'autre dans ma vie.

Elle sourit et resserre ses mains sur les miennes.

— Alors ? dis-je.

— Alors... je vais peut-être revoir ma position et envisager une relation avec quelqu'un.

En réponse, je souris, comme un idiot, car elle prononce enfin les mots que j'attendais.

Et parce que c'est enfin le moment où je vais pouvoir l'embrasser.

Attiré par ses lèvres, je m'approche et enserre sa taille. D'autres hourras s'élèvent et nous devinons que le sapin s'est illuminé. L'agitation nous pousse à nous tourner vers l'arbre pour admirer ses parures étincelantes. Le spectacle est magique : les guirlandes lumineuses dorées et argentées l'entourent comme une rivière de pierres précieuses. Je n'ignore pas que Juliette pourrait le contempler durant des heures. Mais comme j'ai mieux à faire, je passe l'index sur son menton pour la faire revenir à moi.

— Je n'ai pas l'intention de me laisser interrompre par qui que ce soit.

— Même pas par mon père ?

— Il peut même sortir de la cuve de vin chaud, ça ne changera rien. Je vais t'embrasser, Juliette Perrin.

Ses yeux se mettent à briller.

— « Je suis impressionnée. »

Je ris devant son air malicieux. Et, enfin, je me penche sur elle, jusqu'à frôler ses lèvres, retenant l'envie de lui réciter la réplique du film : « Et moi, je suis amoureux. » Comme jamais.

16

Et enfin, ses lèvres sur les miennes

« Après tout… je suis juste une fille, debout devant un garçon, et qui lui demande de l'aimer. »

Coup de foudre à Notting Hill

Juliette

Les lèvres de Colin frôlent les miennes. Douces, pleines et si tendres que je frissonne. Avec précaution, il passe une main sur ma taille et fait disparaître les derniers centimètres entre nous.

Si près de lui, je hume son parfum à pleins poumons. Tous mes sens sont en éveil, comme pour retrouver le Colin d'autrefois et découvrir l'homme qu'il est devenu. Tandis qu'il effleure encore mes lèvres des siennes, je me délecte de sa manière de jouer avec le désir qui enflamme maintenant chaque cellule de mon corps. J'ai toujours adoré qu'il prenne son temps.

Au lieu de m'embrasser, et d'exaucer mes prières, Colin s'écarte légèrement. Il place mon visage entre ses paumes et me contemple, les yeux plus sombres qu'il y a quelques minutes.

— Quoi ?

Il sourit.

— Désolé, c'est juste que… je me demande si je ne suis pas en train de rêver.

— J'espère que non. Je n'ai aucune envie de me réveiller demain et de me rendre compte que tu n'étais qu'une illusion.

— Tu as rêvé de moi ?

— Peut-être bien.

Colin sourit sans me lâcher des yeux, me donnant le sentiment que nous sommes seuls au monde.

Je me cramponne à ses mains, à ses yeux, pour être certaine que, quoi qu'il arrive, je pourrai garder ce moment avec moi.

— Et ce baiser ?

Il hoche la tête et continue de m'étudier, comme si dans sa tête se jouait une savante équation pour trouver le chemin de mes lèvres.

— C'est prévu, murmure-t-il.

Sa bouche se pose sur la mienne. Ses lèvres douces et tièdes me semblent si familières que je laisse échapper un gémissement de plaisir, comme une aventurière qui retrouverait une terre qu'elle croyait perdue pour toujours. Ses mains quittent mes joues. L'une passe sur ma nuque et l'autre descend se caler sur mes reins. D'une pression, il m'attire à lui et approfondit notre baiser.

Sa bouche s'ouvre, cherchant à se fondre dans la mienne. Nos mains se mettent en mouvement pour redécouvrir nos corps dans des gestes plus rapides, plus pressants. Si aucun de nous n'interrompt ce qui se passe, j'ai bien peur que nous ne finissions sous la table, au milieu du marché de Noël.

— Attends, dis-je en m'écartant de quelques centimètres.

Colin obéit. La lueur de désir qui s'attarde dans ses yeux m'ordonne de faire taire mes scrupules et de me jeter de nouveau sur lui pour une autre séance de baisers, mais du coin de l'œil, je vois un groupe d'habitants remonter l'allée. Le spectacle est fini pour ce soir et le moment d'intimité que nous sommes parvenus à voler s'achève.

— On va devoir faire une petite pause.

Colin jette un œil autour de nous et constate par lui-même que nous ne sommes plus seuls et qu'il serait plus raisonnable de se ressaisir. Sauf si nous voulons être au cœur de toutes les conversations demain, éclipsant au passage la victoire de M. Pelletier.

— On devrait aller faire un tour près du sapin, proposé-je.

— J'ai une bien meilleure idée. On range notre stand et on s'échappe discrètement.

— Et ce repas que je te dois ?

— J'ai d'autres projets pour nous ce soir.

Un frisson me parcourt devant cette promesse à peine voilée. En quelques secondes, mon univers a basculé. Il vient de percuter celui de Colin de la plus douce des manières.

— On pourrait boire un verre chez moi ?

Je m'apprête à répondre oui, mille fois oui, quand une voix m'arrache à ses grands yeux bleus.

— Juliette ?

Nous nous tournons vers la place et je reconnais une silhouette que je n'attendais pas avant demain.

— Claire ?

Elle s'avance jusqu'à notre stand. Émue, j'en fais le tour pour la serrer dans mes bras.

— Pourquoi tu ne m'as pas prévenue que tu rentrais ce soir ? Je ne t'attendais que demain après-midi.

— Je voulais te faire la surprise. Juliette à Valmont ! dit-elle en me regardant comme si elle me découvrait pour la première fois.

J'admets que la retrouver ici, c'est beaucoup mieux que nos déjeuners chronométrés à Paris.

Claire me détaille de la tête aux pieds, commentant tout ce qu'elle voit : j'ai bonne mine, j'ai un nouveau pull, j'ai l'air reposé, j'ai les cheveux détachés et ça me va bien.

Elle ne s'interrompt que lorsque Colin s'approche de nous. Elle lui adresse un regard noir, comme seule une meilleure amie sait le faire.

— C'est bon. Colin et moi avons fait la paix.

Claire croise les bras sur sa poitrine, dubitative.

— Promis, dit Colin.

Mon amie revient à moi, les yeux plus brillants qu'il y a quelques secondes, et je m'avance pour la prendre dans mes bras une deuxième fois.

— Je suis tellement soulagée, ma Juliette !

Un raclement de gorge se fait entendre derrière nous et nous oblige à relâcher notre étreinte. Je découvre un homme d'environ trente ans, grand, blond. Je l'ai déjà vu des dizaines de fois en photo sur les réseaux sociaux de Claire.

— Juliette, je te présente Doug.

Douglas. *Son* Doug. En chair et en os.

— Je crois qu'on a des dossiers en retard, dis-je, plus heureuse que jamais.

Colin s'approche et lance :

— Si on se dépêche, on peut encore avoir une table au Central.

Claire se tourne vers Doug qui acquiesce dans un sourire. Et quelques minutes plus tard, nous sommes installés à ma table préférée, sur les banquettes en cuir, contre la fenêtre, avec une belle vue sur les allées du marché de Noël.

Claire, assise en face de moi, jette un regard mi-étonné mi-amusé aux derniers centimètres que Colin et moi essayons de maintenir entre nous. Je vais avoir quelques explications à fournir à mon amie qui devait s'attendre à nous voir nous jeter des boules de neige au visage pour régler nos différends...

Liliane passe prendre notre commande : quatre chocolats chauds pour se remettre du froid polaire de cette soirée. Dès qu'elle est partie, je questionne Claire, je veux qu'elle m'explique tout.

Doug et elle échangent un regard complice.

— J'ai raccompagné Claire à l'aéroport ce matin et je n'ai pas pu la quitter.

Le tout est dit dans un français ponctué d'un charmant accent britannique. Je ne connais pas bien Douglas, mais ce dont je suis sûre, c'est qu'il tient sérieusement à Claire et, rien que pour ça, il a toute mon amitié.

— C'est complètement fou, dit Claire en riant. On était à Heathrow, je devais passer en zone d'embarquement. Il ne nous restait que quelques minutes à passer ensemble. Doug est parti en me disant qu'il devait retourner au travail pour une urgence et je suis allée m'acheter une tablette de Toblerone pour noyer mon chagrin. Dix minutes plus tard, il était là, devant moi, avec un billet d'avion pour Paris.

Elle le regarde comme si elle n'en revenait toujours pas.

— J'ai eu de la chance, surtout à cette période de l'année : il restait encore quelques places sur le vol.

Colin passe sa main sous la table et, avec douceur, la pose sur ma cuisse. Touchée par son geste, je risque un regard vers lui. Il a l'air aussi ému que moi.

— Si je résume, dit Colin à l'attention de Doug, tu viens de débarquer en France sans aucun bagage.

— Exactement.

Sa mine stoïque – l'air de dire que ce n'est qu'un détail – nous fait éclater de rire.

Colin propose de lui prêter quelques affaires pour le dépanner. Pendant qu'ils discutent de leur taille respective, je me penche sur la table pour poursuivre la conversation avec Claire.

— Et son job ?

— Je pense qu'il va avoir des ennuis, répond-elle sur un ton navré. Son responsable n'a pas voulu lui accorder de jours de congés au pied levé.

— Donc il va repartir demain ?

— Impossible. Passé notre moment de folie, on a regardé les horaires des prochains vols. C'est le début des vacances scolaires, tout est complet.

Cette fois, c'est moi qui suis navrée. Même si le geste de Doug est à la hauteur de la plus jolie des comédies romantiques, il risque sans doute sa place.

Je regarde les garçons. Ils enchaînent sur une discussion sur le domaine skiable de Valmont.

— Il peut s'expliquer, dire qu'il a fait ça sur un coup de tête.

Claire secoue la tête.

— Ce n'était peut-être pas prévu, mais c'est précisément ce qu'on aurait dû faire depuis longtemps.

— Euh, admirer le marché de Noël de Valmont ?

— Mais non… se lancer ! Prendre le risque d'avancer ensemble. On n'allait pas tenir longtemps comme ça. Je n'en pouvais plus d'attendre entre deux séjours au prix exorbitant.

Une lueur d'audace traverse le regard de Claire.

— Je sais qu'on va y arriver.

Liliane arrive avec notre commande. Dès qu'elle est partie, Doug et Claire entrelacent leurs doigts sur la table.

— On a décidé de vivre ensemble, annonce mon amie.

Les yeux brûlant de la flamme de l'excitation, ils nous expliquent le plan esquissé en rejoignant Valmont.

— Lundi, je vais appeler mon entreprise et leur annoncer ma démission. Je sais que ça ne sera pas facile, mais je vais demander un visa et chercher du travail par ici.

— À la scierie, on a toujours besoin d'extra au printemps, ajoute Claire. Et d'ici là, Doug va s'installer chez moi.

Ils échangent un regard entendu. Leur plan peut sembler un peu fou. Mais je suis persuadée en les observant que, peu importe les difficultés qui vont se présenter, ils sauront trouver des solutions.

Trouver des solutions.

Ces mots résonnent dans ma tête un long moment. Je médite un instant devant mon chocolat chaud. Ma cuillère plongée dans la chantilly aux marrons, je laisse remonter les souvenirs des premiers mois de ma vie à Paris. Je savais Colin dévasté par la disparition de ses parents. De mon côté, trop blessée par son rejet, je n'ai jamais eu le courage de revenir à Valmont pour réclamer une explication en face à face, comme le dirait ma grand-mère. J'ai attendu de mon côté, aussi passive qu'il l'était du sien. Aucun de nous n'a su monter dans l'avion, comme l'a fait Doug ce matin.

Ce soir, je découvre combien chaque couple est différent. Certains sont dotés d'une combativité qui leur permet de dépasser tous les obstacles de la vie et d'autres semblent s'engluer dès les premières difficultés. J'ai longtemps cru que Colin et moi appartenions à la première catégorie, mais je réalise que ce n'est pas le cas. Nous partageons la responsabilité du naufrage de notre relation.

Ce n'était pas seulement lui.

Ce n'était pas seulement moi.

C'était nous.

Il ne m'a jamais rappelée, car il croyait que je menais une vie heureuse à Paris, et je ne suis jamais revenue frapper à sa porte pour le forcer à quitter la bulle dans laquelle il s'était enfermé.

— Tout va bien ? me demande Colin.

Je quitte la contemplation de ma tasse et me tourne vers lui.

En guise de réponse, cette fois, c'est moi qui passe une main sous la table pour presser sa cuisse. Son regard se charge de désir.

— Je suppose qu'on peut s'adresser à vous pour connaître la suite des festivités ?

La demande de Claire m'oblige à interrompre notre échange de regards licencieux.

— Qu'est-ce que tu disais ?

Claire nous observe l'un l'autre, aussi suspicieuse qu'une maman aguerrie devant la mine barbouillée de deux enfants qui jurent n'avoir jamais ouvert le paquet de chocolat.

— Je parlais des festivités au village.

— Ah, oui ! Bien sûr.

Je cite l'atelier de confections des bonshommes en pain d'épices de demain, les chants de Noël, la tournée des jardins et la distribution des cadeaux. Doug et elle semblent ravis.

Une heure plus tard, nous décidons de rentrer. Doug et Claire sont épuisés par leur voyage. Quand nous enfilons nos manteaux pour rejoindre la fraîcheur de la nuit, je remarque un couple attablé au fond de la salle.

— Regarde, dis-je à l'attention de Colin.

Il plisse les yeux, avant de revenir à moi.

— Nuggets et Élisa ?

J'acquiesce, ravie pour eux.

— Oui, on dirait qu'ils ont décidé de se revoir.

— On va leur dire bonjour ?

— Je crois qu'il vaut mieux les laisser seuls.

Nous avons juste le temps de voir Nuggets frôler la main d'Élisa puis nous quittons tous les quatre le Central.

Une fois dehors, je remarque que la neige s'est mise à tomber. D'épais flocons paresseux virevoltent dans le ciel. Claire me prend par le bras, me tirant de ma contemplation, pour marcher devant les garçons.

— Jacky et Susanne sont toujours fâchées ?

— J'ai bien peur que oui. Je n'arrive pas à savoir ce qui les a mises en colère. Aucune des deux ne veut céder.

— Elles finiront bien par se réconcilier. Avec un peu de magie de Noël, on arrive à régler toutes les situations, même les plus désespérées.

Il y a encore quelques semaines, j'aurais tourné sa remarque en dérision. Mais ce soir, j'ai envie d'y croire moi aussi.

— Et au passage, en parlant de magie de Noël... ne me fait pas croire qu'il n'y a rien entre Colin et toi.

Je n'ai pas l'intention de lui mentir.

— Juste avant que tu arrives, on s'est embrassés.

Elle sourit et resserre son étreinte.

— Je savais bien que j'interrompais quelque chose. Vous veniez soit de vous embrasser, soit de vous menacer de mort.

J'éclate de rire. C'était bien la première option, mais à mon arrivée à Valmont, il aurait fallu parier sur la seconde.

Nous traversons la place déserte. Après la fermeture du marché de Noël, les gens se sont empressés de se réfugier au chaud. Et si je me réfère à la neige qui tombe abondamment, c'était une riche idée ; d'ici quelques heures, les routes seront impraticables.

— Tu sais, Claire, je ne sais pas ce que ça va donner. Notre histoire remonte à il y a six ans. Nous avons forcément changé. Peut-être que ça ne sera pas comme avant.

— C'est vrai. Mais peut-être que ça sera mieux.

Elle se tourne vers moi et m'adresse un regard empli d'une joie sincère.

— Laissez-vous un peu de temps pour vous redécouvrir l'un l'autre.

Nous nous arrêtons devant la boulangerie. Les garçons nous rattrapent peu après.

Ses clés en main, Colin salue Claire et Doug, en leur faisant promettre de passer à l'atelier gourmand de demain – ce qui permettra à Doug de récupérer quelques vêtements. Dès qu'ils se sont éloignés, Colin s'approche de moi. Un éclat fait briller ses yeux dans la nuit. Un mélange d'audace et d'impatience qui m'arrache un délicieux frisson.

— Tu veux monter un moment ?

J'adorerais. Mais je sais qu'il doit se lever tôt demain. Sans compter qu'avec la neige, si je monte chez lui, je risque de ne plus pouvoir rentrer.

— Et que fais-tu des habitants qui attendent que tu ouvres demain à la première heure ?

— Je peux écourter ma nuit.

— C'est très tentant.

— Mais c'est non ?

Je lui montre la neige.

— Pas ce soir. Si je monte, je ne pourrai pas repartir avant demain après-midi.

— Je n'y vois aucune objection.

Je souris tout en me mordant la lèvre.

— Mes parents vont s'inquiéter.

— Et te faire passer un interrogatoire à ton retour.

— Quelque chose comme ça.

C'est un peu tôt pour leur annoncer que Colin et moi sommes à nouveau ensemble. Mon père risque de ne pas s'en remettre.

Nous continuons à nous regarder avec une envie à peine voilée. Tant d'obstacles se mettent en travers de notre route, et ce soir, il aura fallu que ce soit la neige.

— Tu es sûre ?

Pas vraiment. Mais je dois me résigner. Tout l'univers veut que nous patientions encore avant de nous retrouver.

— Certaine.

Colin cède, à regret. Il dépose un baiser tiède sur ma joue et me murmure d'une voix très douce :

— À demain.

— Oui… à demain.

Je regagne ma voiture, le cœur battant la chamade.

17

Rattraper le temps perdu

« L'amour est partout, imprévisible, inexplicable, insurmontable. »

Love Actually

Dimanche 19 décembre
Colin

En début d'après-midi, je profite de la présence de ma grand-mère à la boulangerie pour préparer l'arrière-salle. Si je me fie aux prévisions de Liliane, je vais avoir du monde pour l'atelier « bonshommes en pain d'épices ». La neige ne semble en rien avoir dissuadé les promeneurs qui, dès que les rues ont été dégagées, ont rejoint le cœur du village.

Sur un côté du plan de travail, je dispose les gâteaux que j'ai préparés tôt ce matin pour me familiariser avec la recette. Je n'en avais jamais fait avant aujourd'hui, préférant largement déguster ceux de ma grand-mère qui, en plus d'être excellents, ont le goût de mon enfance.

Quand la porte s'ouvre, je m'attends à voir Juliette. Mais c'est ma grand-mère.

— Elle va arriver...

Je joue les innocents, mais elle me lance son regard qui signifie : pas de ça avec moi.

— Tu as quelque chose à me dire à propos de Juliette et toi ?

Je souris en répliquant :

— Tu as quelque chose à me dire à propos de Jacky et toi ?

Elle soupire, visiblement lasse de me voir monter au créneau pour obtenir des informations.

— La famille Perrin nous donne du fil à retordre, n'est-ce pas, mon garçon...

— Et pas qu'un peu !

Mais ma grand-mère ne rit pas.

— Est-ce que Juliette est au courant pour la vente de la boulangerie ?

Je termine d'aligner les gâteaux en silence, le temps de rassembler mes pensées. Évidemment, les derniers événements ont bousculé mes plans. Je ne suis plus aussi sûr de vouloir quitter la ville, mais j'ai signé. Ce qui signifie que je n'ai plus le choix, au moins en ce qui concerne la boulangerie.

— Non, finis-je par dire. Elle ne sait rien.

— Tu devrais le lui dire.

— Je sais. Je n'ai pas encore trouvé le bon moment.

Ce n'est jamais le bon moment. Le destin est capricieux dès qu'il s'agit de Juliette et moi.

La porte de la boulangerie s'ouvre avec son tintement familier.

— Ne laisse pas les malentendus s'interposer entre vous deux, quoi que tu décides.

Elle quitte l'arrière-salle, me laissant le soin d'interpréter sa phrase comme bon me semble.

Après son départ, je dispose les ingrédients sur la table, cherchant à m'occuper les mains pour ne plus avoir à penser. Si seulement Juliette était revenue quelques semaines plus tôt, je n'aurais pas signé ces fichus papiers.

Juliette se présente à la boulangerie juste avant le début du premier atelier, accompagnée de Doug et Claire.

— Regarde qui j'ai trouvé dehors !

Les deux amoureux louchent avec envie sur ma fournée de ce matin.

— Ils ont l'air délicieux, dit Claire en approchant le doigt d'un bonhomme de pain d'épices.

Juliette la réprimande d'une tape sur le dessus de la main.

— Si tu veux en manger, il faudra les faire toi-même.

Pendant que Claire crie à l'injustice, j'entraîne Doug vers mon bureau, après l'arrière-salle. Je lui ai préparé un sac contenant trois pulls, un jean et quelques T-shirts.

— Ce n'est pas de première jeunesse, mais ça peut te dépanner pour quelques jours.

— Merci beaucoup ! Claire va m'emmener faire des achats demain.

— Tu as prévenu ton entreprise ?

— Oui. Mon chef n'était pas content. Il m'a traité de jeune con et m'a conseillé de revenir dans une semaine après avoir réfléchi.

— C'est ce que tu comptes faire ?

— Non, je vais rester ici.

Une lueur d'audace brille dans ses yeux. Je dois admettre que son courage force l'admiration.

— Alors, bienvenue à Valmont.

Nous rejoignons les filles. La porte de la boulangerie s'ouvre et j'entends ma grand-mère saluer les nouveaux arrivants, tous inscrits à l'atelier.

Il est temps de se mettre au travail.

Juliette distribue les tabliers aux participants. Dix personnes m'observent, concentrées, autour de la table. Je sais que dix autres attendent, dans les allées du marché de Noël, que j'aie terminé avec ce premier groupe. Au total, nous recevrons quatre groupes dans la journée ! Liliane avait vu juste, cet atelier gourmand à la boulangerie était une jolie idée.

Dès que nous avons vérifié que le matériel est prêt, je forme des binômes, prenant soin de laisser les trois enfants avec le parent présent.

Juliette leur tend un saladier et nous commençons à mélanger les ingrédients. D'abord la farine, le sucre, la levure et les épices, puis l'œuf et le miel.

Les équipes s'appliquent à former des boules plus ou moins homogènes, qu'elles abaissent sur du papier sulfurisé. Les emporte-pièces font naître des bonshommes aux formes typiques de Noël. Il me suffit de passer entre les groupes pour vérifier l'épaisseur de la pâte. Les enfants me montrent le fruit de leur travail, émerveillés d'avoir créé de petits personnages en si peu de temps.

Ravi du résultat, je vais chercher de quoi immortaliser ce moment inédit. Mais dès que j'ai allumé la caméra, Juliette me la prend des mains.

— Aujourd'hui, c'est moi qui filme !

Je ne riposte pas, tout à ma joie de la voir sourire derrière l'objectif.

Pendant que les gâteaux cuisent, et alors que je m'efforce de ne pas focaliser sur la caméra que je sens braquée sur moi, je lance la préparation du glaçage. Je vérifie que les enfants ajoutent suffisamment de sucre glace au blanc d'œuf pour que le mélange soit compact et facile à travailler, puis je les aide à remplir les poches à douille.

Quand les bonshommes sont dûment décorés, avec des yeux et un large sourire, les gourmands s'empressent de les déguster. Claire et Doug les premiers.

— Alors, chef ? me demande Juliette en faisant un gros plan sur moi. Comment s'est passé ce premier atelier ?

— Les visages des gourmands parlent pour moi !

Après une pause, j'ajoute plus bas :

— Je crois que c'est ce qui me plaît le plus dans mon travail : donner ou redonner le sourire à ceux qui franchissent le seuil de la boulangerie.

C'est ce que j'ai constaté au fil des ans. Une mauvaise journée ne fait pas le poids face à un pain au chocolat ou à une tradition croustillante.

La caméra en main, elle reste concentrée sur moi un peu plus longtemps que nécessaire, comme si elle était… émue.

— Je suis certaine que tu fais des merveilles pour les habitants de Valmont.

Je *faisais* des merveilles. D'ici quelques semaines, ce sera fini. Et la perspective de cette fin ne me réjouit plus du tout.

Des voix s'élèvent derrière nous, nous rappelant que nous ne sommes pas seuls.

Les apprentis pâtissiers me remercient chaleureusement et Juliette se tourne vers eux pour les filmer en gros plan. Munis des derniers biscuits – les quelques survivants qui n'ont pas été dévorés durant l'atelier –, ils ressortent par la porte principale de la boulangerie pour rejoindre la place.

Dès que nous sommes seuls, Juliette s'approche de moi, une étincelle de malice dans les yeux.

— Je trouve que tu fais un excellent chef pâtissier, très pédagogue.

Je profite de l'avoir rien que pour moi pour déposer un baiser sur ses lèvres.

— On est vraiment obligés d'accueillir le deuxième groupe ? On pourrait dire que j'ai épuisé mon stock de farine…

Juliette passe une main derrière ma nuque, et mon corps se tend, prêt à se consacrer à elle durant les prochaines heures. Les yeux voilés de désir, elle pose ses lèvres sur les miennes. Elle s'attarde juste ce qu'il faut pour me donner envie de la goûter davantage, mais recule, les yeux brillants.

— Le devoir avant tout, Colin Guillaud.

Comme pour lui donner raison, la porte s'ouvre sur ma grand-mère.

Elle nous regarde l'un et l'autre, une lueur amusée au fond des yeux.

— Je peux dire aux participants de repasser, si vous voulez, dit-elle d'une voix chargée d'ironie.

Je n'ai pas le temps de lui répondre que c'est une excellente idée.

— Dites-leur de venir, intervient Juliette, nous sommes prêts.

Je lui adresse un regard qui signifie : tu ne perds rien pour attendre, et je me prépare pour un autre round. Ou plutôt pour une nouvelle fournée.

Le deuxième groupe entre dans l'arrière-salle. Nous nous mettons au travail.

Les derniers participants quittent la boulangerie aux alentours de 19 heures, un sourire gourmand accroché au visage. Dès qu'ils sont dehors, je tire le rideau pour annoncer la fermeture anticipée.

— On ferme déjà ? me demande ma grand-mère en retirant son tablier.

— Je crois qu'on en a assez fait pour aujourd'hui.

Elle commence à ranger le comptoir, mais je m'approche d'elle et lui tends son manteau, suspendu à la patère.

— Va te reposer, je me charge de mettre de l'ordre.

Elle ne riposte pas.

— Bien, bien. Je ne te demanderai pas d'être sage, puisque j'espère que tu ne le seras pas.

Je souris. Depuis que Juliette est de retour à Valmont, j'ai l'impression d'être à nouveau ce jeune homme un peu gauche qui l'embrassait secrètement devant un arbre dans la forêt, convaincu que personne ne le savait, alors que tout le village suivait nos aventures d'un œil amusé.

— Merci pour toute ton aide.

Ma grand-mère dépose une bise sur ma joue et quitte la boulangerie. Je prends soin de fermer la porte à clé, pour m'assurer que rien ni personne ne viendra nous déranger. Puis, je retourne dans l'arrière-salle.

Juliette, une éponge à la main, termine de nettoyer la table. Il faut dire qu'après le passage des quatre groupes, il y a de la farine du sol au plafond !

Mais ça attendra.

N'ayant plus qu'une idée en tête, j'efface la distance entre mon amour de jeunesse et moi.

— J'ai rangé le beurre dans le grand frigo, dit-elle. Les autres ingrédients sont sur l'étagère. Si ça te va, tu t'occupes de la boulangerie, et je me charge de nettoyer cette pièce.

Je m'appuie à la table de travail. Voyant que je reste immobile, elle finit par lâcher son éponge.

— Est-ce que tout va bien ?

J'acquiesce.

Toi et moi, enfin seuls.

— La boulangerie est fermée et je suppose qu'à l'heure qu'il est, ma grand-mère vient d'arriver chez elle.

Sa bouche forme un o absolument... adorable.

— Je suis certain de pouvoir m'occuper de ranger tout ça demain.

— Tu ne veux vraiment pas qu'on nettoie maintenant ?

Je secoue lentement la tête.

Non, j'ai bien mieux à faire.

Son regard descend sur mes lèvres. Je crois qu'elle a compris que j'avais d'autres projets.

Avec une lenteur délicieuse, j'efface les derniers centimètres qui nous séparent, considérant qu'enfin, j'ai éliminé le dernier obstacle entre elle et moi. D'un geste, je repousse l'éponge plus loin sur la table pour m'assurer que Juliette ne cherche pas à la récupérer. Ce soir, elle est à moi, tout à moi.

— Je tiens à te remercier comme il se doit, dis-je en approchant de ses lèvres.

Elle acquiesce, le regard plongé dans le mien.

— Pour aujourd'hui ? Mais ce n'est rien du tout...

— Pas pour aujourd'hui.

Je passe le doigt sur sa mâchoire. Doucement, j'en suis le contour, savourant de retrouver le contact avec sa peau, et j'ajoute :

— Pour être revenue à Valmont.

Juliette se contente de me suivre du regard tandis que je viens frôler ses lèvres. Impatient, je passe la main sur sa nuque et l'attire contre moi pour l'embrasser.

Mon cœur s'emballe quand sa bouche rejoint la mienne. J'ai eu beau fantasmer nos baisers des milliers de fois, rien ne vaut la sensation bien réelle de ses lèvres sur les miennes, de nos langues qui se frôlent, se caressent, cherchant à se fondre l'une dans l'autre.

Le désir d'avoir plus d'elle se fait sentir dans tout mon corps. Mes mains explorent le bas de son dos, en quête des sensations mémorisées dans chacune de mes cellules. Elle a toujours été la seule femme à me rendre fou.

Juliette est sur la même longueur d'onde que moi. Le souffle court, elle interrompt notre baiser pour me débarrasser de mon pull.

Dès qu'elle parvient à le faire passer par-dessus mes épaules, elle le jette à terre et s'attaque à mon T-shirt. Quand je suis torse nu, je l'attire à nouveau contre moi pour un autre baiser. L'envie rend nos mouvements plus rapides, presque frénétiques. Je frémis quand ses mains glissent le long de mon dos et descendent jusqu'à mes fesses.

Entre deux baisers, je parviens à lui retirer son pull, et à faire glisser son jean sur le sol. Quand nous ne tenons plus, le corps maculé de farine et consumés par le désir qui a transformé l'arrière-salle en une fournaise ardente, je vais chercher un préservatif dans mon portefeuille, rangé dans l'un des tiroirs de mon bureau.

De nouveau face à Juliette, je la regarde un instant. Le temps l'a rendue plus belle que jamais. Plus lumineuse que dans mes souvenirs.

Adorable...

Quand elle défait les boutons de mon jean en un geste qui m'invite à aller plus loin, je mesure ma chance de la retrouver.

Et quand je viens en elle, secoué de frissons, je sais au plus profond de moi que je n'ai jamais cessé de l'aimer.

Plus tard, après que nous avons fait l'amour une deuxième fois, dans ma chambre, seule pièce de mon appartement à ne pas être encore trop envahie par les cartons, je contemple Juliette, profondément endormie à mes côtés. Cela me semble tellement irréel...

Pour ne jamais oublier ce moment, j'enfile un bas de survêtement et descends dans l'arrière-salle. Ma caméra en main, je reviens dans la chambre et, m'installant dans le fauteuil qui jouxte mon lit, je commence un enregistrement en parlant le plus doucement possible.

— Salut, Juliette. Ne t'en fais pas, je n'ai pas l'intention d'envoyer ce film à l'équipe de tournage. Je veux juste garder la preuve en images de ces instants magiques avec toi. Au cas où je finirais par comprendre que tout ça n'était finalement qu'un rêve.

Je prends une seconde pour la regarder dormir et cette vue m'apaise.

— Quand je nous vois tous les deux, je commence à me dire que je me suis vraiment comporté comme un idiot. À l'époque, je me sentais dans une impasse. Les années qui ont suivi l'accident ont été si difficiles... Je ne pouvais pas te faire porter le poids de ma propre souffrance. Et pourtant, te mettre à l'écart en a engendré tout autant, de la souffrance…

Je soupire, las de constater que je tourne en rond.

— Le village n'était plus le même sans toi. Quand j'ai enfin repris goût à la vie, j'ai compris que je devais partir. Où, je n'en savais rien. Je voulais juste quitter Valmont et recommencer ailleurs. J'ai pensé que ça venait de la boulangerie, mais je crois qu'en fait, ça venait de nous. Ici, il y a trop de souvenirs de nous deux pour que je puisse rester si tu n'y es pas.

Après une courte pause, j'ajoute :

— Je t'aime, Juliette.

Et j'éteins la caméra.

18

Inquiétude paternelle au programme

« L'amour est patient, l'amour est doux. Être amoureux veut dire perdre doucement la tête. »

27 robes

Juliette

La sonnerie d'un réveil me tire doucement de mon sommeil. Il me faut quelques instants pour comprendre que je ne suis pas dans mon lit, dans le petit chalet. Les images des dernières heures me reviennent et un sourire étire mes lèvres.

— Bonjour, me murmure Colin. Il est très, très tôt. Dors encore, je vais descendre à la boulangerie.

Il se déplace dans le lit, mais je le retiens.

— Reste. Juste un moment.

Colin ne se fait pas prier. Paresseusement, je fais glisser mes mains sur son torse chaud pour profiter de l'avoir contre moi un instant de plus. Cette nuit est la plus merveilleuse que j'aie passée ces dernières années. Ces six dernières années.

Il me caresse les cheveux du bout des doigts et je sens peu à peu mes paupières se faire plus lourdes. Colin dépose un baiser sur mon front et quitte les draps, sans que je puisse riposter.

Quelques heures plus tard, je finis par me réveiller pour de bon. Mon téléphone indique qu'il est un peu plus de 6 heures du matin. Colin n'a pas reparu depuis qu'il a quitté le lit, au milieu de la nuit. Inquiète de l'avoir privé de la moitié de ses heures de sommeil, je me redresse et me mets en quête d'une tenue à enfiler pour le rejoindre au rez-de-chaussée.

Vêtue de son pull, je slalome entre plusieurs piles de cartons pour emprunter l'escalier. Hier, trop pressés, nous avons manqué de tomber à plusieurs reprises. Chez Colin, rejoindre le lit est une mission difficile. Il nous a fallu nous cramponner l'un à l'autre, entre deux baisers, pour ne pas nous retrouver sur le sol à finir ce que nous avions commencé au milieu de l'escalier.

Au bas des marches, je traverse la boulangerie, plongée dans le noir, et entrouvre la porte donnant sur l'arrière-salle. Dans l'entrebâillement, je découvre Colin, penché sur son plan de travail. Derrière lui, les chariots à glissières sont remplis de tronçons de pâte qui lèvent doucement. Une délicieuse odeur de pain cuit m'indique qu'il a déjà fait cuire plusieurs fournées, en plus de titiller mon estomac.

Je pourrais l'observer des heures, vêtu de son pantalon en toile gris et de son T-shirt blanc qui épouse avantageusement son torse. Mais je sais que, d'ici quelques minutes, je devrai rentrer chez moi si je ne veux pas inquiéter mes parents.

J'entrouvre la porte et le léger grincement pousse Colin à lever les yeux dans ma direction. Son regard s'éclaire à ma vue.

— Déjà debout ?

— C'est très culpabilisant de paresser au lit quand on sait qu'un boulanger héroïque est déjà au travail, à quelques mètres de vous.

Colin m'attire à lui et m'embrasse tendrement. Je laisse échapper un soupir de bien-être : je me sens emplie d'un immense sentiment de gratitude.

Tout me paraît tellement évident entre lui et moi que c'est presque douloureux d'imaginer que nous avons perdu tout ce temps avant de nous retrouver.

— Va te recoucher, murmure-t-il contre mes cheveux. Si je me débrouille bien, je pourrai te rejoindre un moment juste avant l'ouverture.

Je le serre un peu plus fort et le relâche avant de secouer la tête.

— Je voudrais être rentrée avant que la maisonnée se réveille.

Les yeux de Colin luisent d'une lueur amusée.

— À cette heure, tes parents sont déjà debout.

Il connaît par cœur leur routine matinale ! Et je ne peux pas l'en blâmer. Il a passé plus de temps à proximité d'eux que moi ces dernières années.

En tout cas, ma décision est prise : je ne vais pas m'attarder, si je veux éviter un sermon paternel. Pour changer de sujet, je le taquine en évoquant le désordre qui règne dans son appartement. La chambre est un peu préservée, mais le sol des autres pièces que j'ai traversées est jonché de cartons.

— Dans mes souvenirs, tu étais plutôt du genre ordonné.

— Désolé, j'ai été un peu débordé ces dernières semaines.

Il semble contrarié par ma remarque. Pour me faire pardonner mon manque de tact, je me hisse sur la pointe des pieds et dépose un baiser sur sa joue.

— Je plaisantais ! Je me fiche bien que ton appartement soit rangé ou non. Tout ce qui compte, c'est de t'avoir juste pour moi.

Colin revient à moi, les yeux bien trop brillants. Je suis un peu surprise de le voir si ému...

— Ça va ?

Il hausse les épaules. Ses yeux glissent sur le pull que lui ai emprunté et il sourit.

— Je risque de m'habituer à te voir porter mes affaires.

Son regard se rive au mien, me laissant tout le loisir de comprendre que derrière ses mots se cache un sous-entendu. Ou plutôt, l'envie de savoir où nous allons. Colin sait que je ne suis que de passage. Avant d'aller plus loin, lui et moi devons avoir une discussion.

— Je vois que tu as toujours ta machine à café à proximité... tu nous en sers un ? J'ai des choses à te dire.

L'air un peu inquiet, il acquiesce et prépare nos deux tasses.

Noir, serré et sans sucre pour lui.

Noir, long, avec un sucre pour moi.

Il n'a pas oublié.

Appuyée à la table, je bois une gorgée de mon café tout en cherchant par où commencer. Les semaines que je viens de passer à Valmont m'ont fait réfléchir. Je me suis sentie bien mieux ici au bout de quelques jours que durant ces six dernières années à Paris. Par orgueil, je n'ai pas voulu revenir sur ma décision de vivre en ville, mais je comprends aujourd'hui combien c'était stupide. Il n'y a pas un endroit meilleur qu'un autre, il y a seulement celui où on se sent bien.

— À Paris, ça ne passe pas aussi bien que je l'ai laissé croire…

Colin fronce les sourcils, surpris. Son inquiétude me touche. Il s'imaginait que je menais la grande vie, entre un emploi épanouissant et une vie sociale accaparante, car c'est le message que j'ai fait passer à tout le monde lors de mes rares visites. Et c'est sans doute ce qui aurait pu se passer si j'avais réellement eu l'intention de m'installer à Paris. Mais je n'y ai vécu qu'en pure spectatrice. Je suis restée dans mon studio à peine meublé sans prendre le temps de le décorer à mon image. J'ai choisi l'intérim pour ne pas m'engager au service d'une entreprise et, surtout, pour ne tisser aucun lien durable avec des collègues. Je me suis mise dans un entre-deux. Ni à Valmont ni à Paris. Nulle part, en fait.

Aujourd'hui, le choix se présente une nouvelle fois. Et je ne reproduirai pas la même erreur.

— Développe.

— Généralement, je ne travaille pas plus de trois mois au même endroit. Comme le loyer de mon studio est exorbitant, j'accepte toutes les missions qu'on me propose, aux quatre coins de la capitale. Ce qui veut dire que je passe mon temps dans les transports en commun.

— Et tu t'es fait des amis ?

— Très peu. Au début, j'ai plutôt occupé mon temps à ressasser ce qui s'était passé entre nous. Après, je me suis repliée sur une forme de routine.

Je sens bien que Colin accuse le coup. Il ouvre la bouche pour dire quelque chose, mais je l'en empêche d'un geste de la main, pour que le courage ne me quitte pas.

— Mon séjour ici n'était pas prévu. Il s'est imposé, un peu comme une convalescence. Ces derniers mois, je n'étais pas très en forme, j'enchaînais les insomnies. Je dors mal chaque fois que Noël approche, mais cette année, c'était pire que les précédentes.

Je lui laisse le temps d'intégrer cette information et je continue.

— J'ai eu des problèmes au travail. J'étais épuisée, distraite, et j'ai commis des erreurs. Plusieurs. On m'a renvoyée.

Je baisse la tête, un peu honteuse. Quand je lève les yeux pour trouver ceux de Colin, j'y lis beaucoup de bienveillance.

— Ce travail te manque ?

— Pas du tout. C'était une mission parmi d'autres. Disons que mon renvoi m'a mise au repos forcé et que mes parents en ont profité pour me rapatrier chez eux.

Colin hoche la tête, comme si soudain tout s'éclairait pour lui.

— Donc, tu n'es pas particulièrement heureuse de passer les fêtes à Valmont ?

Je sens à sa voix qu'il fait de gros efforts pour ne pas montrer sa déception.

— Au début, j'avais envie de fuir. Mais, ces derniers jours, j'ai eu le temps de réfléchir. Je crois qu'au fond, à Paris, j'attendais un signe, quelque chose qui me donne une vraie raison de revenir à Valmont.

Je le regarde à nouveau.

— J'espérais ce signe tout comme j'ai espéré te retrouver

au bas de mon immeuble. En fait, j'ai passé ces six dernières années à espérer quelque chose.

Cet aveu fait trembler ma voix. Colin s'approche et m'attire contre lui.

— Je suis tellement, tellement désolé.

Au creux de ses bras, je trouve le courage de lui dire ce que j'ai compris en revenant ici.

— J'aurais dû revenir bien plus tôt.

Colin me serre plus fort.

— Colin... je... je vais rester. Je vais prolonger mon séjour.

À quel moment ai-je pris cette décision ? Quand nous nous sommes embrassés ? Quand nous avons fait l'amour ? Ou quand j'ai enfilé son pull pour le rejoindre ? Je l'ignore. Tout ce que je sais, c'est que je refuse de retourner à cette vie morne et vide qui m'attend à Paris.

Je veux monter dans l'avion.

Je veux prendre le risque.

Colin ne dit rien. Il plonge ses yeux aussi brillants que deux lucioles dans les miens. Et il m'embrasse. Follement, éperdument, désespérément. Quand il nous faut nous interrompre pour reprendre notre respiration, il passe les mains sous mon pull et imprime sur mon corps ses longs mouvements pressés.

Nous faisons l'amour dans la tiédeur de l'arrière-salle. Plus avides, plus affamés. Plus impatients que jamais de rattraper le temps perdu.

Un peu avant 8 heures, je gare la Twingo de ma mère devant la maison de mes parents. C'est un peu tard pour espérer passer inaperçue. Je remarque que l'utilitaire n'est plus là, ce qui signifie que ma mère a dû se rabattre sur la voiture de mon père pour sa tournée. J'ai agi comme une adolescente énamourée.

Au moment où je franchis le portail, je trouve mon père dans la cour, occupé à installer les décorations d'extérieur. L'illumination des jardins sera filmée en fin d'après-midi par l'équipe de tournage.

— Un coup de main ?

— Je veux bien.

Je dépose mon sac à main dans l'entrée et j'attrape une écharpe chaude sur le portemanteau avant de le rejoindre. Il a l'air contrarié, et quelque chose me dit que ce n'est pas seulement la faute du renne scintillant qui semble lui donner du fil à retordre.

— Tiens-le, je vais chercher un outil au garage.

Quand il revient, toujours armé de sa mauvaise humeur, je décide qu'il est temps de lui parler de Colin.

— J'apprécie que tu t'inquiètes, mais je ne suis plus une enfant.

Mon père pince un peu trop fort la guirlande lumineuse enchevêtrée dans les arceaux et sectionne la partie servant à illuminer la tête.

— Mince !

Il se redresse, cherchant une solution à son problème, éludant au passage ma remarque.

— Papa…

Il soupire et finit par regarder dans ma direction. Les yeux cernés, la mine sombre, il semble plus affecté que je ne l'ai imaginé.

— Sur le papier, je sais bien que tu n'es plus une enfant.

Je note le « sur le papier », mais m'abstiens de me montrer ironique. Mon père semble vraiment sérieux.

— Mais à mes yeux, Juliette, tu seras toujours ma

petite fille. Ta mère, elle, sait mieux que moi gérer ce genre de chose.

— Gérer quoi ?

— Tes relations avec les garçons.

Son aveu me rend muette. Il considère le renne avec attention et ajoute :

— Elle comprend ces trucs-là. Moi, ça me donne juste envie d'étrangler celui qui te fait souffrir.

Je le remercie de faire de l'humour. Enfin... j'espère que c'en est.

— Étrangler ?

Devant son air penaud, je retiens mon envie de rire. Colin sera ravi d'apprendre qu'il n'a pas quitté la liste noire de mon père.

— J'admets m'être légèrement inquiété quand je ne t'ai pas vue rentrer hier soir.

À sa mine, je comprends que c'est un euphémisme.

— Je suis désolée de te causer autant de soucis. J'étais avec Colin.

— Ah, *lui*.

Il se montre volontairement dédaigneux. Mais sa mimique, surjouée, est presque comique.

Mon père retourne au garage et revient avec un ourson lui aussi fait en arceaux de métal. Je l'aide à le positionner derrière le portail, sur la neige, m'assurant qu'il sera bien visible depuis la route.

— Je sais que tu lui en veux.

— Pas du tout..., dit mon père sur un ton aussi faux que lorsque ma mère lui demande si c'est lui qui a fini le chocolat aux noisettes.

Mon père malmène le pauvre ourson et la guirlande se casse, elle aussi au niveau de la tête. Il n'y prête même pas attention.

— Papa...

— Bon... je lui en veux peut-être *un peu*.

Les premières années, j'ai apprécié de sentir mon père de mon côté. Ne pas être seule à détester Colin. Mais aujourd'hui, je vois notre histoire différemment.

— On a discuté et on a réglé nos différends. Ça n'a pas été facile pour lui quand ses parents sont morts.

— On dirait ta mère.

J'éclate de rire.

— J'imagine que c'est un compliment.

Mon père sourit. Ma mère et lui se sont toujours aimés d'un amour évident. Celui qui vous tombe dessus sans crier gare, comme une pluie d'été. Ils se sont rencontrés à Valmont et s'y sont installés. Entre eux, tout a toujours semblé aller de soi. C'est ce que j'aurais voulu connaître. Mais notre histoire à Colin et moi n'est pas faite dans le même moule.

— Tu lui laisseras sa chance ?

Mon père fronce les sourcils.

— Je le fais déjà.

— Donc, tu n'iras plus à la boulangerie de Saint-Martin ? C'est un peu bête de faire un détour pareil alors qu'un excellent pain est disponible à quelques centaines de mètres de chez nous, non ?

Mon père grommelle quelque chose qui ressemble à un « oui » et nous poursuivons nos activités dans une ambiance plus légère. Je devais lui annoncer ma décision de prolonger mon séjour à Valmont, mais je crois qu'il a sa dose de sensations fortes pour aujourd'hui. J'en parlerai plus tard, quand les festivités seront derrière nous.

Une fois notre mission décoration terminée, je monte nous préparer du café pour nous réchauffer. Installée à la table de la cuisine, Jacky fait mine d'être absorbée par la lecture d'un magazine.

— Bonjour, Jacky !

— Te voilà ! Je me demandais où tu étais passée.

Son air pas tout à fait innocent ne prend pas. Jacky doit se douter que j'étais avec Colin. Ce qu'elle attend, c'est une confirmation.

Alors une idée me vient… peu glorieuse, certes, mais il faut bien ruser quand la vie vous l'impose.

— Écoute, Jacky, voilà ce que je te propose : je te raconte tout si tu te montres au village ce soir pour l'illumination des jardins.

Ma grand-mère reste muette, convaincue que je vais finir par craquer et lui raconter ma folle soirée.

— Alors ?

— Non. Je préfère m'abstenir.

— Et si je te dis que Susanne ne sera pas là ?

Elle délaisse sa revue et lève un œil suspicieux dans ma direction. Impassible, j'ajoute :

— Même si Susanne voulait venir, elle en serait incapable, elle est clouée au lit après… une indigestion de bonshommes au pain d'épices.

Le mensonge est tellement gros, tellement absurde… que ça peut passer.

Ma grand-mère hésite encore quelques secondes puis finit par céder.

— C'est d'accord, je viens avec toi. Mais tu me racontes tout, promis ?

Je m'assieds en face d'elle, prête à lui parler de ma soirée avec Colin.

Après notre conversation, j'échange quelques textos avec Colin pour lui expliquer la situation, mon petit mensonge et surtout… mon plan.

La mission réconciliation peut commencer !

19

Illumination des jardins

« Je suis venu ici ce soir parce que quand on se rend compte que l'on veut passer le reste de sa vie avec quelqu'un, on veut que le reste de sa vie commence le plus tôt possible. »

Quand Harry rencontre Sally

Colin

En milieu d'après-midi, quand le flot de clients de la boulangerie s'est tari, je vais me poster derrière la vitre, une tasse de café à la main. L'effervescence du marché de Noël bat tous les records aujourd'hui. C'est le début des vacances scolaires et puis le bouche-à-oreille a permis de faire connaître le concours auquel participe Valmont. Les touristes sont au rendez-vous. La place grouille d'une foule de visages souriants, prêts à se lancer dans un tour du « village magique », autrement dit une promenade pour découvrir tous les jardins dument décorés par leurs propriétaires. Une déambulation de hameau en hameau, de maison en maison.

Cette promenade hivernale, élaborée par Liliane et Anne, a été très bien accueillie. Les clients de la boulangerie m'en ont parlé toute la journée.

Si, au début, je n'étais pas particulièrement emballé par ce concours, je dois admettre qu'il a le mérite de rassembler les habitants autour des traditions de Noël.

Mais ce n'est pas tout. Au travers des festivités, je sens l'esprit de Valmont. L'entraide, le partage, le soutien, la proximité entre les générations. Le désir de soutenir la créativité et l'esprit d'initiative des uns et des autres.

Quand mes parents sont morts, j'ai perdu ma famille proche, pourtant je ne me suis pas senti seul. Liliane et beaucoup d'autres habitants de Valmont ont fait corps pour me soutenir. Mais, ces dernières années, cet élan d'affection et de solidarité s'est étiolé. Chacun s'est recroquevillé sur son propre foyer sans plus se préoccuper des autres habitants.

Ma grand-mère et Jacky avaient raison de nous alerter, je m'en rends compte maintenant. Nous avons besoin de nous retrouver pendant les fêtes, d'entretenir nos liens, qu'ils soient familiaux, amicaux, amoureux ou de simple voisinage. Nous avons besoin de nous préoccuper les uns des autres, pour repartir plus forts.

Le téléphone sonne, m'obligeant à quitter mon poste d'observation. Quand je décroche, une voix masculine un peu hésitante me répond.

— La boulangerie de Valmont, vous dites ? J'ai dû me tromper de numéro, je cherche à joindre Susanne Guillaud.

— C'est ma grand-mère.

Le silence qui s'ensuit m'indique que cet homme peine à mettre de l'ordre dans les informations qui lui parviennent.

— Elle a dû vous laisser ce numéro car elle est souvent

ici. D'habitude, elle n'est là qu'en fin d'après-midi. À cette heure, il faut appeler chez elle.

— Très bien. C'est ce que je vais faire.

Je pars du principe qu'il doit avoir son numéro et je raccroche. Les fleurs, les chocolats et maintenant un homme qui appelle ici. Le faisceau d'indices converge vers une seule hypothèse et, même si la déduction me semble hâtive, je me demande si la présence soudaine de cet homme n'est pas la cause de la dispute entre Jacky et ma grand-mère.

Celle-ci me rejoint environ une heure plus tard. Son air guilleret et sa propension à plaisanter sur tout et rien ajoutent à mes suspicions.

— Il y a eu un appel pour toi à la boulangerie, dis-je l'air de rien, tandis qu'elle rajuste les guirlandes sur le sapin en fredonnant un *Jingle Bells* un peu trop enjoué à mon goût.

— C'était qui ?

— Je ne sais pas. Il a dit qu'il te rappelait chez toi.

Elle se racle la gorge et feint d'être très intéressée par une boule dorée. Elle la déplace d'un millimètre vers la droite puis vers la gauche, comme si c'était une mission de la plus haute importance.

— Tu l'as eu ?

— Oui, oui, je l'ai eu.

Après ce qui ressemble à une hésitation, elle ajoute :

— C'était l'un de ces commerciaux qui cherchent à vendre des fenêtres. Je m'en suis débarrassée.

Hum.

Son explication n'est pas des plus convaincante.

— C'est un commercial drôlement déterminé pour

appeler ton lieu de travail puis ton domicile... Et puis sacrément renseigné. Il connaissait même ton prénom.

— J'ai peut-être dû remplir une fiche d'informations en allant au grand magasin, dans la vallée.

— Une fiche... oui, ça doit être ça.

Je l'observe du coin de l'œil, pas plus avancé. Et pas forcément rassuré à l'idée que ma grand-mère prenne l'habitude de me cacher des choses.

À 18 heures, heure à laquelle débute le parcours « du village magique », je décide de fermer la boulangerie.

— Qu'est-ce que tu fais, Colin ?

— Je ferme la boutique. Ça serait dommage de manquer la promenade nocturne.

Elle balaye ma remarque d'un revers de la main.

— Va rejoindre Juliette, je m'occupe de tout ranger.

— Pas cette fois, j'insiste. Ce soir, tu viens avec moi.

Ses yeux s'ouvrent en grand.

— Tu n'y penses pas.

— Oh que si ! Et inutile de te trouver une excuse pour décliner : il n'y a plus rien à vendre.

Je lui montre les paniers à pain, vides. Elle riposte en désignant les quelques viennoiseries qui se disputent sur la plaque de présentation derrière la vitrine.

— Tu sais parfaitement qu'on ne les vendra pas ce soir.

— Eh bien, c'est dommage que tu réagisses comme ça. Mon intuition me dit tout le contraire. Il y a foule, dehors. Quelqu'un finira par se laisser tenter.

— Tu parles ! D'ici un quart d'heure, la place sera vide. Allez... enfile ton manteau.

— Non. Je préfère m'abstenir.

— Et si je te dis que Jacky ne sera pas là ?

Elle délaisse le panier contenant les dernières viennoiseries et lève un œil suspicieux dans ma direction. Impassible, j'ajoute :

— Même si Jacky voulait venir, elle en serait incapable, elle est clouée au lit depuis... un petit abus de vin chaud. Tu comprends, elle a testé sa recette un trop grand nombre de fois... Ce sont les risques du métier.

Comme me l'a écrit Juliette : un mensonge gros et absurde... ça pourrait passer.

Mais c'est compter sans le côté tête de mule de ma grand-mère. Elle croise les bras sur sa poitrine, bien décidée à me tenir tête. Elle ne me laisse pas le choix, je dois utiliser mon joker.

— À moins que tu attendes encore un appel de ce... commercial ?

— Pas du tout ! Que vas-tu t'imaginer ?

— Rien. Je cherche juste à comprendre pour quelles raisons tu tiens tant à rester dans une boulangerie fermée.

Et pourquoi ma grand-mère qui a horreur du mensonge se met à me raconter des histoires...

Elle soupire. Elle a compris le deal. Soit elle reste et me parle de cet homme mystérieux. Soit elle vient.

Quand je la vois enfiler son manteau avec humeur, je me félicite d'avoir réussi à la convaincre. Mais je me promets aussi de creuser cette affaire de « vendeur de fenêtre ».

À croire que, chez les Guillaud, l'obstination est héréditaire !

Dès que nous sommes dehors, je vérifie que j'ai ma caméra en poche et j'envoie un message à Juliette.

Je viens de fermer la boulangerie. Je suis avec ma grand-mère.

Sa réponse ne tarde pas.

Nous sommes près de l'équipe de tournage. Sofia interroge les Pelletier sur la décoration de leur jardin. Jacky est là.

Je souris, pas mécontent de voir notre plan fonctionner. D'ici quelques minutes, nos grands-mères seront l'une en face de l'autre. Un verre de vin chaud fera le reste. Enfin, je l'espère.

Quand j'aperçois Juliette, je l'enlace tendrement. Je me fiche totalement des regards autour de nous. Chacun peut en penser ce qu'il veut, elle m'a tellement manqué que je refuse de perdre une seconde de mon temps en un jeu de faux-semblants ridicule. Et au fond, je crois que ça me plaît de montrer que nous sommes ensemble.

— Salut, dis-je en l'embrassant.

Elle me rend mon baiser avec autant d'intensité.

— Salut, Colin. Tu m'as manqué.

Je souris, pleinement satisfait que nous soyons sur la même longueur d'onde.

Anne et Liliane discutent avec Sofia. Je suppose qu'elles se mettent d'accord sur la manière de filmer la soirée. Aux chaussures que porte la journaliste, je déduis qu'elle ne compte pas faire la promenade en entier !

Les participants, nombreux et impatients, se pressent autour de la caméra. J'attire notre petit groupe en retrait pour ne pas pâtir du mouvement de foule au moment du départ. Nous établissons notre point de ralliement devant la fontaine, là où le nombre d'habitants au mètre carré est supportable. Juliette, son père, Jacky, ma grand-mère et moi nous tenons les uns à côté des autres dans un silence glacial.

— C'est vraiment génial de voir tout ce monde ! tente Juliette pour détendre l'atmosphère.

Son enthousiasme a une portée limitée…

— Je me demande s'il ne fait pas trop froid pour ce genre de promenade, me glisse ma grand-mère en regardant le ciel chargé de nuages. Je risque de prendre froid, tu sais ?

Il ne fait aucun doute que des flocons vont s'inviter dans la soirée, mais ça ne suffira pas à me convaincre de la laisser filer… d'autant que je la sais bien emmitouflé dans son manteau.

— Tu pourras faire demi-tour quand tu en auras eu assez.

Elle hausse les épaules et se remet à toiser Jacky, ce que l'une et l'autre semblent maîtriser à la perfection. Quant au père de Juliette, d'après les coups d'œil qu'il jette dans ma direction, je devine qu'il a hâte que la promenade se termine.

Quand le départ est donné, tout le monde semble soulagé de se mettre en route. Si notre petit rassemblement n'a pas tenu toutes ses promesses, nous avons au moins réussi à faire sortir Jacky et ma grand-mère, ce qui est déjà un grand pas en avant.

La foule se disperse. Les plus courageux entament la promenade d'un pas rapide tandis que les autres avancent doucement, profitant de se retrouver entre amis pour rire et discuter en descendant la rue principale.

Comme ils ont raison…

Les premières maisons n'ont pas de jardins, mais les balcons, terrasses et fenêtres sont mis à l'honneur. Des pères Noël suspendus aux façades scintillent, des guirlandes accrochées d'un balcon à l'autre clignotent, des jeux de lumière attirent nos regards et déclenchent des

« waouh » admiratifs. Je sors ma caméra, pour immortaliser cette rue féerique.

— Alors, Juliette, que penses-tu de l'illumination des jardins ?

— Eh bien… très cher public, je n'ai jamais vu Valmont comme ça.

— C'est-à-dire ?

— Aussi… magique, dit-elle d'une voix chargée d'émotion.

Je valide. *Aussi magique.* Aux mines réjouies que je filme ce soir, je devine que les habitants sont fiers de savoir que le reste de la France va découvrir Valmont. Ce petit village des Alpes qui ne s'est jamais trouvé, avant cette année, sous le feu des projecteurs.

Je continue mon reportage. Malgré moi, l'objectif revient sans cesse sur Juliette, qui marche à mes côtés. Son sourire quand elle découvre un nouvel habillage de lumière. Ses yeux éclairés par la joie de ce moment. Ses lèvres que je voudrais tant embrasser.

Arrivés au bout de la rue principale, nous faisons une halte. La balade se poursuit vers le premier hameau. Des rambardes ont été installées pour couper la circulation venant de la route de Saint-Martin. Une voiture de police est stationnée et, juste à côté, je remarque Tom et la famille de Lili, les Rivolier.

J'adresse un signe à notre petite troupe et nous les rejoignons. Tom me gratifie d'une tape amicale dans le dos.

— Bien joué, me glisse-t-il à l'oreille.

Lili nous couve d'un regard bienveillant. Elle salue le père de Juliette ainsi que nos grand-mères. Puis, elle avance le fauteuil roulant dans lequel se tient sa grand-mère, Madeleine.

— Regarde, Madie, Jacqueline et Susanne sont là !

Nuggets, Élisa et sa fille Chloé viennent nous saluer, tandis que le père de Juliette et celui de Lili entament une conversation animée sur la fréquentation du village pendant l'hiver.

Du coin de l'œil, j'observe Jacky et ma grand-mère. Elles se penchent sur Madeleine à tour de rôle, sans doute pour lui parler du bon vieux temps. Une manière de raviver les souvenirs que la maladie d'Alzheimer n'auraient pas encore fait disparaître de l'esprit de leur vieille amie Madie.

Lili laisse le trio discuter et nous rejoint en se frottant les mains.

— On ne va pas rester longtemps, il fait trop froid pour Madie. J'ai obtenu de la faire sortir un quart d'heure de l'Ehpad. Ça lui fait du bien d'être là.

— Comment va-t-elle ? s'inquiète Juliette.

— Elle est de plus en plus perdue. Mais le médecin affirme qu'en la stimulant, nous ralentissons le processus de dégénérescence. Cette année encore, nous allons pouvoir fêter Noël ensemble au café ! Au fait... je suis contente pour vous deux.

— Merci, répond Juliette en se blottissant contre moi.

Élisa vérifie l'heure sur sa montre.

— Il faut y aller.

— On vient juste d'arriver, répond Lili déçue.

Elle soupire en regardant leur grand-mère qui respire la joie au contact de ses vielles amies. Sa sœur pose une main sur son épaule et Lili se résigne.

Juliette et moi rejoignons nos grand-mères. À leurs sourires, je devine qu'enfin elles ont trouvé le moyen de faire une trêve. Quand les Rivolier sont partis, ma grand-mère s'approche de moi.

— Je vais rentrer.

Cette fois, je ne m'y oppose pas. Je me tourne vers Juliette qui a compris que je devais m'éclipser.

— On se retrouve devant chez mes parents ? Je vais raccompagner Jacky de mon côté.

J'acquiesce. Nous patientons un instant, convaincus que nos grand-mères vont se saluer elles aussi, mais elles n'en font rien, malheureusement. La trêve aura été de courte durée.

Quand nous sommes devant la boulangerie, j'en fais la remarque.

— Je pensais que cette soirée vous permettrait de régler vos différends.

Ma grand-mère me regarde avec attention, sans chercher à masquer le chagrin que lui cause cette dispute interminable.

— Jacky me demande quelque chose qui m'est impossible. Il n'y a pas de solution. Arrête de te tracasser pour moi, ce n'est pas grave. Ça devait arriver un jour ou l'autre, de toute façon.

Je ne vois pas où elle veut en venir, mais quand elle insère la clé dans la serrure de sa porte, voisine de celle de mon propre appartement, je sais que je n'obtiendrai rien de plus ce soir.

— Allez, file la rejoindre, me dit-elle.

Je ne me fais pas prier.

Je retrouve Juliette devant la maison de ses parents, comme prévu. Nous échangeons un baiser passionné, nourri par la séparation que nos grand-mères nous ont imposée pour les raccompagner.

— Jacky est bien rentrée.

— Ma grand-mère aussi. Mais notre plan n'a pas fonctionné.

En quelques mots, je lui parle de l'appel de cet inconnu à la boulangerie.

— Ça valide l'hypothèse d'un homme qui serait à l'origine du problème, non ?

— Un homme… Comme la première fois. Tu as raison, on ne doit pas écarter cette hypothèse. Qui ça peut bien être ?

Après quelques secondes de réflexion qui, de toute évidence, ne nous mèneront nulle part ce soir, Juliette me prend la main pour reprendre notre balade.

— Attends une seconde… Ma mission de caméraman n'est pas terminée !

J'entreprends de filmer le jardin de ses parents. Je zoome sur le traîneau du père Noël, au milieu de la cour. À ses côtés se dresse un renne… enfin, ce qu'il en reste, puisque seul son corps est éclairé. Plus loin, je découvre qu'un ourson a subi le même sort.

— Qu'est-ce qui s'est passé ? C'est un carnage !

— Un accident, précise Juliette. Mon père a sectionné le câble en les installant ce matin. Il était un peu tendu par notre discussion.

— Ah ! Et vous parliez de quoi ?

— De toi.

Je baisse l'objectif pour chercher son regard.

— Il cherche à me faire passer un message ?

— Oui. Clairement. Un message de menace…

Juliette éclate de rire :

— Mais non... Je plaisante ! Il va même revenir acheter son pain à la boulangerie.

— C'est... une bonne nouvelle.

Je regarde encore les animaux qui, dans la nuit, donnent l'impression d'avoir été décapités.

— J'ai hâte de le voir débarquer.

Juliette rit encore. Elle m'oblige à éteindre ma caméra et me donne un baiser qui réveille mon envie d'elle.

— On n'a pas encore vu tous les jardins, Colin.

— Je parie qu'ils se ressemblent tous.

— Si tu aimais vraiment Noël, tu ne dirais pas ça.

— OK. Est-ce qu'on peut faire le tour en moins de trente minutes ?

— Et Sofia ?

— Ta mère et Liliane s'occupent très bien de notre journaliste vedette pour ce soir.

— Alors va pour quarante-cinq minutes.

— Trente-cinq.

— Quarante ?

Elle acquiesce en riant et ajoute :

— Juste après, j'ai prévu quelque chose pour nous deux.

Je l'entraîne sur la route et nous remontons le hameau au pas de course.

Ce sera quarante minutes et pas une de plus. J'ai bien l'intention de profiter d'elle tout le reste de la soirée, dans une pièce verrouillée à double tour, pour que rien ni personne ne puisse nous interrompre.

20

Faire un vœu, au pied du sapin

« Allons nous gaver d'amour jusqu'à en crever. »

Love Actually

Juliette

Colin me tire par la main au travers de la foule. Chaque fois que nous arrivons devant une nouvelle maison, il me laisse vingt secondes, montre en main, pour admirer le spectacle, avant de m'entraîner vers la suivante.

Cette année, les habitants se sont surpassés et le résultat est grandiose ! Chaque jardin rivalise de beauté avec le précédent et dévoile un détail unique : mise en scène originale d'une figurine, choix et alliance de couleurs... Mais au-delà des décorations que la nuit met en valeur, ce que je vois, c'est surtout la mobilisation des habitants d'un village. Nous avons douté d'être soutenus dans le projet de raviver les traditions de Noël, eh bien, ce soir, je ne peux que m'incliner devant cette démonstration de solidarité.

Valmont est plus qu'un lieu de résidence, c'est un endroit qui nous unit, qui nous lie de manière irrémédiable. Il fait partie de chacun d'entre nous et je découvre avec émerveillement que, cette année, les fêtes nous ont permis de le mettre à l'honneur. Je suis heureuse d'être rentrée et de faire partie de cette aventure.

La promenade nocturne s'achève sur la place, là où elle a commencé. Le marché de Noël a rouvert et les promeneurs font la queue pour un verre de vin chaud devant un stand tenu pour l'occasion par Matthieu. Aux effluves qui s'en échappent, je devine qu'il maîtrise maintenant la recette à la perfection !

Dans la file d'attente, je remarque Claire et Doug. Ils patientent, main dans la main, se dévorant des yeux.

Colin les aperçoit aussi et m'adresse une moue désespérée, conscient que discuter avec eux risque de repousser encore le moment de nous retrouver seuls. Mais finalement, il propose :

— Tu veux les rejoindre ?

— Avec plaisir ! On pourrait boire un verre de vin chaud avec eux.

Je me hisse sur la pointe des pieds et lui dépose un petit baiser chaste sur les lèvres pour l'encourager et le faire patienter.

— D'accord, grommelle-t-il. Mais juste un moment.

Son empressement me fait rire. Je voudrais lui dire que, maintenant, nous avons tout notre temps, mais je réserve ça pour plus tard, quand nous serons tous les deux enfermés dans le petit chalet.

Doug et Claire sont ravis de nous voir et nous donnent les dernières nouvelles.

— Nous sommes allés à la scierie ce matin, raconte Claire. Philippe est d'accord pour le prendre à l'essai.

J'ai toujours entendu dire que Philippe, le directeur de la scierie, était un bon patron. Si Doug se débrouille bien, il le gardera. J'en suis certaine.

— Je commence dans un mois, ajoute Doug fièrement. D'ici là, je dois m'occuper de mes papiers.

La rapidité d'enchaînement des événements a de quoi surprendre. Il y a quelques jours, Doug travaillait encore à Londres et aujourd'hui, il est à des centaines de kilomètres de son pays.

Leur détermination me donne du courage, car rester ici implique de chercher un emploi dans les environs. D'ici peu, il faudra que je me renseigne. Je devrai mettre à jour mon CV, passer des entretiens. Quoi qu'il en soit, je serai contrainte de retourner à Paris pour libérer mon appartement. En me tournant vers Colin, je me surprends à imaginer qu'il m'accompagnera. Entre deux cartons, nous visiterons la capitale. Me promener au cœur de la butte Montmartre à son bras m'apparaît comme la plus douce des escapades.

Les garçons s'approchent de Matthieu pour passer commande tandis que Claire et moi restons en retrait. Elle finit par me pousser du coude.

— Arrête de rêvasser !

Je ris, prise en flagrant délit.

— Désolée, je pensais à mon appartement à Paris.

— Ne me dis pas que tu envisages déjà ton retour ?

— Si… mais pas de la manière que tu crois.

Elle se tourne vers moi, l'air interrogateur.

— J'ai décidé de rentrer à Valmont. Paris, c'est fini pour moi.

À cette annonce, mon amie semble estomaquée.

— Alors, Claire ? Tu ne dis rien ?

— Si... non... Enfin...

L'émotion qui la gagne nous fait éclater de rire.

— C'est une bonne nouvelle, parvient-elle à articuler. Une vraie bonne nouvelle. Je suis tellement heureuse de te voir comme ça !

Je lis dans sa réaction le chemin que j'ai parcouru. Je dors et mange mieux. Je me lève avec envie. Surtout, je souris facilement. Ce qui, je l'admets, ne m'était pas arrivé depuis longtemps.

La clé pour aller mieux n'était pas si difficile à trouver, mais j'ai préféré me voiler la face plutôt que de prendre le risque de la saisir.

— Ce n'est pas ton médecin traitant qu'il fallait écouter... c'est ta meilleure amie ! Une semaine d'arrêt de travail ne vaut rien à côté d'un Noël à Valmont.

Depuis toutes ces années, Claire avait raison, sur toute la ligne. Et moi, trop têtue, je n'ai pas su l'écouter.

— Tu sais quoi ? ajouté-je en lui prenant les mains. Je ne dirai plus jamais que Noël n'est pas romantique. Cette année, je vis le plus beau de toute ma vie !

— Sérieusement ? Arrête, c'est trop pour mon pauvre petit cœur... Colin est au courant de tes projets ?

— Je lui ai simplement dit que je comptais prolonger mon séjour. Je vais lui annoncer ce soir que mon retour est définitif.

Quand les garçons reviennent avec nos verres de vin chaud fumant, Claire m'adresse un regard entendu pour me signifier qu'elle n'éventera pas mon petit secret. Mais ses yeux un peu trop brillants ne passent pas inaperçus.

— Ma chérie ! s'enquiert Doug sur un ton alarmé. On dirait que tu es au bord des larmes !

— C'est bien possible ! Mais crois-moi, ce ne seront pas des larmes de tristesse !

Nous terminons nos verres dans la douceur d'une conversation sur les préparatifs de Noël qui approche à grands pas puis le couple nous salue avant de se fondre dans la foule.

Quand nous sommes seuls, Colin me prend la main et m'invite à déambuler encore sur la place.

— Tu ne voulais pas rentrer ?

— Oh que si ! Mais je veux profiter du spectacle une dernière fois.

— Méfie-toi, tu vas prendre goût aux animations de Noël.

— Je crois que c'est déjà fait.

Il dépose un baiser sur mon front et nous faisons le tour du marché en prenant notre temps. Nous pouffons de rire devant le stand de pulls de Noël. Après le concours, le vendeur a mis en avant les modèles les plus improbables de son stock ! Colin me serre contre lui dans un geste protecteur pile au moment où nous repassons devant le stand de vin chaud dont s'occupe Mathieu. Ce petit sursaut de jalousie lui va bien.

— Voilà, me dit Colin quand nous sommes revenus à notre point de départ. Maintenant, la question, c'est… : chez toi ou chez moi ?

— Chez moi.

Ma montre indique 20 heures. Nous avons encore un peu de temps avant que je doive le contraindre à se mettre au lit.

En quittant le marché, nous passons devant le stand de bougies.

— Une bougie, un vœu ! scande la vendeuse.

Je lis le petit mode d'emploi affiché à côté des bougies de cire colorée : « Allumez la bougie, faite votre vœu sans le dire à voix haute. Quand la flamme s'éteindra, votre vœu se réalisera. » Cette promesse ne pouvait pas mieux tomber.

— Si on souffle pour l'éteindre, ça marche aussi ?

— C'est 100 % garanti.

Je souris. Après tout, ce n'est pas plus irréaliste que cette fameuse histoire de bonhomme à barbe blanche et manteau rouge.

— Vous vendez aussi des allumettes ?

Le regard de la vendeuse s'éclaire.

Ma bougie précieusement rangée dans mon sac, nous quittons l'effervescence du village pour redescendre la rue principale et rejoindre mon hameau. Au premier croisement, j'attire Colin sur le chemin qui traverse la forêt. Nous connaissons très bien ce raccourci, l'un et l'autre, pour l'avoir emprunté des centaines de fois. Malgré l'obscurité, nous parvenons sans peine à avancer, guidés par les lueurs des jardins illuminés.

Nous progressons à grandes enjambées et notre cadence nous empêche de ressentir trop vivement le froid de cette nuit hivernale. Quand nous arrivons près de notre arbre, je décide de faire une halte.

Avec le halo de lumière de mon téléphone, j'éclaire les inscriptions gravées dans l'écorce. Les dizaines de traits qui matérialisent mon absence. Puis je regarde Colin d'un air doux, attendant qu'il s'explique.

— Ces marques sont… les marques de ton absence. Je suis souvent venu ici après ton départ, admet-il d'une voix presque meurtrie.

— J'aurais pu faire exactement la même chose sur les murs de mon appartement parisien.

Nous nous regardons comme deux idiots. Deux âmes sœurs qui se rendent compte après six ans qu'elles ont perdu un temps infini.

Je récupère la bougie dans mon sac et je l'allume à l'aide des allumettes. La flamme éclaire le tronc de notre arbre bien mieux que la lumière bleutée agressive de mon téléphone. Je le range dans la poche de ma parka et place la bougie entre Colin et moi.

— J'ai dit que j'avais quelque chose pour toi.

Je prends une longue inspiration et j'approche la bougie d'une autre portion de l'écorce. La flamme révèle alors la suite de notre histoire.

Ce matin, j'ai gravé autant de lignes que de jours passés depuis mon retour à Valmont. Ce geste a été libérateur.

— Dans quelque temps, il y aura plus de traits pour marquer nos retrouvailles que notre séparation.

Colin me regarde, concentré et étonné à la fois.

— Je t'ai dit que j'allais prolonger mon séjour, mais ce n'est pas exactement ce que j'ai en tête. Je veux revenir pour de bon. Je vais chercher un travail dans le coin. Je ne sais pas trop quoi, mais je trouverai bien quelque chose. Je dois aussi retourner à Paris pour rendre mon appartement. Mais je ne veux pas y aller seule, je voudrais que tu m'accompagnes.

J'ai conscience d'aller vite. Les décisions s'enchaînent, mais elles me paraissent naturelles. Familières, même, car j'y ai pensé souvent quand je rêvais d'une autre vie, sans jamais oser imaginer qu'elle soit possible. Aujourd'hui, je me jette à l'eau. Je prends des risques, mais je sens que c'est ce qu'il faut faire. Je refuse de me cacher derrière ma prudence, la raison, la modération, ce mélange de précaution et de fierté qui ne m'a valu que du malheur.

Je veux vivre à 100 %.

Je suis à bord de l'avion qui traverse l'océan que j'ai moi-même placé entre Colin et moi et je veux débarquer sur son île le plus tôt possible. Que son île devienne… la nôtre.

— On va de nouveau être ensemble, tu entends, Colin ? Je sais que ça ne sera pas facile, mais je sais aussi que si on ne se cache rien, on y arrivera.

Je refuse que le fantôme de ce qui s'est passé il y a six ans plane encore au-dessus de nous.

— On va tout recommencer. À Valmont, comme autrefois.

Son regard se dérobe. Ce n'est pas tout à fait ce que j'espérais.

— Je… je dois te parler de la boulangerie, lâche-t-il comme un aveu trop longtemps gardé.

— Je sais, dis-je. Je ne suis pas en train de te demander d'abandonner. Elle appartenait à tes parents et je sais combien elle compte à tes yeux. J'imagine tous les souvenirs d'eux que tu dois avoir entre ces murs. C'est important. C'est même le plus important. Aucun souvenir ne m'attend dans mon studio à Paris. Je n'aurai aucun mal à le laisser. Je te demande juste de prendre deux ou trois jours pour m'aider à déménager.

Colin accuse le coup. Ses yeux vont et viennent sans parvenir à se fixer quelque part. Je comprends que je n'aurais pas dû parler de ses parents et raviver sa peine. Son chagrin reste à fleur de peau, même si le temps a dû l'estomper.

— Juliette…

Je devine qu'il veut dire quelque chose, mais que les mots lui manquent. Alors, je décide que, ce soir, je serai la seule à parler.

— Ne dis rien. On va faire un vœu.

Je ferme les yeux, l'obligeant à en faire de même. Les paupières closes, ses mains sur les miennes enserrant la bougie. Je formule mon vœu, intérieurement.

Je veux une autre chance.

Je veux à nouveau faire partie de la vie de Colin. Je veux me projeter avec lui. Et, cette fois, je veux que ça fonctionne.

Je rouvre les yeux et trouve les siens, braqués sur moi. Il me fixe si intensément que je le soupçonne de n'avoir pas joué le jeu.

— Tu dois faire un vœu, toi aussi !

— C'est fait. Depuis longtemps.

L'intonation chaude et rassurante de sa voix donne une dimension particulière à ses mots. Ils m'enveloppent de l'espoir follement romantique que nous pensions à la même chose. À cette deuxième chance…

— Trois, deux, un…, murmure-t-il.

Puis, je souffle sur la bougie.

Nous restons un instant l'un en face de l'autre, dans le silence de la forêt recouverte de neige.

Quand je rouvre les yeux, c'est le noir complet. Colin utilise son téléphone pour nous apporter un peu de lumière.

— Maintenant, viens, dis-je en l'entraînant par la main.

Je nous guide jusqu'au petit chalet, m'amusant de voir Colin jeter des coups d'œil inquiets vers la maison de mes parents.

— Je me rappelle une époque où tu te fichais pas mal d'être surpris à m'embrasser, dis-je en refermant sur nous.

J'allume la lampe halogène, près du lit, et la guirlande lumineuse de notre sapin. Puis, je vérifie que le poêle continue de libérer sa douce chaleur. Colin s'approche de moi, les yeux brûlant de désir.

— Je me rappelle une époque où ton père ne laissait pas d'animaux décapités en guise d'avertissement dans son jardin…

Je viens frôler ses lèvres avec un :

— Tu n'as qu'à bien te tenir, Colin Guillaud.

— Juliette, je…

— Chut ! chuchoté-je contre sa bouche. On parlera plus tard. J'ai déjà établi le programme de la soirée.

— Je t'écoute.

— « Allons nous gaver d'amour jusqu'à en crever » !

Colin arque un sourcil admiratif.

— Une de tes fameuses citations ?

— Exactement ! Je me suis remise à regarder des films romantiques.

— Ça m'avait manqué.

Après une seconde passée à regarder mes lèvres avec une envie qu'il ne cherche pas à dissimuler, il ajoute :

— Vraiment manqué.

Colin prend mon visage entre ses mains rafraîchies par notre balade à travers Valmont et m'embrasse avec une délicieuse lenteur. Saisissant mes lèvres entre les siennes pour les aspirer, il fait vite grimper la chaleur dans le petit chalet. Sans interrompre notre baiser, nous quittons nos manteaux, nos pulls en laine et nos chaussures. Son T-shirt ne tarde pas à suivre. Enfin, sa peau nue vient au contact de la mienne.

Colin m'attire sur lit et me fait l'amour, jusqu'à ce que, repue, je finisse par m'endormir, au creux de ses bras.

Quand j'ouvre un œil, Colin n'est déjà plus là. Je me redresse et pars à la recherche de mon téléphone, dans la poche de ma parka abandonnée sur le sol, pour y lire l'heure.

6 heures.

Je me rassois sur le lit. Inutile de lui courir après, il est parti depuis longtemps. Fournée oblige.

Dommage. J'aurais aimé l'embrasser avant qu'il parte pour la boulangerie.

N'ayant plus envie de dormir, je vais prendre une douche. Quand je suis habillée, les cheveux séchés, je range un peu le petit chalet. En me baissant pour ramasser une chaussure solitaire, retirée hier avec l'empressement typique du désir, je trouve, à même le sol, sous le lit, la caméra de Colin. Elle a dû tomber de sa poche et glisser quand nous nous sommes déshabillés. Déjà, il y a six ans, ça se passait comme ça. Nous nous jetions l'un sur l'autre comme si le temps nous était compté.

Mon sourire s'efface. Le souvenir, d'abord doux, devient cuisant. Je me rappelle la sensation de brûlure que j'ai ressentie quand j'ai reçu le message de Colin. Ces quelques mots tourbillons qui, en une poignée de secondes, ont tout emporté dans ma vie. « J'ai réfléchi. Mieux vaut en rester là. » Des mots que je n'avais pas vus venir.

Je secoue la tête, me trouvant un peu idiote de ressasser encore cette vieille blessure. Aujourd'hui, tout est différent. Je n'ai aucune raison d'avoir peur de la suite.

Il n'y aura plus de non-dits.

Plus aucun obstacle entre nous.

21

Les secrets finissent toujours par se savoir

« La plus grande vérité qu'on puisse apprendre un jour est qu'il suffit d'aimer et de l'être en retour. »

Moulin Rouge

Colin

La première fournée de pain a brûlé. La deuxième aussi. Trop préoccupé par la conversation que j'aurais dû avoir avec Juliette, je n'ai pas prêté attention au minuteur. Depuis, je travaille sans relâche pour tenter de rattraper mon retard.

Quand j'ai quitté son lit, j'ai hésité à lui laisser un mot pour qu'elle me rejoigne ici, immédiatement après son réveil.

Il faut que je lui parle. Je dois lui dire pour la vente. Et lui dire que, maintenant, je regrette. Pour elle, mais pas seulement. J'ai réalisé que j'avais envie de continuer à pétrir le pain entre ces murs chargés de souvenirs.

Quand il a été question de reprendre la boulangerie, j'ai pensé que c'était mon devoir. J'ai endossé ce rôle comme s'il était inéluctable et, très vite, j'ai associé l'entreprise familiale à une charge dont je n'avais pas voulu. Tout ce que je souhaitais, c'est avoir le choix. Je voulais ce que les autres jeunes du village ont eu, servi sur un plateau : la possibilité de décider d'un métier et d'un lieu où m'établir.

Mais maintenant que cette possibilité s'offre à moi, je ne suis plus du tout emballé. Je voudrais reprendre ce que je m'apprête à perdre. Ma boulangerie, Valmont avec Juliette. Une alliance que je pensais inaccessible, même dans mes rêves les plus fous.

Je veux de nouveau ce que j'ai moi-même décidé d'abandonner, jugeant que ce n'était pas assez bien.

Quel idiot !

Je fais les cent pas devant le four, pour tenter d'y voir plus clair et trouver une solution. Sauf qu'il n'est nul besoin d'être devin pour savoir que M. Perret ne me laissera pas changer d'avis. Et je ne supporterai pas de rester à Valmont si un autre se tient derrière ce four, c'est trop me demander.

Même en sachant cela, j'ai laissé Juliette envisager de revenir au village. Y trouver un travail. Sa proposition a résonné en moi comme le plus doux des rêves. J'ai affirmé que c'était ce que je voulais, tout en sachant que c'est impossible. J'ai signé la vente de la boulangerie et, de cette manière, j'ai validé mon départ.

Dans quel pétrin je me suis fichu !

Au moment de l'ouverture et même en ayant accéléré le rythme, je n'ai pas terminé de faire le pain pour la journée. Je téléphone à ma grand-mère pour qu'elle s'occupe de servir les baguettes les moins carbonisées, tandis que je reste dans l'arrière-salle pour rattraper mes bourdes successives.

Vers 9 heures, quand il y a une accalmie, elle me rejoint dans l'arrière-salle en quête d'explications. Je la comprends. Rater la cuisson du pain ne m'arrivait qu'à mes débuts.

— Tu t'es couché tard ?

— Pas plus que d'habitude.

C'est faux, mais je ne veux pas l'inquiéter, et puis ce n'est pas à cause de mon manque de sommeil que j'ai fait brûler les deux premières fournées. C'est à cause de l'impasse dans laquelle je me suis enfermé moi-même.

— Je veux bien… mais tu as l'air préoccupé, Colin.

Je suppose que c'est le moment idéal pour lui avouer que je regrette d'avoir signé la vente de la boulangerie, mais je refuse d'entraîner ma grand-mère dans mes atermoiements. Accepter ma décision a été suffisamment compliqué à vivre pour elle. Lui expliquer que je m'efforce maintenant de trouver une manière de tout annuler est impensable, sauf à vouloir la tourmenter elle aussi. Je lui dirai tout quand j'aurai trouvé une solution.

— Ce n'est rien. Tout va bien.

Quand elle comprend qu'elle ne tirera rien d'autre de moi, elle prend quelques pains spéciaux et se dirige vers la porte. Sur le seuil, elle ajoute, sans me regarder :

— Je dois partir en fin de matinée. J'ai un rendez-vous que je ne peux pas manquer.

Elle n'explique pas où elle va, ni avec qui. Et je résiste à lui poser la question.

Depuis quand est-ce qu'on a des secrets l'un pour l'autre ?

Les fleurs et les chocolats me reviennent en tête. S'il y a un homme derrière cette histoire, pourquoi se montre-t-elle si évasive avec moi ? Ces dernières semaines, j'ai du mal à la reconnaître.

— D'accord, dis-je simplement. À quelle heure tu dois partir ?

— À 11 heures. Ça ira ?

Cela me laisse juste le temps de finir la deuxième fournée de pains spéciaux et de tout nettoyer.

— Parfait.

Elle quitte l'arrière-salle, me laissant la douloureuse sensation d'être tenu à l'écart de quelque chose d'important.

En fin de matinée, je rejoins ma grand-mère. Elle ôte aussitôt son tablier et enfile son manteau. J'ai tenté de me convaincre que je devais respecter son silence, mais j'ai du mal. À presque quatre-vingts ans, c'est encore une femme pleine d'énergie, mais je ne peux m'empêcher de voir en elle une forme de vulnérabilité dont un homme pourrait abuser ; surtout un homme dont je ne sais rien.

— Tu pars déjà ?

— Oui, comme prévu. Je reviendrai en début d'après-midi.

Ce n'est pas la réponse que j'espérais, et je ne vais pas lui courir après dehors et me donner en spectacle. Le marché de Noël n'a pas encore ouvert, mais depuis le début des vacances, il y a toujours du monde qui se promène sur la place.

Inquiet, je reste un long moment derrière la vitre, perdu dans mes réflexions. La journée s'annonce épineuse. Entre cette conversation que je dois avoir avec Juliette et les escapades mystérieuses de ma grand-mère, j'ai de quoi m'occuper l'esprit.

Des clients entrent dans la boulangerie, m'obligeant à quitter mon poste d'observation. Je les sers avec un empressement non dissimulé. Il est un peu plus de 11 heures, le rendez-vous de ma grand-mère ne devrait pas tarder.

Derrière la vitrine, je remarque un homme sur le trottoir. L'air un peu perdu, il cherche le numéro sur la devanture. Je termine de servir mes clients et encaisse rapidement pour les raccompagner à la porte. L'homme, que je distingue mieux sous son béret, s'approche de moi.

— Bonjour, monsieur, je cherche la maison de Susanne Guillaud.

Bingo !

Je reconnais sa voix, c'est celle de l'homme qui a appelé l'autre jour.

— Et vous êtes ?

— Oh ! Excusez-moi, je ne me suis pas présenté. M. Autrel, je suis chauffeur pour la résidence des Coquelicots.

Les Coquelicots...

Le nom me dit vaguement quelque chose. J'ai vu une affiche en traversant Albertville, il y a quelques mois.

Les Coquelicots... Voyons, qu'est-ce que c'était, déjà, un hôtel, un gîte ?

Je marque une seconde d'hésitation, ce que l'homme prend pour de la réserve. Il tire une carte de visite de la poche de son manteau et me la tend.

LES COQUELICOTS
APPARTEMENTS DE STANDING
ASSISTANCE MÉDICALE
GARDIEN ET CONCIERGE

Une résidence pour personnes âgées.

— Mme Guillaud est attendue par la directrice dans trente minutes.

Sonné par ma découverte, je finis par acquiescer. Je l'accompagne sur le seuil de la boulangerie et lui désigne la porte voisine.

— C'est juste là.

L'homme m'adresse un sourire en guise de remerciement. Durant les minutes qui suivent, je continue de guetter la vitre. Les silhouettes de ma grand-mère et de l'homme apparaissent, traversent la place et s'éloignent en direction du Central. J'imagine qu'ils rejoignent le taxi garé un peu plus haut dans la rue.

Mes yeux se posent à nouveau sur la carte de visite. Ma grand-mère n'a pas un rendez-vous galant. Et j'ai un mauvais pressentiment.

Vite, j'enfile mon manteau. Mû par un sentiment d'urgence, je ferme la boulangerie sous le nez d'un client qui s'apprêtait à entrer.

— Et ma baguette ?

— Désolé, urgence familiale, je ferme pour un moment. Revenez plus tard, je vous en mets une de côté !

Sans me retourner, je fonce récupérer ma jeep et file en direction de la vallée.

Vingt minutes plus tard, je gare ma voiture sur l'immense parking de la résidence Les Coquelicots. Quatre immeubles de six étages qui me font face, derrière des murs de près de trois mètres de haut.

Ma grand-mère n'a pas besoin de m'expliquer ce qu'elle fait ici. L'immense écriteau, placardé sur une loge derrière le portail d'entrée, parle de lui-même.

RÉSIDENCE AUTONOMIE À TAILLE HUMAINE.
ICI, ON VA S'OCCUPER DE VOUS.

Ce que je comprends tout à coup me donne la nausée. Je suppose que j'aurais dû le voir venir. En projetant de quitter Valmont, j'ai contraint ma grand-mère à prendre des dispositions.

Mais enfin, pourquoi est-ce qu'elle n'a rien dit ?

Le désarroi et la colère me poussent à quitter ma voiture. Je sillonne le parking dans l'espoir de l'apercevoir. Quand je remarque les coups d'œil inquiets de l'agent de sécurité dans sa loge, je finis par remonter dans mon véhicule.

Et j'attends.

J'attends qu'elle sorte de là.

Ce n'est pas le moment. Ma grand-mère n'est pas dans un état de santé critique. Elle est parfaitement autonome. Sans compter qu'elle adore vivre à Valmont. Elle a toujours dit qu'elle voudrait y rester le plus longtemps possible.

Pourtant, elle a pris ce rendez-vous avec la directrice. Elle a entrepris ces démarches. Et tout ça, c'est ma faute. La faute de ma décision, de mon envie soudaine de tout plaquer pour un ailleurs finalement si peu désirable.

Tandis que je me retourne les méninges à essayer de comprendre ce qu'il lui a pris de me cacher ça, je me repasse nos conversations. Nous avons parlé à plusieurs reprises de mon départ et, chaque fois, elle donnait l'air de penser que c'était une bonne idée. Elle disait que je ne devais pas hésiter. Qu'elle s'en sortirait très bien. Et moi, je l'ai crue.

Quel idiot !

C'est la deuxième fois aujourd'hui que je prends conscience de mes conneries. Comment se fait-il que je comprenne toujours les choses *après coup* ? Avec un putain de train de retard !

Alors que je suis à deux doigts de perdre patience, j'entends le bip annoncer l'ouverture du portail.

Le taxi que j'ai repéré à Valmont traverse le parking au ralenti. C'est eux, j'en suis certain.

Sans réfléchir, je bondis hors de ma voiture et je me place devant la voiture. Le conducteur pile et m'adresse un regard ahuri. Je ne lui laisse pas le temps de reprendre ses esprits. En moins de deux, je suis devant sa portière et lui adresse de grands gestes pour qu'il abaisse sa vitre.

— C'est ma grand-mère !

Je dois avoir l'air d'un désaxé. Pourtant, au lieu de m'envoyer paître, il se tourne vers la banquette arrière. Ma grand-mère lui confirme mon identité d'un mouvement de la tête.

— Colin, qu'est-ce que tu fais là ?

— Je ne veux pas que tu déménages pour vivre ici.

— On en parlera plus tard. Tu dois rentrer à Valmont et t'occuper de la boulangerie.

— Non, pas question. Ça attendra : on en parle maintenant.

Ma grand-mère secoue la tête, déterminée à poursuivre sa route.

— Si tu ne descends pas de cette voiture, c'est moi qui monte. Alors ?

Je suppose que je passe pour un éternel ado capricieux, mais je m'en moque.

— Bien, tu ne me laisses pas le choix... Je vais rentrer avec mon petit-fils, ajoute-t-elle à l'attention du conducteur – qui doit en avoir vu d'autres pour demeurer aussi stoïque.

— Vous êtes sûre, madame ?

Je brûle de lui envoyer une réponse bien sentie, mais au fond, j'apprécie qu'il se montre frileux à l'idée de laisser partir sa cliente avec un spécimen dans mon genre.

— Ne vous inquiétez pas. Le petit est sans doute garé tout près. Il va me raccompagner.

Une minute plus tard, nous montons dans ma voiture.

Sur le chemin du retour, je trouve un café au bord de la route et décide de m'y arrêter pour que nous puissions parler au calme.

— On devrait rentrer, Colin.

— Oui, mais non. J'ai besoin d'un café et de te convaincre d'annuler ce déménagement.

Ma grand-mère me suit, sans plus demander à reporter notre discussion. Mon téléphone vibre dans la poche de mon jean, mais je ne réponds pas. Je veux rester concentré sur les explications de ma grand-mère. Thé pour elle, café bien noir pour moi. C'est elle qui commence.

— J'ai pris ma décision. Il est temps.

— Tu ne penses pas que c'est un peu prématuré ?

— Au contraire. J'ai fait ce choix pour que tu n'aies pas à t'inquiéter pour moi. Je vois bien que je commence à baisser.

— Pas du tout !

— Colin, ne te braque pas. Laisse-moi t'expliquer.

Je soupire et, d'un hochement de tête, je l'invite à poursuivre.

— C'est toi qui portes mes courses. Tu m'aides pour mes papiers et tu t'occupes de suivre l'entretien de mon appartement. Je ne me sens pas le courage de le faire toute seule après ton départ. Quand bien même j'y arriverais, la question se posera dans quelques semaines ou quelques mois. Toi, tu auras construit ta vie ailleurs et il ne sera pas question de te faire revenir.

Je prends le temps de réfléchir à ses arguments et, même si ça me brise le cœur, je commence à comprendre son choix.

— J'ignorais que je te pousserais à changer de mode de vie aussi radicalement.

— Je n'avais pas l'intention de t'en parler avant ton départ.

Je reconnais bien là ma grand-mère. Toujours à faire passer mon bien-être avant le sien.

— Est-ce que c'est vraiment ce que tu veux ?

— Je ne sais pas. Je ne me suis pas posé la question de ce que je voulais mais de ce qu'il *fallait*.

Je refuse de la laisser s'en tirer à si bon compte. Je veux une réponse franche.

— Si je ne t'avais pas dit que je quittais Valmont, est-ce que tu serais allée vivre dans cette résidence ?

— La question ne se…

— Réponds-moi, s'il te plaît.

— Non, admet-elle après quelques secondes de réflexion.

Nous nous regardons fixement. Et même si nos propos ne sont pas des plus agréables, j'ai le sentiment qu'elle est aussi soulagée que moi par cette conversation. Nous n'avons jamais eu l'habitude de nous cacher quoi que ce soit jusqu'à présent.

Il est temps qu'elle sache ce qui ronge mes pensées en ce moment.

— Il faut que je te dise quelque chose, moi aussi. En fait, je… Je ne veux plus quitter Valmont.

Ma grand-mère me regarde, incrédule.

— Mais… tu as vendu la boulangerie.

— Oui. Et je ne sais pas comment faire marche arrière. Je me suis engagé dans une impasse.

Perdu dans ce tourbillon de mauvaises décisions dont je dois supporter les conséquences, je lui confie le versant amoureux du problème.

— Juliette a décidé de revenir au village.

— Et toi, tu as décidé de partir.

Encore ce mauvais timing. À croire que, dès qu'il s'agit de Juliette, ce n'est jamais le bon moment.

— Je dois trouver une solution. Je ne sais pas... peut-être parler à M. Perret, ou prendre conseil auprès d'un avocat.

Ma grand-mère pose sa main frêle sur la mienne et plante ses yeux dans les miens.

— Juliette, elle est au courant de tout ça ?

— Non. J'avais prévu de lui expliquer et...

L'occasion ne s'est pas présentée.

Ou plutôt, je n'ai pas fait en sorte qu'elle se présente. Exactement comme lorsqu'elle a quitté Valmont pour Paris. Je m'étais promis de lui parler. Je pensais l'écarter de ma vie momentanément, pour son bien. Pour qu'elle puisse vivre son rêve de s'installer à la capitale sans avoir à supporter le boulet que j'étais devenu. Sauf que le temps a filé. Et quand je me suis enfin relevé du drame qui a emporté mes parents, j'ai appris qu'elle menait une vie heureuse de son côté. Une vie dans laquelle j'avais perdu ma place, et toutes les chances d'y revenir. Mon silence, que je croyais temporaire, est devenu définitif.

— Tu dois le lui dire au plus vite.

L'urgence dans sa voix m'interpelle.

— Tu m'avais demandé de ne parler à personne de la

vente de la boulangerie. Je suis désolée, mais je n'ai pas tenu parole.

— Quoi ?

— Je l'ai dit à Jacky. Je *devais* la prévenir. Elle est... comme ma sœur.

J'ai peur de comprendre.

— Tu le lui as dit quand exactement ?

— Il y a quelques semaines déjà, quand je suis passée chez elle pour goûter ses gâteaux.

Le jour de leur dispute. C'était donc ça... Jacky n'a pas accepté de voir sa meilleure amie quitter le village.

— Elle a tenté de te faire changer d'avis ?

Elle acquiesce.

— Jacky ne supporte pas l'idée de me voir partir. Et moi, je ne veux pas passer mes dernières semaines à la voir malheureuse comme les pierres. Jacky a sa famille, elle a la chance d'avoir les siens auprès d'elle. Je sais qu'ils sauront la soutenir quand je ne serai plus là.

Durant quelques secondes, nous restons silencieux.

— Donc, Jacky sait que j'ai vendu la boulangerie.

— Elle a promis qu'elle ne dirait rien, mais tu la connais, quand elle est en colère, elle peut être imprévisible. Si elle apprend que Juliette n'est pas au courant et qu'elle envisage de quitter sa vie parisienne, elle...

— Voudra lui dire la vérité, terminé-je pour elle.

Pour la protéger.

La protéger de moi et de mes décisions qui lui ont déjà fait suffisamment de mal. Pour ne pas qu'elle soit déçue une nouvelle fois.

Je suis déjà debout.

— Tu as raison, mamie, on doit rentrer à Valmont.

22

Se sentir trahie encore une fois

« On rencontre des milliers de gens et aucun ne nous touche. Et tout à coup on rencontre une personne et notre vie est changée, pour toujours. »

Love et autres drogues

Juliette

À midi, sans nouvelles de Colin, je m'impatiente. J'ai envie d'aller le voir à la boulangerie. Il me manque déjà. Lui, ses grands yeux bleus, ses cheveux mal coiffés et ses cernes.

J'enfile un bonnet, en regardant le lit dans lequel nous avons fait l'amour. Son odeur rassurante plane encore dans l'air et je dois me mordre la lèvre pour ne pas sourire comme une idiote.

Pour la première fois depuis longtemps, je me sens bien. En paix. En accord avec mes choix. Je n'ai plus l'impression d'être la spectatrice de ma vie. Je me sens vivante et reposée. Je n'ai jamais aussi bien dormi que depuis que je suis de retour à Valmont. Ici, mes angoisses à l'idée d'un avenir morne et sans saveur se sont envolées.

Avant de quitter le chalet, je prends garde d'emporter la caméra. Elle est mon laissez-passer pour débarquer l'air de rien chez Colin, et pour glaner quelques baisers au passage.

Dans la cour, je trouve mon père, occupé à réparer le renne et l'ourson massacrés au cours de notre conversation d'hier. Il me laisse lui emprunter sa voiture sans maugréer. Peut-être qu'à partir d'aujourd'hui, il fera l'effort d'accorder sa confiance à Colin. D'ailleurs, j'ai bien l'intention de le mettre à l'épreuve en invitant mon petit-ami et sa grand-mère à partager le repas de Noël avec nous. Il est hors de question qu'ils le passent tous les deux, alors que nous pouvons nous retrouver tous ensemble autour d'une table. Pour l'occasion, Jacky et Susanne devront faire un effort et même envisager de se réconcilier.

Je gare la voiture un peu avant la place et je marche jusqu'à la devanture de la boulangerie. Quand je pousse la porte, elle ne s'ouvre pas. Je réessaye avant de comprendre qu'elle est verrouillée.

La boulangerie est fermée. Le noir dans lequel elle est plongée ne laisse aucun doute. Pourtant, Colin m'a affirmé qu'il ne fermait jamais en journée. Chaque fois qu'il a besoin de faire une course, sa grand-mère le remplace au comptoir.

Un peu inquiète, je sors mon téléphone de la poche de ma parka. Je compose le numéro de Colin et continue de scruter l'intérieur de la boulangerie, comme s'il allait se montrer d'une minute à l'autre. Quand mon appel passe sur la messagerie pour la deuxième fois, je renonce. Au bout de cinq minutes, je finis par m'en aller.

Mon père se montre surpris de me voir rentrer aussi vite, mais il ne pose aucune question. Je lui rends ses clés et j'entre dans la maison pour y trouver Jacky. Elle pourra sans doute me donner un numéro pour joindre Susanne et m'assurer qu'il n'y a rien de grave.

Ma grand-mère est installée à la table de la cuisine. Elle remplit une grille de mots fléchés, une tasse de thé à la cannelle devant elle.

— Bonjour, ma chérie, dit-elle en lâchant son stylo.

Jacky est plus bavarde ces derniers jours. Petit à petit, elle est sortie du mutisme dans lequel sa dispute avec Susanne l'a plongée. Elle n'est pas aussi enjouée et pleine d'entrain qu'auparavant, mais elle se montre plus prompte à la conversation.

Je l'embrasse et lui demande :

— Tu savais que la boulangerie était fermée aujourd'hui ?

— Non, je l'ignorais.

— J'y suis passée, mais je n'ai trouvé personne. C'est étrange, non ?

Jacky semble réfléchir.

— Peut-être que Colin avait des choses à faire, tout simplement.

Sans doute. Mais il n'a rien dit. Malgré moi, j'ai un mauvais pressentiment. Il s'est montré si prévenant ces derniers jours que je n'arrive pas à m'enlever de la tête qu'il s'est passé quelque chose d'important. Quelque chose qui l'empêche d'ouvrir la boulangerie et de répondre à mes appels.

— Je n'arrive pas à le joindre. D'habitude, quand il doit s'absenter, c'est Susanne qui le remplace, non ?

Ma grand-mère hausse les épaules.

— Elle avait sûrement des choses à faire, elle aussi. Ils doivent être très occupés en ce moment.

Le ton de sa voix est différent. Plein de... sous-entendus. Un pli d'amertume apparaît sur son front. Pour la première fois, j'entrevois l'idée que cette dispute qui l'empêche de reprendre le cours de sa vie repose sur un problème bien plus sérieux que je ne l'ai pensé jusqu'ici.

— Est-ce que tu sais quelque chose à propos de Susanne qui expliquerait la fermeture d'aujourd'hui ?

Un silence me répond.

— Est-ce que ça concerne aussi Colin ?

Du bout des doigts, Jacky rapproche sa tasse. Les yeux baissés sur son thé, elle semble réfléchir à ce qu'elle va dire. Comme si elle devait prendre mille précautions pour la suite de notre discussion.

— Jacky, s'il te plaît, réponds-moi : est-ce que ça concerne Colin ?

— Je..., dit-elle dans un souffle.

Mais elle ne va pas plus loin. Elle semble à nouveau plongée dans son mutisme. Son silence va finir par me rendre folle.

— Tu dois me dire ce qui se passe !

Je cherche des arguments pour la convaincre de parler.

— J'ai prévu de revenir m'installer ici. Après Noël, je vais rentrer à Paris pour faire mes cartons et libérer mon appartement.

Après une courte pause durant laquelle j'essaye de ne pas me laisser submerger par l'émotion, j'ajoute :

— Je comptais vous l'annoncer le jour de Noël, à toi et aux parents. Colin et moi nous sommes retrouvés. Si tu sais quelque chose, s'il te plaît, dis-le-moi.

— Ma chérie… Alors, il ne t'a rien dit à propos de la boulangerie ?

J'ignore de quoi elle parle. Qu'est-ce qu'il aurait pu me dire ? Je fouille dans ma mémoire, je dois trouver quelque chose.

— La boulangerie… bien sûr, je sais à quel point il y tient. On est ensemble, mais je refuse de lui demander de tout quitter pour Paris. C'est moi qui vais venir à Valmont, c'est bien plus logique.

Je lève les yeux vers ma grand-mère, l'implorant de me dire que c'est bien ça. Mais la tristesse que je trouve dans son regard me comprime la poitrine.

— Ma chérie…, répète-t-elle, les yeux brillants, me forçant à comprendre que je fais fausse route.

Mon cœur se met à battre plus fort dans ma poitrine. Un pincement me vrille l'estomac. J'ai déjà ressenti ça juste avant de lire le message qui a bouleversé ma vie, il y a six ans. À la réception de son SMS et avant même que j'en lise le contenu, mon corps *savait* que Colin allait me laisser tomber.

— Qu'est-ce qu'il devait me dire ?

Jacky cherche comment m'annoncer la nouvelle. L'attente est insoutenable, brûlante.

— La boulangerie… Elle a été vendue.

Je cligne des yeux. Je ne suis pas sûre d'avoir bien compris. Ou alors, c'est un malentendu. Une de ces affreuses méprises qui vous plonge au fond de l'abysse en une poignée de secondes. Elle se trompe sur toute la ligne. Colin tient à sa boulangerie, je l'ai vu de mes propres yeux. Jamais il n'aurait pu songer à la vendre.

— Tu n'as pas dû…

— J'ai parfaitement compris, me dit-elle doucement

comme pour ne pas me faire plus de peine. C'est Susanne qui me l'a appris quand elle est venue ici, quelques jours après ton retour.

— Le jour de votre dispute, dis-je, comprenant qu'il n'y a pas d'échappatoire.

Pas de méprise.

Elle acquiesce, sonnant le glas de cette dimension dans laquelle Colin et moi étions de nouveau réunis. Parce que vendre sa boulangerie n'est pas un détail qu'on oublie de mentionner par inadvertance. Colin a *choisi* de me cacher cette vérité. Il a d'autres projets dans lesquels je n'ai pas ma place.

— Qu'est-ce qu'elle a dit d'autre ?

— Susanne redoutait que ce moment arrive, car Colin lui parlait régulièrement de partir, ces derniers mois, explique ma grand-mère que son aveu semble avoir libérée. Elle a attendu que les papiers soient signés pour m'en parler et m'annoncer qu'elle aussi quitterait Valmont. Elle a prévu d'emménager dans une résidence pour personnes âgées, à Albertville, aussitôt que Colin sera parti. J'ai essayé de l'en dissuader car, même si ce n'est pas si loin, c'est un énorme changement de vie et nous ne pourrons plus nous voir au quotidien. Tu vois, après notre dispute, je lui ai envoyé des fleurs, des chocolats… J'ai tout tenté, dans le but de réamorcer une conversation entre nous. Mais elle n'a rien voulu savoir.

Ses épaules s'affaissent. Je comprends que ma grand-mère n'était pas d'accord avec la décision de son amie. Que, de cette manière, elle la perdait pour toujours.

Je suis sous le choc.

— Et tu as préféré te taire ?

— Susanne m'a fait promettre de garder le secret.

Elle ne voulait pas de commérages, surtout juste avant Noël. Elle n'a pas dit à Colin qu'elle irait vivre dans une résidence. Elle avait peur qu'il revienne sur sa décision à cause d'elle.

Elle lève les yeux vers moi.

— Je ne pouvais pas trahir sa confiance. Mais j'espérais que Colin trouve le moyen d'annuler la vente.

Elle espérait qu'il revienne sur sa décision pour moi. De cette manière, Susanne serait restée elle aussi. Et la famille Perrin aurait eu droit à son happy end. Ma grand-mère aurait gardé son amie auprès d'elle et moi, je serais allée vivre avec Colin au-dessus de la boulangerie. L'image des cartons empilés chez lui me revient en tête, comme pour me narguer.

Tout ça n'arrivera pas. Colin m'a délibérément caché son projet. Il m'a entendue dire que j'allais revenir à Valmont, que j'allais y chercher un travail. Mais il n'a rien dit.

Est-ce qu'il comptait partir un matin, me laissant quelques lignes sur un bout de papier pour se justifier ? Est-ce qu'il comptait disparaître de ma vie en un claquement de doigts, comme il l'a fait il y a six ans ? Et m'envoyer un SMS pour me dire que tout est terminé ? Encore une fois.

Mon cœur se serre douloureusement, comprimé dans l'étau de cette atroce prise de conscience.

— Je suis désolée, dis-je en tentant de ravaler mes larmes. Je n'ai pas réussi à le faire changer d'avis. J'ai vu des cartons empilés dans son appartement. Maintenant, je comprends leur usage.

Ma grand-mère hoche la tête. Après quelques secondes, je demande :

— Est-ce que tu sais où il compte aller ?

— Dans le Sud.

Évidemment, il n'est pas question de Paris. D'ailleurs, il n'en a jamais été question.

Comment ai-je pu être aussi naïve ?

Ma grand-mère pose sa main sur la mienne, l'air bouleversé de me voir dans cet état.

— Si j'avais su que tu n'étais pas au courant de la vente, je te l'aurais dit bien avant.

— Tu ne pouvais pas le deviner.

Elle ne pouvait pas savoir que j'avais décidé de tout plaquer pour un homme qui, de son côté, a prévu de quitter le village. Et qui n'a pas trouvé une seconde pour me faire part de ce détail.

— Je suis contente de l'apprendre aujourd'hui. Ça m'épargnera d'annoncer à Noël que je vais revenir à Valmont et de me ridiculiser.

Je lâche la main de ma grand-mère et me lève. J'ai besoin d'être seule pour réfléchir.

— Je retourne dans le petit chalet. Dis à maman que je n'ai pas faim.

Ma grand-mère ne tente pas de me retenir et je lui en sais gré. Je quitte la cuisine et me dirige vers la porte qui donne sur le jardin pour ne pas prendre le risque de croiser mon père.

Je me précipite vers le petit chalet. Une fois rentrée, adossée à la porte, je serre les dents pour retenir les larmes qui se pressent derrière mes paupières.

Je refuse de pleurer. Après tout, Colin ne m'a rien demandé. C'est moi qui ai dit que je voulais revenir au village. C'est moi qui ai fait des plans sur la comète.

Colin et moi avons eu notre chance, il y a six ans. Maintenant, c'est terminé. En amour, le réchauffé ne fonctionne jamais.

Anéantie, je m'allonge sur mon lit et fixe le plafond durant quelques secondes. Les effluves de son parfum planent encore dans la pièce.

C'en est trop.

Une larme silencieuse réussit à déborder de mon œil droit pour rejoindre ma joue, ouvrant le chemin à toutes les autres.

J'aurais dû me méfier. Colin a déjà brisé mon cœur une première fois. Il n'y avait aucune raison qu'il ne le fasse pas une deuxième. Les gens ne changent pas. Ils améliorent leur jeu en donnant l'impression d'être différents pour mieux piéger les idiotes de mon espèce ; les romantiques, les rêveuses, celles qui se cassent les dents sur chaque déception sentimentale.

La sonnerie de mon téléphone résonne dans ma chambre, interrompant mon flot de pensées moroses. Je le tire de la poche de mon jean et regarde l'écran.

Colin.

Il a le culot de m'appeler.

Je suppose qu'il veut encore profiter de ma charmante présence quelques jours avant de m'annoncer qu'il a vendu la boulangerie et qu'il quitte Valmont. Rien que ça.

Encore sous le coup de la colère, je refuse son appel. Puis, je vais dans la liste de mes contacts et je le bloque.

Sans aucune hésitation.

Je ne veux ni l'entendre ni le voir.

C'est précisément ce à quoi j'aurais dû m'en tenir depuis le début.

Un quart d'heure plus tard, quand mon téléphone se remet à sonner, je me redresse sur mon lit, agacée de n'avoir même pas réussi ma manipulation pour le repousser le plus loin possible de mon existence.

Mais ce n'est pas son prénom qui s'affiche, c'est le numéro de l'agence d'intérim.

Surprise, je me racle la gorge pour éclaircir ma voix et je décroche.

— Bonjour, Juliette, c'est Mickaël.

— Bonjour...

— J'appelle pour savoir si vous êtes remise.

Je mets quelques secondes pour me rappeler à quoi il fait allusion. C'est vrai que, lors de notre dernière conversation, j'ai mentionné un surmenage diagnostiqué par le docteur Thomas.

— Oui, je vais mieux, merci. J'ai pris quelques jours pour me ressourcer en famille.

Je vais éviter de préciser que, finalement, mon séjour n'a pas été à la hauteur de mes espérances et que je vais rentrer dans le même état qu'en partant.

— Bien, bien. Il se trouve que j'ai reçu plusieurs missions à pourvoir dès la semaine prochaine. Une en particulier matche totalement avec votre profil. Pensez-vous être disponible ?

Je comprends que Mickaël a enfin digéré la pilule, après mes différents manquements professionnels. Quant à moi, je suis disponible, en effet.

— Je le suis.

Ce matin encore, j'imaginais rester à Valmont. Dans ce village-cocon que j'ai tant aimé redécouvrir. Mais force est d'admettre que tout ça n'était qu'un mirage.

— Formidable. Je vous envoie le détail de la mission par mail. J'attends votre confirmation au plus vite.

C'est déjà tout vu. Je ne vais pas laisser passer cette occasion de reprendre le cours de ma vie parisienne, même si, l'espace d'une courte parenthèse, j'ai cru que Colin en ferait partie.

23

Avoir une autre chance

« Je vous aime, Scarlett. En dépit de vous, de moi et de ce stupide monde qui s'écroule, je vous aime. »

Autant en emporte le vent

Colin

Elle ne répond pas.

Chaque fois que je compose son numéro, je bascule sur sa messagerie. Je n'ai pas besoin d'insister davantage pour comprendre qu'elle refusera tous mes appels. Déboussolé, je fais les cent pas dans l'arrière-salle de la boulangerie, comme un lion en cage, quand ma grand-mère me rejoint.

— Alors ?

— Toujours rien. C'est bizarre. Elle m'a appelé plusieurs fois quand nous étions au café et depuis, plus rien.

Elle prend mon blouson suspendu à la patère et me le tend.

— Vas-y. Elle est sûrement chez elle.

Je ne me fais pas prier.

Durant le trajet du retour, ma grand-mère et moi avons décidé de nous serrer les coudes plutôt que de nous cacher les choses. Avant de m'apporter son aide pour tenter de récupérer la boulangerie, elle m'a demandé de contacter Juliette pour tout lui expliquer. Elle a raison.

Je comptais inviter Juliette à me rejoindre au milieu de mes cartons à moitié remplis pour lui avouer la sombre vérité, mais je crains de devoir plutôt me rendre chez elle pour tenter de la convaincre que je n'ai pas voulu lui mentir. Pas délibérément.

L'esprit en ébullition, je grimpe dans ma voiture et prends la route du hameau. Dès que je suis garé devant le portail de la maison des parents de Juliette, je me précipite pour sonner à leur porte. À cette heure de la journée, impossible de passer inaperçu, je ne peux pas entrer sans y avoir été invité. Pourtant, je brûle d'enjamber la clôture et de rejoindre le petit chalet en douce, comme le faisait l'adolescent peu soucieux des convenances que j'étais.

Jacky ouvre la fenêtre de la cuisine. Quand elle me voit, son visage s'assombrit.

— Bonjour, madame Perrin, dis-je sur le ton mielleux d'un gamin qui a une longue liste de méfaits à se faire pardonner. Je voudrais voir Juliette.

— Bonjour, Colin. Je suis désolée, Juliette est allée se reposer.

À cette heure ? Non, bien sûr. Juliette a donné la consigne. Ce qui me laisse supposer que premièrement, elle est au courant. Deuxièmement, elle s'est fait une fausse idée de la situation. Et troisièmement, elle compte m'ignorer durablement, comme elle l'a fait ces dernières années.

— Je voudrais juste la voir un moment, j'insiste. Je ne serai pas long.

Cinq minutes. Juste cinq minutes pour tout lui expliquer.

La porte d'entrée s'ouvre sur le père de Juliette. Il m'adresse un regard noir, l'air plus bourru que d'habitude. Je comprends que m'entêter ne me mènera à rien aujourd'hui.

Juliette ne veut plus me parler. J'en prends note.

Mais je ne vais pas la laisser faire.

Je reprends ma jeep et la gare sur le bas-côté, près du chemin menant à la forêt. Tant pis pour le comportement d'adulte, je considère qu'il s'agit d'une urgence absolue.

Je m'engage sur le chemin et remonte le hameau par-derrière, comme je l'ai fait des centaines de fois pour retrouver Juliette, à l'abri des regards parentaux. En longeant la maison des Pelletier, les voisins de la famille Perrin, je les découvre à la fenêtre. Ma présence en lisière de leur terrain, les pieds dans la neige boueuse, ne semble pas passer inaperçue. J'imagine que je vais encore être la source de commérages dans tout le village. Mais peu importe, si j'ai l'occasion de parler à Juliette.

Quand j'arrive enfin devant le petit chalet, je jette un œil à la maison, de crainte d'être surpris. Tout semble calme, le moindre bruit est comme absorbé par le feutre de la neige. Prenant mon courage à deux mains, je frappe à sa porte.

— Juliette, ouvre-moi !

Je réitère mon geste. En vain.

En faisant le tour du petit chalet, je remarque que le volet est clos.

Elle est peut-être sortie.

Ou pire, elle a peut-être décidé de rentrer précipitamment à Paris, ne me laissant plus aucune chance de m'expliquer.

Plus tard, quand je franchis le seuil de la boulangerie, les chaussures boueuses, je ne parviens pas à cacher ma déception. Le sourire de ma grand-mère s'efface quand elle croise mon regard.

— Je n'ai pas pu lui parler, expliqué-je en retirant mon blouson. Elle a donné le mot pour qu'on ne me laisse pas entrer. Ce qui revient à dire qu'elle est au courant.

Elle sait tout.

J'explique que, durant le trajet du retour, j'ai essayé de la contacter plusieurs fois par téléphone. En vain.

— Tu dois insister.

Je secoue la tête, impuissant.

— Elle est peut-être déjà rentrée à Paris. Si ce n'est pas le cas, elle va se terrer dans le petit chalet et, dès que Noël sera terminé, elle y retournera.

Ma tête me fait mal. J'ai l'impression d'être de retour à la case départ, quand Juliette ne supportait plus de me voir, même de loin.

Mon téléphone se met à sonner. Transporté par l'espoir que ce soit elle, je me précipite pour décrocher. Ma joie retombe quand je découvre un numéro inconnu sur l'écran.

— Colin Guillaud.

— Bonjour, c'est M. Perret. Je vous dérange ?

Oui, carrément. Ce n'est pas le moment, un désastre se joue dans ma vie sentimentale, alors vous comprenez, j'ai mieux à faire...

Bon. M. Perret n'est pas responsable de mes mauvais choix, donc je garde cette réponse pour moi.

— Je vous écoute.

— Je voudrais passer à la boulangerie avec un artisan

pour prendre des mesures et quelques cotes. Vous pensez que c'est possible ?

Non. Et je pense que vous devriez trouver une autre boulangerie.

Ça, évidemment, je ne peux pas le dire non plus. Pas comme ça. Il me faut un plan, quelque chose qui le dissuade de s'installer à Valmont.

— Oui, oui... c'est envisageable.

— Demain ou jeudi ?

Il insiste, sans doute désarçonné par mon silence.

— Mon artisan ne sera pas disponible pendant les fêtes et j'aimerais qu'il puisse programmer les travaux juste après la signature.

Comme je ne dis toujours rien, il ajoute :

— Autre détail : mon notaire vous contactera la semaine prochaine pour fixer le rendez-vous. Il m'a assuré qu'il fera en sorte que tout soit prêt pour une signature définitive entre la deuxième et la troisième semaine de janvier.

Pendant qu'il parle, je regarde le décor qui m'entoure. Sur les étagères sont empilés les authentiques pots à farine chinés par ma mère. Sur les murs, les aquarelles représentant des paysages de Valmont. J'étais censé trier, emballer ces souvenirs. Mais je n'ai rien fait. Et maintenant, la perspective d'y être forcé me donne la nausée.

— Monsieur Guillaud ?

— Désolé, j'ai du monde, je mens. Vous n'avez qu'à venir jeudi.

Jeudi.

Le 23 décembre.

Juste avant Noël. De quoi gâcher la fin d'année, si ce n'était pas déjà fait.

Je raccroche, abattu. Ma grand-mère passe sa main sur mon épaule et ce simple geste affectueux me fait du bien.

— Je suis désolé, dis-je.

Désolé qu'elle ait dû envisager un tel changement de vie par ma faute. Désolé qu'elle se soit fâchée avec sa plus vieille amie. Et désolé parce qu'à cause de moi, elle va vivre le Noël le plus triste de toute sa vie.

— Ce n'est pas le moment de baisser les bras, mon grand. Pas encore. Dis-moi : tu veux rester à Valmont, oui ou non ?

Je lève les yeux vers ma grand-mère.

— Je veux rester.

— Alors il faut trouver le moyen d'arranger ça.

— Comment ? M. Perret ne m'a pas laissé entendre qu'il comptait abandonner la vente, bien au contraire.

Elle tapote son doigt sur son menton et ajoute :

— On doit réunir le comité. Le plus vite possible.

À 17 heures, je ferme la boulangerie pour la deuxième fois aujourd'hui. Ma grand-mère et moi traversons la place à la hâte pour rejoindre le Central. Le marché de Noël a ouvert un peu plus tôt dans l'après-midi et son succès ne se dément pas. Liliane nous a assuré qu'elle nous accorderait une heure de son temps libre, avant que les promeneurs investissent son café-restaurant en quête d'une boisson chaude ou d'un verre avant le repas du soir.

Dès que nous avons franchi la porte, elle nous fait signe.

— Allez vous installer. Anne et Jacky seront là d'une minute à l'autre.

Jacky ?

Une fois assis, j'adresse un regard interrogateur à ma grand-mère.

— On aura besoin de toutes les bonnes volontés.

— Et comment as-tu fait pour la convaincre de venir ? dis-je, surpris.

— Je lui ai téléphoné. Je l'ai remerciée pour ses fleurs et ses chocolats, et je lui ai dit que nous réfléchissions tous les deux à une manière de rester.

— Vous allez vous réconcilier ?

— Je l'espère de tout mon cœur.

Je souris, heureux d'apprendre qu'elle a fait le premier pas. Susanne sans Jacky, ça ne pouvait pas durer plus longtemps.

Anne et Jacky arrivent au bout de quelques minutes. J'ai l'illusion que Juliette pourrait elle aussi faire son entrée au Central. Mais non, bien sûr. Elle n'a pas revu sa position. Elle ne voudra aucune explication.

Nos deux acolytes du comité s'installent à notre table. Une émotion mêlée d'embarras flotte entre ma grand-mère et sa vieille amie.

Anne laisse son sac sur sa chaise et se relève aussitôt.

— Je vais aider Liliane à nous préparer une tasse de thé. Colin, tu viens ?

J'acquiesce, comprenant qu'elle veut les laisser seules un moment.

— Bien sûr, madame Guillaud.

— Colin, s'il te plaît, appelle-moi Anne.

Elle sourit tristement, me démontrant ainsi qu'elle sait que sa fille et moi sommes à nouveau en proie au tumulte de notre relation. Je la remercie intérieurement pour sa sollicitude malgré ma propension à tout faire foirer dès qu'il s'agit de Juliette.

Nous rejoignons le comptoir. Pendant que Liliane fait chauffer l'eau, je risque un coup d'œil vers la table. Ma grand-mère a posé sa main sur celle de Jacky.

Je sais qu'elles ont traversé une véritable épreuve. Que ma grand-mère fasse les démarches pour emménager dans une résidence senior a forcément été à l'origine d'une grosse remise en question. Ou plutôt, d'une projection dans un futur peu désirable. Elles ont été obligées de se confronter à un sujet parfois tabou : que se passe-t-il quand on vieillit, et quand on n'est plus capable de vivre seul ? Quand on n'a pas la chance d'avoir des proches pour nous accompagner au quotidien ?

Dans certains cas, le choix d'une résidence spécialisée s'impose.

Peut-être que, d'ici quelques années, elles devront se quitter et affronter la dernière ligne droite, seules, à la manière de ces couples qui partagent soixante années de vie commune avant qu'on installe l'un d'eux dans une chambre bien trop éloignée de leur logement d'origine pour leur permettre de se voir régulièrement.

Là, le compte à rebours avant la fin s'enclenche. Car si j'ai appris quelque chose, ces six dernières années, au travers de l'absence de Juliette, c'est que le cœur fane loin de l'être aimé.

Jacky pose à son tour sa main sur celle de ma grand-mère. Je pense que ces deux-là donneraient tout pour rester ensemble jusqu'au bout, comme des inséparables.

— Elles ont enfin décidé d'un cessez-le-feu, dit Liliane en jetant son torchon sur son épaule. C'est pas trop tôt.

Quelques minutes plus tard, le thé est fin prêt. Je prends le plateau, tandis que Liliane adresse un signe de la tête à l'un des serveurs pour qu'il la remplace. Le comité est *presque* au complet.

— Nous avons besoin de votre aide, commence ma grand-mère, solennelle.

En quelques mots, elle expose la situation. La vente de la boulangerie, M. Perret, la signature imminente. Et, le plus important, notre volonté de tout annuler.

Seule Anne, qui n'était pas au courant, semble accuser le coup.

— Je vois. Est-ce que tu peux légalement revenir sur ta décision ?

— Pas seul. Il faudrait que M. Perret soit d'accord.

En gros, il faudrait qu'il accepte de déchirer le compromis pour faire comme s'il n'avait jamais existé. Et ça n'est pas au programme.

— Il sera là jeudi, ajoute ma grand-mère. Il vient avec un artisan prendre des mesures pour de futurs travaux. Nous disposons donc de deux jours pour nous organiser.

— Qu'est-ce que tu veux faire ? On ne peut pas l'obliger à se rétracter !

— Non, Liliane, tu as raison. Mais je pense que nous devrions lui montrer un petit aperçu de la solidarité des habitants de Valmont.

Jacky acquiesce, le regard entendu.

— Il faut informer tout le monde. Dès demain, nous tiendrons un stand au marché de Noël. Si chacun y met du sien, ça peut marcher.

— Admettons, dis-je. Mais je ne suis pas sûr de te suivre : ton plan, il consiste en quoi ?

Jacky et ma grand-mère prennent la parole. Chacune renchérit sur l'initiative de l'autre, exactement comme si elles avaient réfléchi pendant des mois à une manière de faire fuir M. Perret. Il faut dire qu'un tel rebondissement serait une manière de rester l'une auprès de l'autre.

Quand elles ont terminé et que les regards se tournent de mon côté, je comprends que j'ai une décision à prendre : suivre ce plan et demander du renfort à tous les habitants… ou me débrouiller par moi-même.

— Merci. Je suis très touché par… l'ardeur que vous mettez à vouloir m'aider, mais je ne pense pas que faire fuir ce pauvre M. Perret soit une bonne idée.

Ma grand-mère hoche la tête. Je crois qu'elle sait où je veux en venir.

— J'ai bénéficié du soutien de beaucoup de personnes à Valmont, mais cette fois, c'est à moi de me débrouiller. Je vais affronter M. Perret et lui dire la vérité.

— Tu es sûr ? demande ma grand-mère.

Dans ses yeux, je décèle de l'inquiétude.

— Certain.

Je prends sa main dans la mienne.

Je ne sais pas où ni comment, mais ce dont je suis convaincu, c'est que je trouverai une solution.

Je *dois* trouver une solution.

Les membres du comité se rangent à mon avis et la conversation se concentre sur le concours. Liliane propose de réunir les habitants qui le souhaitent dans son café-restaurant pour qu'ils suivent les résultats en direct, le jour de Noël, en fin d'après-midi.

Je profite de cet intermède plus léger pour me pencher vers Anne et prendre des nouvelles de Juliette. Je n'aime pas l'idée qu'elle doive s'enfermer dans le petit chalet à cause de moi.

— Elle n'a pas très envie de parler.

Dans ses yeux, je lis l'inquiétude d'une maman pour sa fille.

— Je regrette. J'aurais dû lui parler de la vente de la boulangerie plus tôt.

Anne sourit.

— Tu aurais dû, oui. Mais je pense que tu peux encore te rattraper. Juliette a peur que tu ne veuilles pas réellement t'engager avec elle. Elle a vécu des moments difficiles ces dernières années et s'est efforcée de le cacher. Elle ressemble beaucoup à son père.

Un voile de nostalgie passe dans ses yeux. Peut-être que les débuts de sa relation avec le père de Juliette n'ont pas été de tout repos.

— Elle est tentée de rentrer dans sa coquille, mais tu dois l'en empêcher.

Liliane, qui manifestement a écouté notre discussion d'une oreille traînante, intervient.

— Ne me dis pas que vous êtes encore en froid !

— Elle ne veut plus me parler.

Cette fois, c'est Jacky qui prend la parole.

— Il te suffit d'aller au petit chalet.

Je me demande si je suis le seul à visualiser l'image de M. Perrin rôdant devant le petit chalet pour m'empêcher d'approcher.

— Ce n'est pas si simple.

Anne et Jacky échangent un regard complice.

— Dis-nous quand tu veux passer et on s'occupe de faire diversion auprès de mon gendre.

— Vous voulez… ?

M'aider à reconquérir Juliette.

Je n'en reviens pas.

— Tu ne nous laisses pas le choix, dit ma grand-mère. À ce rythme, dans six ans, vous y êtes encore.

— Merci, dis-je, un peu sonné.

Liliane me fait les gros yeux.

— Attention, joli cœur : ce qu'on te propose, c'est juste une ouverture. Pour le reste, on compte sur toi. Tu vas devoir faire les choses bien, cette fois.

Une idée me traverse l'esprit. Je ne sais pas si elle marchera, mais j'ai bien l'intention d'y mettre tout mon cœur.

— Comptez sur moi. Je passerai au chalet demain à 18 heures.

Ce qui me laisse juste le temps de m'organiser.

24

Quitter Valmont, la mort dans l'âme

« Je ne sais pas comment je vais faire si je ne peux pas te voir tous les jours. »

L'Arnacœur

Mercredi 22 décembre
Juliette

Je sens un coussin s'abattre sur mon visage.C'est Claire, sur le lit à côté de moi, qui tente de m'extraire de mes pensées. Je me penche et interromps le film qui défile sur l'écran de son ordinateur, posé sur le dessus-de-lit entre nos deux paires de jambes.

— Et tu comptes regarder le film ou me jeter tous les coussins du lit ?

Elle hausse les épaules.

— Tu as beau dire ce que tu veux, je vois que ça ne va pas. Tu dois sortir d'ici, t'aérer et voir du monde, Juliette.

Je refuse sa proposition pour la dixième fois depuis qu'elle est arrivée.

— Hors de question. La seule chose que j'envisage, c'est de traverser le jardin le 25 à midi pour le repas de famille.

Mon frère sera là avec sa femme et ses deux enfants. C'est la seule perspective qui me pousse à rester à Valmont. Comme chaque année, je donnerai l'illusion que tout va bien. Dès que le repas sera terminé, je plierai bagage et je prendrai le premier train pour Paris.

Je remets le film, mais Claire l'arrête dans la foulée.

— C'est dans deux jours, objecte-t-elle. Tu ne vas pas rester enfermée sans voir personne en attendant ?

Je lui adresse un regard qui signifie que c'est exactement le programme.

— J'ai de quoi m'occuper. Mickaël m'a envoyé le détail de la mission que j'ai acceptée. Je dois lire l'ensemble du document pour être opérationnelle lundi prochain.

Je mens. Le document ne fait que deux pages. Il s'agit d'une simple mission de secrétariat. En gros, je fais un remplacement de dernière minute. Et je soupçonne Mickaël de s'être rabattu sur moi faute d'avoir trouvé une autre personne en cette période de l'année. Mais peu importe, ce qui compte, c'est que j'ai la possibilité de remettre le pied à l'étrier. De faire à nouveau mes preuves.

— Alors, tu vas quitter Valmont sans lui laisser la possibilité de s'expliquer ?

Je soupire, comme si cette conversation me contrariait d'avance. Pourtant, il était évident que Claire ne voulait pas *seulement* regarder un film avec moi cet après-midi. Quand je lui ai dit que la deuxième chance que Colin et moi voulions nous accorder n'était plus d'actualité, et que j'ai évoqué le départ prochain de Colin, elle n'a pas posé de questions, elle a agi. Cinq minutes plus tard, elle toquait à la porte de mon antre.

— Tu savais pour la boulangerie ? Je veux dire… tu l'as su avant moi ?

— Non, je l'ai appris ce matin, comme le reste du village.

Je fronce les sourcils.

— Tu veux dire…

— Que tout le monde est au courant maintenant. Sur la place, les gens ne parlent que de ça. On dirait même que le concours est passé au second plan.

— J'imagine que tout le monde est surpris.

Au moins autant que moi. Claire hausse les épaules.

— Il avait peut-être ses raisons de ne rien dire. Tu en as parlé avec lui ?

Je prends un coussin et le serre contre moi. Colin est passé mais j'ai refusé de lui ouvrir. J'étais trop en colère.

— Comment ça, « en parler avec lui » ? Hors de question. Il n'y a rien à ajouter à ce sujet. Colin m'a entendue lui annoncer que j'allais quitter Paris et chercher du travail ici, mais il n'a rien dit. Pire, il était *d'accord* avec ma décision alors que, de son côté, il savait que c'était impossible.

— Peut-être qu'il comptait t'en parler plus tard ?

— Quand ? Après que je me serais installée à Valmont ? « Au fait, Juliette, j'ai un truc à te dire : je vais déménager dans le Sud de la France ! »

Je me pince l'arête du nez, fatiguée d'avoir mille fois réfléchi à la situation.

— Il faut se rendre à l'évidence, ajouté-je, entre Colin et moi, ça a toujours été compliqué. Trop compliqué.

L'univers tout entier s'est ligué contre nous. Quand je pars, il reste et quand je reviens, il décide de partir. Mais si ces six dernières années m'ont appris quelque chose, c'est que je refuse de nourrir des espoirs vains. J'ai trop souffert à espérer un signe de sa part, des mois après mon départ pour Paris.

Claire referme l'ordinateur et vient s'allonger contre moi.

— Moment de vérité ?

Elle parvient à me faire sourire alors que je n'en ai pas la moindre envie.

— Tu ne crois pas qu'on a passé l'âge ?

— Pas une seconde. Allez, viens.

Je rouspète pour la forme, mais je joue le jeu, mains posées en croix sur la poitrine, yeux rivés au plafond. Respiration lente et profonde.

C'était notre rituel quand, adolescentes, nous avions besoin de parler sérieusement. On avait appelé ça le « moment de vérité ».

— Allez, je commence... La semaine dernière, j'ai songé à quitter Doug. C'est ce que je comptais faire quand il est venu me retrouver en zone d'embarquement.

Je me redresse sur un coude, sidérée.

— Tu plaisantes ?

Claire me repousse, pour me forcer à me rallonger.

— C'était trop dur. On allait encore se séparer sans savoir quand nous nous retrouverions. J'allais pleurer dans l'avion et tous ces gens allaient encore me regarder avec pitié en me tendant des mouchoirs. Je ne supportais pas l'idée de me morfondre toute seule dans mon appartement. Alors, je me suis dit que je préférais souffrir une bonne fois pour toutes plutôt que tous les trois mois, chaque fois que l'un de nous devrait monter dans ce fichu avion.

La confession de Claire m'émeut. Elle m'avait avoué par téléphone que la relation à distance la faisait souffrir, et de plus en plus, mais j'ignorais que c'était à ce point.

— Tu voulais le quitter alors que tu l'aimes ?

— Justement. Parce que je l'aime trop. Parce que aimer comme ça, ça fait trop mal.

J'en sais quelque chose. Après une pause, elle ajoute d'une voix tremblante :

— Je ne lui dirai jamais que lorsqu'il a débarqué avec son billet d'avion, j'étais en train de lui écrire ce message. Je m'en veux tellement d'avoir baissé les bras, alors que lui était prêt à tout pour nous. Tout ce qu'on a traversé lui a donné foi en notre couple alors que moi, je me suis sentie découragée.

Claire se sent coupable, mais je la comprends. Aimer, ce n'est pas que des instants de joie passés à deux, blottis l'un contre l'autre. C'est aussi les séparations, les sacrifices, les disputes. Aimer, c'est tout accepter et pas seulement les moments qui nous font vibrer.

Et parfois, ça devient trop dur.

— Le couple et son équilibre… c'est si difficile, dis-je dans un murmure.

Elle acquiesce, à côté de moi.

— J'étais sur le point d'envoyer ce message. Je savais qu'il allait me libérer. Mais quand j'ai vu Doug, son billet à la main, je me suis dit *Allez, Claire, fais-lui confiance.* Même si dans deux jours, deux mois ou deux ans, tu auras encore plus mal qu'aujourd'hui.

Elle se redresse et se tourne pour me faire face.

— Quand on aime, on prend un risque, mais ça en vaut la peine. Si je l'avais quitté, je l'aurais regretté. Peut-être pas tout de suite, mais ce serait venu plus tard, quand il n'y aurait plus eu aucune chance d'arranger les choses.

Pourquoi l'amour est-il si compliqué ?

Je soupire et regarde le plafond comme si la réponse pouvait y être écrite.

— Arrête de te cacher, Juliette. Si tu pars sans le laisser s'expliquer, tu t'en voudras. Ne rejouez pas ce qui s'est passé il y a six ans.

Je soupire exagérément, histoire de souligner que je suis fatiguée de ressasser cette histoire. Mais au fond, je sais qu'elle a raison.

Je finis par remettre le film. À l'écran, l'héroïne court sur le quai pour faire stopper le train dans lequel vient de monter celui qu'elle aime. Le conducteur arrête sa machine et l'homme descend. Les deux amoureux échangent un baiser passionné. Ils ont leur happy end.

Une fin heureuse que Colin et moi sommes destinés à ne pas connaître. À moins que... nous ne parvenions à avoir une vraie discussion.

Peut-être que Claire a raison. Peut-être que je réagis si violemment seulement parce que j'ai peur de souffrir demain, dans une semaine ou dans deux ans. En tout cas, je ne le saurai jamais si je ne lui laisse pas la chance de s'expliquer.

Plus tard, après le départ de ma meilleure amie, je me force à quitter mon lit pour mettre de l'ordre dans ma chambre. Je range quelques vêtements dont je ne me servirai plus dans mon sac de voyage, en prenant soin de ne pas trop regarder le petit sapin qui me nargue à côté du poêle. Valmont va me manquer. Sa chaleur, l'effervescence si particulière des fêtes de Noël dans le contexte du concours.

Quand mes yeux tombent sur la caméra de Colin, sur ma table de nuit, je suis prise d'une curiosité que je n'avais pas ressentie jusque-là.

Et si je visionnais ses films ?

Après tout, c'est tout ce qu'il me reste de ce merveilleux Noël.

Je m'installe sur le lit et me penche sur l'écran. Les premières images me font sourire. Colin filme un peu partout, sans parvenir à se fixer. Il papillonne, s'arrête sur les décorations, sur les visages souriants des promeneurs, sur les petits chalets du marché de Noël... et sur moi. Les jours passent et je me rends compte que je suis sur tous les plans, au début triste et renfermée, puis joyeuse et... heureuse. De près ou de loin, Colin semble s'être plus intéressé à moi qu'à ce qui se passait autour de nous.

Je m'apprête à éteindre la caméra, submergée par l'émotion, quand le film s'arrête. Il reprend après une seconde de noir, mais l'image est plus sombre. On dirait qu'il filme dans une pièce qui n'est pas éclairée.

Quand j'entends sa voix, ma respiration se coupe.

Colin a filmé quand nous étions chez lui, après notre nuit d'amour. J'aperçois ma silhouette endormie, dans son lit, tandis que lui doit être assis dans le petit fauteuil, juste à côté.

Salut, Juliette. Ne t'en fais pas, je n'ai pas l'intention d'envoyer ce film à l'équipe de tournage. Je veux juste garder la preuve en images de ces instants magiques avec toi. Au cas où je finirais par comprendre que tout ça n'était finalement qu'un rêve.

Quand je nous vois tous les deux, je commence à me dire que je me suis vraiment comporté comme un idiot. À l'époque, je me sentais dans une impasse. Les années qui ont suivi l'accident ont été si difficiles... Je ne pouvais pas te faire porter le poids de ma propre souffrance. Et pourtant, te mettre à l'écart en a engendré tout autant, de la souffrance...

Il marque une courte pause. Je sens mes yeux me brûler.

Le village n'était plus le même sans toi. Quand j'ai enfin repris goût à la vie, j'ai compris que je devais partir. Où, je n'en savais rien. Je voulais juste quitter Valmont et recommencer ailleurs. J'ai pensé que ça venait de la boulangerie, mais je crois qu'en fait, ça venait de nous. Ici, il y a trop de souvenirs de nous deux pour que je puisse rester si tu n'y es pas.

Il reste un instant silencieux avant de dire :

Je t'aime, Juliette.

L'écran passe au noir. Je regarde la caméra un long moment, perdue et profondément touchée. Mon cœur se met à battre plus fort, comme pour me faire passer un message. Plusieurs questions se bousculent dans ma tête.

Est-ce que c'est à cause de moi qu'il a décidé de vendre la boulangerie ? J'appuie sur la touche « retour arrière » pour revoir le film quand une sonnerie m'interrompt. Je reste un instant interdite ; ce n'est pas celle de mon téléphone.

Je pose la caméra sur le lit et tends l'oreille pour identifier d'où provient ce bruit. La sonnerie s'arrête.

Au bout de quelques secondes, elle reprend. Guidée par le son, je m'agenouille près du lit et découvre le téléphone de Claire, à même le sol. Manifestement, elle l'a oublié.

Je suppose qu'elle croit qu'il est quelque part chez elle et demande en ce moment même à Doug de l'appeler pour le retrouver plus facilement. Je me penche pour répondre et la rassurer, mais le nom affiché sur l'écran m'en dissuade.

Colin ?

Je m'assieds sur le lit et pose le téléphone à côté de moi. Pourquoi est-ce qu'il appelle Claire ?

Un bip retentit. Sur l'écran, le début d'un message apparaît.

S'il te plaît, Juliette, laisse-moi te parler. Je veux...

Je déglutis, les yeux rivés à l'écran. Si Colin s'adresse à moi, c'est qu'il sait que Claire a laissé son téléphone ici. J'en déduis qu'elle l'a volontairement « oublié »...

Un autre bip.

Juliette, je sais que tu refuses de me parler. Donne-moi...

Est-ce qu'il est dehors ? Impossible. J'ai demandé à ce qu'il ne puisse pas entrer.

Encore un bip.

Déverrouille le téléphone et réponds-moi, je sais...

Mon cœur se met à battre plus fort. Que faire ? L'ignorer ou lire ses messages ?

Protéger mon cœur de toutes les blessures que l'amour peut lui infliger ne sert à rien. J'ai autant souffert en me tenant à distance. La seule différence, c'est qu'à plusieurs centaines de kilomètres de Colin, je pouvais me mentir à moi-même.

J'approche un doigt tremblant de l'écran et je le fais glisser pour entrer dans le téléphone de Claire. Le menu s'ouvre et je trouve les messages de Colin.

Après les avoir lus, j'écris :

Je suis là.

Durant les dix secondes suivantes, le temps semble suspendu. Je retiens mon souffle, les yeux rivés à l'écran. Puis, les trois petits points indiquant qu'il tape une réponse s'agitent. Mon cœur cogne dans ma poitrine.

Presque trente secondes supplémentaires s'écoulent, me laissant tout le loisir de constater à quel point je suis impatiente de le lire, malgré ce que j'ai affirmé à Claire un peu plus tôt.

Enfin, le message apparaît.

Je suis venu ici ce soir, parce que quand on se rend compte que l'on veut passer le reste de sa vie avec quelqu'un, on veut que le reste de sa vie commence le plus tôt possible.

Je ne suis pas sûre de comprendre sa phrase et en même temps, ces mots me sont familiers… Je lis à nouveau son SMS et je comprends : il s'agit de la réplique d'un film. *Quand Harry rencontre Sally.*

Un autre message arrive.

On rencontre des milliers de gens et aucun ne nous touche. Et tout à coup on rencontre une personne et notre vie est changée, pour toujours.

Love et autres drogues. Colin me récite mes répliques préférées, celles que j'utilisais en permanence quand je trouvais que, mieux que n'importe quels autres mots, elles expliquaient ce que je ressentais.

Je réfléchis un instant, avant de répondre :

Tu as été l'amour de ma vie, mais moi, je ne suis qu'un chapitre de la tienne.

P.S. I love you. Colin va partir. C'est son projet et je n'en fais pas partie.

Sa réponse ne tarde pas.

Faux.

J'ai décidé que ma vie était trop simple. Je veux vraiment la compliquer… avec toi.

6 jours, 7 nuits. Il réussit à me faire sourire. Me laissant happer par son petit jeu, je tape ma réponse.

La compliquer ?

Les trois petits points s'agitent à nouveau.

Ce ne sera pas facile. Ce sera même très difficile. Il va falloir qu'on travaille sur ça tous les jours, mais je veux le faire parce que je te veux, toi. Je te veux, pour toujours, toi et moi tous les jours.

N'oublie jamais. Il ajoute :

Je ne sais pas comment je vais faire si je ne peux pas te voir tous les jours.

L'Arnacœur. Mes yeux me brûlent. Moi non plus, je ne sais pas comment faire si je ne peux pas le voir tous les jours.

Un autre message arrive. Cette fois, la phrase est de lui.

S'il te plaît, ouvre-moi.

Je lève les yeux vers la porte. Mon cœur se met à battre si fort que j'ai l'impression qu'il va exploser.

Il. Est. Là. Ce qui signifie que je n'ai aucune échappatoire.

Je pose le téléphone sur le lit et je m'avance jusqu'à la porte. Puis, j'ouvre lentement.

Colin est à quelques mètres du petit chalet, vêtu d'un costume noir. Ses cheveux coiffés en arrière lui donnent un air sexy irrésistible. À ses pieds, dans la neige, je remarque un seau avec une bouteille de champagne. Son visage est éclairé par le halo de lumière en provenance du petit chalet. Il est beau à couper le souffle.

— Je suis impressionnée, dis-je, réellement étourdie par les efforts qu'il a faits ce soir.

— Et moi... je suis amoureux.

Sexe Intentions. Une autre réplique parmi mes préférées.

Je baisse les yeux pour qu'il ne me voie pas rougir. Moi aussi, je l'aime. Mais aujourd'hui, nous ne sommes plus le Colin et la Juliette d'il y a six ans. Ceux qui se murmuraient des mots d'amour en pensant que, quoi qu'il arrive, ils finiraient par se retrouver, un jour ou l'autre. J'ai compris que l'amour fait mal, reste à savoir si je suis capable de l'accepter.

— Salut, dit-il en rivant ses yeux aux miens.

— Salut.

— J'ai essayé de t'appeler.

Je croise les bras sur ma poitrine.

— Tu as décidé de quitter Valmont.

— Oui, admet-il. J'ai décidé de vendre la boulangerie il

y a quelques mois et j'ai trouvé un acquéreur au moment exact de ton retour.

Il baisse la tête, comme s'il cherchait ses mots dans la neige. Quand il revient à moi, une lueur de détermination brille dans ses yeux.

— Je croyais que le problème venait de la boulangerie. J'ai cru que ce dont j'avais besoin, c'était de mener un projet qui soit juste le mien, pas celui de mes parents. Mais quand tu es revenue, j'ai réalisé que je me trompais sur toute la ligne. Rester à Valmont, travailler à la boulangerie de mes parents, c'est exactement ce que je voulais, à condition que ce soit avec toi à mes côtés. J'ai préféré partir que rester vivre au village sans toi, Juliette Perrin.

Ses yeux s'emplissent d'une profonde tristesse et mon cœur se serre.

— Pourquoi tu ne me l'as pas dit plus tôt ?

— Parce que j'ai signé la vente. Ce qui veut dire que, si je ne parviens pas à convaincre le futur acquéreur, dans un peu plus de deux semaines, la boulangerie appartiendra à quelqu'un d'autre.

Alors, c'était ça. L'indicible vérité qu'il n'a pas réussi à me dire.

Colin fait un pas vers moi.

— Mais peu importe ce qui se passera. Juliette, je refuse de te laisser filer une deuxième fois. Je ne trouverai aucun endroit où vivre si tu n'y es pas. Sans toi, tout est vide. Juliette, laisse-moi une autre chance.

On dirait la réplique d'un film, mais cette fois, je sais qu'elle est bien de lui. Le regard de Colin me fait chavirer. Tout mon corps se gonfle de l'amour que j'éprouve pour lui, effaçant les cicatrices du passé.

— Plus de secrets ou de non-dits ?

— Et plus de décisions prises sans en parler ensemble.

Ensemble.

Ce mot résonne en moi comme la plus douce des solutions.

— D'accord, dis-je.

— D'accord ?

Sans plus perdre de temps, j'efface la distance entre nous et je me jette dans ses bras. Nous échangeons un baiser digne du grand écran. Quand il me relâche, nous restons un instant les yeux dans les yeux. Moi en chaussettes dans la neige, les cheveux relevés en un chignon informe, et lui impeccablement vêtu pour l'occasion.

— Merci d'être venu, murmuré-je contre ses lèvres.

— Je t'avoue que j'ai reçu un peu d'aide…

Un mouvement à la fenêtre du salon attire notre regard. Quand nous nous tournons, nous voyons le rideau onduler.

— Grillé !

J'éclate de rire à cette remarque de Colin. Certaines choses ne changent pas.

— On devrait rentrer.

Mon amoureux acquiesce. Il me soulève du sol et me pose sur le seuil du petit chalet. Il s'empresse de récupérer le seau à champagne et je referme sur lui.

La chaleur du petit chalet nous accueille et je m'approche de lui pour l'embrasser encore, mais la sonnerie d'un téléphone nous interrompt. Je me détache à regret de l'homme qui fait battre mon cœur et ramasse le téléphone de Claire.

— C'est Doug.

Un message apparaît sur l'écran.

Alors ? Tu l'as vu ?!

Le message est de Doug, mais je devine que c'est Claire qui l'a écrit depuis son téléphone.

Il t'a dit qu'il ne voulait plus vendre ??

J'éclate de rire.
— Tu ne réponds pas ?
— Pas maintenant. J'en ai marre que tout l'univers se mêle de nos affaires.
Colin me sourit. Et, le regard brûlant, il efface les derniers centimètres qui nous séparent. La promesse dans ses yeux me réchauffe instantanément. Ce soir, nous avons beaucoup d'amour à rattraper.
Deux jours.
Et six ans.

25

Quand je tente tout pour sauver la boulangerie

« La meilleure chose qui me soit arrivée dans la vie, c'est toi, mais tu sais quoi, le problème, c'est que c'est aussi la pire. »

LOL

Jeudi 23 décembre
Colin

Il est à peine plus de 3 heures quand j'ouvre un œil. La nuit avec Juliette a été délicieuse. Encore groggy, je me tourne pour la contempler. Elle est là, juste à côté de moi. La guirlande lumineuse de notre petit sapin projette une lumière presque irréelle dans l'obscurité du chalet. Allongée sur le ventre, les cheveux éparpillés sur l'oreiller et les joues encore roses de nos ébats, elle est *adorable*.

Avec douceur, je passe la main sur sa joue. Imaginer la perdre à nouveau a été la pire expérience que j'aie vécue ces derniers mois. Je voudrais l'étreindre pour m'assurer que je ne rêve pas, mais je me retiens afin de ne pas la réveiller. Après quelques minutes supplémentaires de ce doux spectacle, je finis par me lever. Je me rhabille rapidement et je quitte la chaleur du petit chalet pour rejoindre la boulangerie. C'est aujourd'hui que va se jouer une partie de son destin.

Ma grand-mère et Jacky viennent me chercher dans l'arrière-salle pour faire un point sur la situation.

— Tout est prêt. Les présentoirs sont remplis, il y a largement assez pour tous les clients du matin. On ne devrait pas avoir besoin de vous déranger.

— Oui, on a de quoi tenir un siège, renchérit Jacky.

— OK, dis-je, comprenant que l'heure de vérité approche.

Hier, quand j'ai rappelé M. Perret pour convenir de l'heure de sa visite, je lui ai fait part de ma volonté de discuter avec lui de la revente. Difficile d'interpréter sa réaction : il a dit oui mais j'ai senti dans son ton une certaine réserve. Nous avons prévu de nous retrouver à 10 heures ici même. Autrement dit, dans une poignée de minutes.

Jacky s'est portée volontaire pour aider ma grand-mère. En temps normal, cette dernière assure très bien le service toute seule, mais depuis que leur dispute n'est qu'un lointain souvenir, ces deux-là sautent sur la moindre occasion de passer du temps ensemble. Elles ont besoin de rattraper le temps perdu. Tout comme moi avec Juliette. Dès que mon rendez-vous sera terminé, je compte bien lui téléphoner pour l'inviter à déjeuner dans mon appartement. Je veux profiter d'elle chaque instant, tant que la vie nous en laisse la chance.

Je viens juste de terminer de nettoyer la table de travail quand la porte s'ouvre. Jacky apparaît, la mine grave. J'en déduis qu'ils sont là.

— Dites-leur d'entrer.

Elle ouvre la porte en grand et M. Perret apparaît… seul.

— Bonjour, dis-je, plus impressionné que lors de notre dernière rencontre. Votre artisan va nous rejoindre ?

— Non, répond-il en me suivant jusque dans le petit bureau. J'ai annulé. J'ai cru comprendre que vous souhaitiez discuter de quelque chose d'important.

J'apprécie son geste. Ce sera plus facile pour moi de lui dire tout ce que j'ai sur le cœur sans la présence d'un tiers.

— Installez-vous, je nous prépare un café.

Je reviens avec nos deux tasses. Dès que je suis installé face à lui, je me lance.

— Quand vous êtes venu, il y a quelques semaines, je paraissais déterminé à vendre. Comme vous le savez, il s'agit de la boulangerie de mes parents. C'est l'endroit dans lequel j'ai toujours vécu et, par la suite, travaillé.

M. Perret hoche la tête.

— Votre histoire n'est pas différente de la mienne et sans doute de celle de bon nombre de boulangers. J'ai moi-même commencé à travailler aux côtés de mon père, dès que j'ai su marcher. J'ai ouvert ma propre enseigne quand j'avais vingt ans.

Un voile de nostalgie passe dans ses yeux.

— En ce qui me concerne, je reprends, c'est un peu différent. Je vous avoue que, petit, je ne me sentais aucune attirance pour le travail de mes parents. D'ailleurs, je n'ai jamais imaginé un seul instant que je reprendrais leur place, avec l'aide de ma grand-mère.

M. Perret a la gentillesse de ne pas m'obliger à dire pour quelle raison je me suis retrouvé à endosser ce rôle. Hervé, l'agent immobilier, lui a déjà fait un topo de ma situation. Il se contente de sucrer son café pour me laisser poursuivre.

— Je mentirais si je vous disais qu'au début je n'ai pas *subi* ce travail. Je ne suis pas devenu boulanger par envie comme vous, mais par obligation, dans une des périodes les plus sombres de ma vie. J'ai longtemps imaginé que c'était temporaire. Je pensais qu'un jour je trouverais le courage de laisser mon passé à sa place et de suivre ma propre voie, professionnelle et personnelle.

Je prends une inspiration pour lui annoncer la suite.

— Je croyais que vendre la boulangerie et quitter Valmont était la meilleure manière de prendre un nouveau départ. Mais j'ai eu tort. Ce nouveau départ, je l'ai pris quand j'ai commencé à aimer mon travail et apprécié de me lever aux aurores dans mon village encore endormi.

— Je suis un peu surpris mais… je crois comprendre. Vous regrettez ?

Autant être clair.

— Oui, je regrette d'avoir signé le compromis.

Il hoche la tête, pensif. J'imagine que, même dans ses scénarios les plus pessimistes, ce n'est pas ce qu'il pensait entendre en venant ici.

— J'ai découvert que ce village possède tout ce qui compte pour moi : ce qu'il reste de ma famille, des gens qui me soutiennent, la femme que j'ai toujours aimée et des souvenirs à chaque coin de rue.

— Je comprends que ça ne soit pas facile, dit-il en fronçant les sourcils. Je ferai de mon mieux pour ne pas gâcher ce qui a été fait ici.

C'est prévenant de sa part, mais pas suffisant.

— Monsieur Perret, la boulangerie de vos parents est-elle à vendre ?

Je me montre plus direct car c'est la seule chose à faire. Je veux tout tenter pour parvenir à le convaincre. J'en ai fini avec les regrets.

— Non, dit-il. Mon père y travaille encore.

— Et après, quand il sera temps pour lui de prendre sa retraite, que ferez-vous ?

Il réfléchit.

— Je la garderai, bien sûr.

Nos regards s'accrochent. Je sens, à la lueur qui éclaire ses yeux, qu'il me comprend. Mais l'homme d'affaires en lui semble tenir la barre.

— Qu'attendez-vous de moi, au juste ?

— Je voudrais que vous renonciez à l'achat.

Il accuse le coup.

— Vous savez que nous ne sommes plus dans le délai légal de rétractation.

— Ce que je sais, c'est que si vous et moi sommes d'accord, il nous suffit de déchirer ce compromis.

Il reste calme, malgré le culot de ma demande.

— Est-ce que vous avez informé d'autres personnes de votre souhait de rester ? demande-t-il.

— J'aimerais vous dire que j'ai réussi à garder l'information secrète, mais nous sommes dans un petit village. Tout se sait.

M. Perret prend acte de cette information qui ne joue pas en sa faveur. Ouvrir un commerce dans un endroit où vous n'êtes pas le bienvenu est une tâche compliquée. Sauf que je refuse de brandir cette menace comme un argument pour le faire changer d'avis.

— Est-ce que c'est un… avertissement ?

— Pas du tout. Tout est ma faute dans cette histoire, je le sais parfaitement. Croyez-moi, je regrette de vous mettre dans cette position.

M. Perret se lève, signe que notre conversation est terminée. Quand nous quittons mon bureau, je découvre que la boulangerie est remplie de clients. Je n'ai jamais vu autant de monde. Les habitants font même la queue jusqu'à la fontaine, là où se tiennent Liliane et Juliette.

Le brouhaha se calme et un silence de mort emplit la petite boulangerie. M. Perret se racle la gorge tandis que tout le monde nous observe. On m'adresse, à moi uniquement, des sourires, des saluts de la main, des hochements de tête respectueux.

Leur soutien me va droit au cœur. Sans rien dire, nous traversons la petite foule. Je raccompagne M. Perret.

Quand nous approchons de sa voiture, je lui tends la main.

— Je suis désolé. Je ne savais pas qu'il y aurait autant de monde ce matin.

— Pas de problème, répond-il en m'offrant une poignée de main ferme. J'imagine que c'est juste une mise en bouche. Passer après vous ne sera pas une mince affaire. Vous semblez avoir toute la confiance et la sympathie de votre clientèle et ça, personne ne vous l'enlèvera.

La culpabilité m'assaille. M. Perret n'a rien à voir avec tout ça. Il déverrouille sa voiture et ouvre sa portière. Il m'adresse un sourire triste.

— Je vais réfléchir à ce que vous m'avez dit aujourd'hui.

Je baisse les yeux quand il ajoute :

— Sérieusement. Je vous recontacte bientôt.

Il monte dans sa voiture et disparaît au bout de la rue. Dès qu'il n'est plus dans mon champ de vision, je rejoins la place. Bon nombre d'habitants sont encore là, aux côtés de Liliane et Juliette.

— Alors ? me demande celle-ci en venant à ma rencontre.

Je l'attire contre moi et l'embrasse, sous les sifflets admiratifs du petit groupe qui se forme autour de nous.

— Il va réfléchir.

Ma grand-mère et Jacky font leur apparition. Elles s'approchent de moi, le regard empli d'espoir.

— Il me recontacte, dis-je plus fort.

Les habitants se dispersent, peut-être un peu déçus. Ma grand-mère pose sa main sur mon épaule.

— Nous n'avons plus qu'à espérer un miracle.

Je regarde autour de moi. Les habitants sont plus que jamais concernés par ce qui se passe dans leur village. Grâce au concours, ils ont retrouvé ce qui fait l'esprit de Valmont. J'avais oublié combien cette sensation d'être soutenu pouvait être importante.

— Je crois qu'il a déjà eu lieu.

Le 24 décembre

Les dernières heures sont passées à une vitesse folle. Hier, dès l'ouverture du marché de Noël, Jacky et ma grand-mère ont tenu un stand pour la distribution de cadeaux prévue aujourd'hui. Durant la semaine, chaque volontaire a été inscrit sur une liste. En retour, il recevait le nom d'un autre participant avec la consigne suivante : le cadeau ne doit pas être acheté.

J'ai été ravi de voir le *home made* mis à l'honneur et encore plus de voir les deux fidèles amies reprendre du service au comité et donc nous remplacer, Juliette et moi. J'ai sauté sur l'occasion pour la faire venir à la boulangerie, prétextant avoir *absolument* besoin qu'elle me rende ma caméra. J'ai même rusé pour qu'elle accepte de rester avec moi la nuit dernière. Je suis certain de m'habituer très vite à sa présence dans mon lit, et dans ma vie.

Juliette m'a prêté main-forte à la boulangerie, tout au long de cette journée. À 16 heures, nous fermons pour prendre part aux festivités. Ce qu'elle ne sait pas, c'est que j'ai été désigné pour son cadeau. Je soupçonne ma grand-mère d'avoir légèrement biaisé la distribution… Au sourire qu'elle m'adresse chaque fois qu'elle nous voit ensemble, j'ai deviné à quel point elle est heureuse pour moi.

Quand nous traversons le marché de Noël et son habituelle effervescence, nous trouvons Sofia et Filipa, occupées à interviewer Jacky et Susanne. Je tire Juliette par la main pour les rejoindre.

— Je croyais que le concours et tout ce qui s'y rapporte n'étaient pas ton truc ! dit-elle en riant.

— C'était avant que je comprenne que Valmont a toutes ses chances de gagner !

J'ignore si c'est vrai, mais c'est ce que j'espère quand je vois la mobilisation de chacun. Jamais les habitants n'ont été si soudés. Le lien qui nous unit pendant ces fêtes de Noël est plus qu'un nom sur une pancarte. C'est une force invisible, un pouls qui fait battre nos cœurs à l'unisson.

— Valmont, c'est surtout un ensemble de traditions, explique ma grand-mère, très à l'aise face à la caméra.

— Mais attention, tradition ne veut pas dire repli sur soi ou conservatisme ! Au contraire, notre village rime avec « accueil » et quand on en part… on rêve déjà d'y revenir ! renchérit Jacky. Nous ne sommes pas des campagnards vieux jeu !

Les deux femmes se regardent et éclatent de rire.

Quand elle nous aperçoit, Sofia s'adresse à nous d'une voix enjouée :

— Je viens pour avoir le mot de la fin. Le montage est presque terminé. Nous sommes prêts pour la diffusion de demain.

— En clair… les dés sont jetés.

Jacky, ma grand-mère et Juliette me regardent, surprises.

— L'émission a été enregistrée durant la semaine, précisé-je. Les invités ont déjà choisi le plus beau village de Noël, mais nous devrons attendre la diffusion pour connaître le résultat.

Devant leurs mines perplexes, j'ajoute :

— C'était dans le règlement, vous ne l'avez pas lu ?

Le petit groupe se met à rire.

— C'est exactement ça, confirme Sofia. Alors, qui commence ?

— Moi, dis-je en me tournant vers Juliette. Je voudrais commencer.

Juliette fait mine de vouloir s'écarter mais je la rattrape d'un geste tendre de la main.

— Reste avec moi.

Je veux que le monde entier nous voie ensemble.

Elle revient se lover contre moi.

Sofia fait signe à Filipa. Elle oriente sa caméra de mon côté et m'adresse un signe de la main pour me dire que c'est à moi.

— Valmont, c'est plus qu'un village. C'est plus de mille habitants qui s'aident et se soutiennent dans les bons moments comme les mauvais. Parfois, on oublie la chance que l'on a, mais un concours vient nous le rappeler. J'ai tout appris dans ces rues, ces hameaux entourés par les bois, sur cette place... et si je dois quitter ces lieux un jour, je sais qu'une partie de mon cœur y restera.

Je termine plus bas, conscient d'avoir outrepassé la consigne.

— Eh bien, dit Sofia, un peu sonnée. Je dois dire que je ne m'attendais pas à ça. C'est une belle déclaration d'amour que vous nous offrez, Colin.

Elle se tourne vers la caméra et ajoute, un peu émue :

— Chers téléspectateurs, je vous garantis qu'ici, à Valmont, il se passe quelque chose en cette veille de Noël. On le sent, c'est... dans l'air, je crois.

Elle revient à nous et se tourne vers Juliette.

— Votre mot de la fin ?

— Je voudrais simplement dire que je vis mon plus beau Noël. Le plus romantique et le plus inoubliable de toute ma vie. Joyeux Noël à tous !

— Joyeux Noël à tous ! reprend Sofia face à la caméra.

Filipa comprend qu'elle doit couper. Elle baisse son micro et nous observe, une étincelle de joie dans les yeux.

— Le reportage s'achève ici. Croyez-moi, je me rappellerai longtemps mon passage dans votre village.

Filipa est sincère, ce qui m'encourage à lui demander :

— Vous pensez que nous avons nos chances ?

— Je ne fais pas partie du jury. Mais si c'était le cas, vous gagneriez haut la main.

La présentatrice et sa caméraman nous souhaitent un joyeux Noël et quittent Valmont, sans doute pressées de rejoindre les leurs.

Quand elles sont parties, j'entraîne Juliette devant le stand de Susanne et Jacky.

— Tout se passe bien ?

— Tout est sous contrôle, mon grand, me répond ma grand-mère. Cette année, nous enregistrons une participation record.

— Vous avez distribué tous les cadeaux ? demande Juliette en s'approchant plus encore.

— Tu veux savoir si j'ai le tien ? demande Jacky.

Elle acquiesce, excitée à l'idée de recevoir son présent. Ce qu'elle ignore, c'est que c'est moi qui l'ai en ma possession.

— Encore un peu de patience, Juliette Perrin.

Elle se tourne vers moi, surprise.

— C'est toi qui…

Je hoche la tête.

— Alors ça, c'est une sacrée coïncidence ! Figure-toi que j'ai été désignée pour le tien.

Nous nous tournons de concert vers nos deux grand-mères qui haussent les épaules, prenant des airs innocents.

— Encore une idée de Liliane, dit Jacky.

Ma grand-mère fouille une caisse et dépose un petit paquet devant moi. C'est mon cadeau.

— Viens, dis-je en entraînant Juliette à l'écart, que je t'offre le tien.

Juliette se laisse guider dans les allées du marché de Noël. Elle me pousse à ralentir quand nous passons devant le café-restaurant. Ce soir, Liliane a mis sa grande salle à disposition pour permettre aux habitants de boire un verre de vin ensemble. Je sais qu'elle aimerait y faire un tour.

— Pas tout de suite, dis-je en continuant de marcher.

Je ne m'arrête que lorsque je trouve une ruelle vide. Là, à la lueur d'un réverbère orné d'une étoile filante, je tire l'enveloppe que j'ai pris soin d'apporter. Je la lui tends, sans parvenir à dissimuler mon émotion.

Juliette se mord la lèvre et ouvre son cadeau. À l'intérieur, elle trouve une carte SD.

— Qu'est-ce que c'est ?

— Tiens, prends ma caméra, tu vas comprendre.

Je l'aide à installer la carte et je démarre le film. Quand Juliette voit les premières images, ses yeux se mettent à briller. J'étais certain qu'elle ressentirait la même chose que moi en visionnant ces films qui datent de notre jeunesse.

— Quand est-ce que tu as fait ça ?

— J'ai retrouvé ces films en faisant mes cartons. J'ai commencé le montage il y a quelques jours et je l'ai terminé cette nuit.

Cette vidéo, c'est nous. Nous à dix-huit ans, souriant comme deux imbéciles quand la neige se mettait à tomber, nous occupés à nous embrasser, nous à la piscine d'Albertville. Enfin, surtout moi et les fesses de Juliette que je n'arrêtais pas de faire entrer dans le champ de la caméra.

Nous devant notre arbre, nous dans la forêt et nous encore derrière l'abri qui devait devenir le petit chalet.

Puis, nous à nouveau. Mais maintenant. La vente de sapins, l'atelier de cuisine et la promenade dans les rues de Valmont.

Juliette regarde le film, totalement absorbée.

Quand il est terminé, je lui prends la caméra des mains.

— C'était notre film. Je suppose qu'il n'est pas à la hauteur des comédies romantiques que tu aimes tant, mais c'est nous. *Juste. Nous.*

— C'est déjà mon film préféré !

J'accepte son baiser avant de m'écarter doucement.

— J'ai un cadeau à ouvrir, non ?

Elle sourit, l'air gênée.

— Le mien est tout simple. Si j'avais su que...

— Laisse-moi en juger par moi-même.

Je récupère le petit paquet que j'avais précieusement rangé dans l'une de mes poches et déchire le papier.

J'y trouve une petite boîte en carton et, en l'ouvrant, une demi-douzaine de morceaux de papiers pliés en deux.

J'en prends un au hasard, l'ouvre et lis à voix haute le message qu'il contient.

— *Je suis prête à aller n'importe où si c'est avec toi.*

Je lève les yeux et trouve ceux de Juliette. L'émotion est si vive que ma gorge se noue.

— Je me suis dit que ça serait utile de noter noir sur blanc ce qu'on ressent l'un pour l'autre, en cas de...

— Malentendus, terminé-je.

— Voilà.

Je prends un autre papier.

— *Je ne veux plus passer un seul jour loin de toi.*

Je souris, comme un idiot, face à ce qui est le plus beau des cadeaux de Noël que j'aie jamais reçus.

Sans plus attendre, je lis les autres.

— *J'adore quand tu nous filmes... Je n'ai jamais cessé de t'aimer... Si tu veux mon avis, quelques bonshommes en pain d'épices pourront arranger la situation.*

J'éclate de rire.

— Merci du conseil.

Je déplie le dernier.

— *Je t'aime.*

Moi aussi, je l'aime.

— Je pourrais ajouter des mots dans la boîte ?

Juliette sourit, rassurée de me voir aimer son cadeau.

— Bien sûr.

Je la serre contre moi. Et je me demande comment j'ai fait pour vivre sans elle durant six ans.

— Allez, viens, Juliette, on rejoint les autres !

Tout le village nous attend au café-restaurant. Et pour rien au monde nous ne pourrions manquer ça.

26

Le plus beau jour de l'année

« Je pourrais mourir maintenant. Je suis juste… heureux. Je n'ai jamais ressenti ça avant. Je suis précisément là où je veux être. »

Eternal Sunshine of the Spotless Mind

Noël
Juliette

Nous courons entre la cuisine et la salle à manger pour finir de tout installer à temps. La nappe rouge parfaitement repassée, les jolis verres en cristal, les serviettes en tissu et leur rond assorti, les grandes assiettes mordorées achetées à la dernière minute et les couverts en argent, ceux qu'on ne sort que pour les grandes occasions. En guise de touche finale, nous ajoutons des décorations. Étoiles scintillantes, bougies en forme de père Noël et de rennes, boules à neige. C'est à la fois très poétique et un peu kitsch, comme j'aime !

Quand c'est terminé, nous reculons tous les quatre pour observer la grande table.

— Pas mal, dit mon père en s'appuyant au chambranle de la porte.

— Je me demande encore comment on a réussi à caser tout ce monde, ajoute ma mère, les traits tirés par la fatigue mais un immense sourire aux lèvres.

Jacky et moi regardons notre table, aussi émerveillées l'une que l'autre. D'ici une heure, nos invités vont débarquer. Mon frère et sa petite famille, Doug et Claire, Liliane, Susanne, et bien sûr… Colin.

Je n'imaginais pas passer ce jour sans les personnes qui comptent le plus pour moi. Celles qui font partie de mon quotidien, mais aussi celles que je vois moins souvent, car la vie nous a séparées.

Évidemment, mon père s'est montré frileux à l'idée que Colin débarque ici après l'ascenseur émotionnel de ces dernières semaines. L'aide de Jacky m'a été précieuse pour le convaincre. Elle a su lui rappeler que, plus jeune, il s'est montré assez entêté, dans son genre. Au travers du récit de ma grand-mère, j'ai découvert que mon père, âgé d'à peine seize ans, avait fugué pour rejoindre ma mère, alors qu'elle était partie en vacances en famille dans le Sud de la France. J'ai aussi appris que mes parents s'étaient beaucoup disputés avant de décider de vivre ensemble. Finalement, même le plus parfait des amours en apparence cache ses secrets.

Quand Jacky m'a raconté qu'un jour, mon père a même été ramené par la police locale pour avoir tagué le nom de ma mère sur le mur de la mairie, il s'est empressé de la faire taire avant de déclarer que Colin et Susanne étaient les bienvenus. Au fond, je savais qu'il n'avait pas l'intention de m'empêcher de les inviter. Sa froideur, c'est juste une précaution. Celle d'un père qui voudrait protéger sa fille de toutes les difficultés de la vie. Y compris celles de l'amour.

Quand ma mère et Jacky repartent en cuisine, je dépose les petits cartons dorés sur lesquels j'ai noté le nom de chaque invité. Je termine par celui de Colin, sous le regard attentif de mon père.

— Tu vas tenir le coup, papa ?

— Seulement s'il me jure qu'il ne te fera jamais souffrir.

— Tu crois que c'est possible ?

Il hoche la tête, réfléchissant sérieusement à ma question.

— Je n'ai pas dit que c'était facile, mais il faut essayer.

— On va essayer, papa. On va vraiment essayer.

Il ouvre ses bras et je vais m'y blottir. Quand il me serre plus fort encore, je sens un profond soupir soulever son torse.

— Tu veux que je te dise quelque chose, ma Juliette ?

— Bien sûr.

— Je me souviens de la première fois que je t'ai vue le regarder. Ce jour-là, j'ai su que c'était lui qui ravirait ton cœur et que c'en était fini de ton pauvre vieux père.

J'éclate de rire.

— Tu as toujours ta place dans mon cœur, une place à part !

— Je suis content qu'il soit là. Vraiment.

Son aveu m'emplit d'une douce chaleur.

— Merci, papa.

— Après… je peux quand même lui faire comprendre que s'il te fait encore du mal, il aura affaire à moi ?

— Papa !

— Juste un peu. À peine, au cas où l'envie lui reprendrait.

Je souris et quitte ses bras.

— Il ne t'est jamais venu à l'idée que ça pouvait aussi être ma faute ?

— Non. Jamais.

Je ris encore, me demandant s'il est de mauvaise foi ou simplement victime de l'amour inconditionnel d'un père pour sa fille.

Ma mère passe la tête dans la salle à manger.

— Les toasts ne vont pas se faire tout seuls !

— On arrive, ma chérie !

Guidés par ses consignes et celles de ma grand-mère, nous préparons un festin digne de nos invités.

Mon frère arrive le premier. Accompagné de sa femme, Lorraine, et des jumeaux, il ne cesse de me complimenter. « Tu as bonne mine », « quelque chose a changé chez toi », « tu es différente ».

— C'est l'air de la montagne, dis-je en lui tendant une coupe de champagne. Je suis arrivée au début du mois.

Mon frère s'étouffe en apprenant que j'ai passé plus de quatre semaines d'affilée à Valmont.

— D'ailleurs, j'ajoute, j'ai investi le petit chalet. Il faudra te contenter de ta chambre d'ado. On mettra les jumeaux dans la mienne.

— Toi, tu me caches quelque chose.

— Pas du tout.

Je laisse planer le mystère jusqu'à ce que nos autres invités arrivent. Susanne et Colin.

Dès qu'il entre, mon petit ami m'adresse un regard doux avant de saluer ma famille. Puis, arrivé à ma hauteur, il m'embrasse tendrement.

— Salut, Juliette.

— Salut.

Nous avons passé la nuit ensemble, ce qui, en théorie, le dispense de me dire bonjour. Mais j'adore qu'il se comporte ainsi, transformant chaque instant en précieuses retrouvailles.

Mon frère me glisse à l'oreille :

— Décidément, j'ai un train de retard.

— Non, pas un, dix ! je réponds en riant, quand je vois Doug et Claire pointer le bout de leur nez.

Liliane ne tarde pas à nous rejoindre. Pendant que nos hôtes quittent leur manteau, je fais un rapide topo à mon frère.

— Doug s'est installé à Valmont, il a trouvé du travail à la scierie. Et au fait, je compte revenir m'installer ici, moi aussi. Ce sera peut-être temporaire, le temps de savoir si la vente de la boulangerie a lieu ou non.

Mon frère lève un sourcil en accent circonflexe.

— Je vois. Je m'absente quelques mois et tout le monde fait des plans dans mon dos.

Je secoue la tête.

— C'est Valmont qui veut ça... plus l'esprit de Noël !

Nous trinquons et nous nous installons à table. Le repas se déroule dans la joie et la bonne humeur.

Jacky et Susanne rient aux éclats, heureuses de s'être enfin retrouvées. Mon père fait les yeux doux à ma mère, mon frère et sa femme courent après les jumeaux qui ont décidé de les rendre dingues, Doug apprend de nouveaux mots en français sous l'œil bienveillant de Claire, Liliane nous ressert du vin, comme si elle était au Central ! Et Colin caresse doucement ma cuisse sous la table.

Quand le repas est terminé, ma mère propose que nous nous installions au salon. Là où une quantité indécente de cadeaux nous sera distribuée par le père Noël en personne.

Nous prenons place sur le canapé et les fauteuils près du sapin de mes parents. Colin me montre l'arbre, amusé.

— Ton père décapite tout ce qui le contrarie, non ?

Nous rions au souvenir des animaux lumineux qu'il n'a pas réussi à réparer.

— Chut, dis-je en l'embrassant, il va arriver.

Un « Hohoho ! » retentit. Les jumeaux se statufient et mon frère leur souffle :

— Je crois que c'est le père Noël.

Immédiatement, leur surplus énergie retombe. Les deux petites terreurs vont se lover dans les bras de leurs parents, plus inquiets qu'excités par l'arrivée de celui qu'ils attendent depuis des semaines.

Mon père débarque dans le salon, vêtu de son déguisement de père Noël qui le moule un peu plus d'année en année.

— Y a-t-il des enfants sages, par ici ?

— Moi, moi ! crie ma grand-mère.

Nous éclatons de rire. Mon père s'amuse encore un peu dans ce rôle qui lui va comme un gant, puis il passe à la distribution. Il nous appelle à tour de rôle pour nous remettre nos présents. Tout le monde est appelé… sans exception.

— Colin, prononce mon père de sa voix bourrue.

Il sursaute et se lève. Je me mords la lèvre pour ne pas éclater de rire. Un Colin impressionné tend les mains pour récupérer son cadeau, mais mon père semble déterminé à ne pas lui faciliter la tâche.

— Est-ce que tu as été sage, cette année ?

Colin bredouille un « oui » vaguement confiant qui déclenche l'hilarité générale.

Mon père se baisse pour lui remettre plusieurs autres paquets. Puis, il ajoute un « Je t'ai à l'œil ! », en pointant deux doigts sur lui… avant de lui adresser un franc sourire.

Colin revient s'asseoir près de moi et me chuchote à l'oreille :

— Je crois que ton père m'aime bien, finalement.

Je souris contre son épaule.

— Allez, ouvre tes cadeaux !

Le premier paquet contient une nouvelle montre, un cadeau de Susanne pour qu'il soit à l'heure à la boulangerie – il est arrivé en retard deux fois ces derniers jours, je me demande bien pourquoi… Quant au deuxième cadeau… il est de moi. Je lui ai choisi une écharpe et un bonnet affreux, assortis à son pull !

Quand j'ouvre les miens, je découvre un pull de Noël du plus mauvais goût, au moins aussi épouvantable que mon bonnet. Lui et moi avons eu la même idée farfelue !

— Merci, Colin. On va être assortis.

— Deux vrais fans de Noël.

Colin m'embrasse et sort sa caméra.

— Je peux ?

— J'espérais bien que tu le fasses.

Il se lève, parcours la pièce, zoome sur certains visages, capte les sourires et immortalise cet instant de bonheur.

Quand tous les cadeaux sont déballés, il est l'heure de rejoindre le café-restaurant de Liliane. Elle a proposé de diffuser le reportage et je sais que bon nombre d'habitants vont répondre présents.

En tant que VIP, notre petit groupe bénéficie de la meilleure table. Nous y installons Jacky, Susanne, mes parents, mon frère, sa femme et leurs enfants. Doug, Claire, Colin et moi allons aider Liliane à faire le service, d'autant que son équipe est au repos pour la journée.

En à peine une demi-heure, le Central est plein à craquer. Quand le reportage commence, diffusé sur un écran blanc déroulé sur le mur, les derniers arrivants sont même contraints de rester debout.

Le silence se fait. Tout le monde se concentre sur la présentatrice. Elle explique les règles du concours et donne la liste des villages en compétition. Valmont devra se battre contre les dix-neuf autres participants. Le jury, composé de quatre célébrités, va voter pour les départager, de sorte que nous aurons le résultat à la fin de l'émission.

Plusieurs villages sont présentés avant le nôtre. Parfois, je reconnais Sofia, parfois c'est un autre journaliste. Chacun de nous s'émerveille devant les visages souriants, les gens qui se mobilisent, les animations qui mettent à l'honneur ces petits bouts de territoire perdus dans les montagnes. Chacun de nous se retrouve dans ces préparatifs de Noël.

La publicité interrompt le reportage et est accueillie dans un tollé. Puis des rires fusent çà et là. Je profite de cette pause pour retrouver ma famille à sa table. En tendant l'oreille, je capte des bribes de conversation entre ma grand-mère et Susanne.

— Tu vois, si on s'y prend bien à l'avance, on pourra avoir une chambre à côté.

— C'est exactement ce que je te disais, Jacky ! On doit s'en occuper au plus vite, sinon ils vont nous séparer, tu verras !

Je souris, me gardant bien de les interrompre. Elles ont raison de s'organiser. Elles doivent se battre pour garder ce qui compte le plus à leurs yeux.

Se battre.

Quand je regarde tous ces gens à l'air insouciant, je comprends le sens de ce mot. Il faut se battre pour l'amour, ne pas attendre qu'il nous file entre les doigts pour se rendre compte à quel point il est essentiel à nos vies.

Colin me rejoint et m'attrape par le bras.

— Viens !

— Mais le reportage va reprendre d'une minute à l'autre !

Colin n'écoute rien. Il m'entraîne au fond de la salle, je sens sa main tremblante dans la mienne.

Sa fébrilité m'inquiète. Je ne l'ai jamais vu comme ça. J'espère qu'il n'est rien arrivé. Pas aujourd'hui. Pas le jour de Noël.

— Regarde, dit-il en me tendant son téléphone.

Je le lui prends des mains et lis le message qui s'affiche.

Monsieur Guillaud,

J'ai longuement réfléchi à votre demande. Vu les circonstances, je compte abandonner l'achat de votre boulangerie. Je suppose que ma conscience ne me lâchera pas de sitôt si je vais au bout des démarches.

Joyeux Noël,

M. Perret

Je lève les yeux et trouve ceux de Colin.

— Il annule !!

— Oui, il annule, me dit-il, plus heureux que je ne l'ai jamais vu.

Colin me prend dans ses bras et me serre fort contre lui. Quand les regards se tournent vers nous, attirés par nos effusions de joie, il explique :

— Je garde ma boulangerie.

Un murmure parcourt l'assemblée, très vite remplacé par une ola. La joie et le bonheur déferlent dans la salle. Plusieurs personnes viennent féliciter Colin tandis que d'autres demandent le silence. Le reportage a repris et c'est au tour de Valmont d'être sous le feu des projecteurs.

Debout contre une poutre, dans les bras de celui qui a ravi mon cœur à jamais, je regarde mon village et ses habitants. L'interview de ma mère, si fière de son rôle au sein du comité. Liliane, aussi déterminée qu'un roc face à l'avalanche. Et puis Colin et moi, notre jeu du chat et de la souris qui ne passe pas inaperçu.

Le reportage se termine sur le mot de la fin par Colin, émouvant et sincère. Ce soir, plus que jamais, je suis fière d'être à ses côtés.

La présentatrice apparaît à l'écran. C'est le moment ultime, celui du vote. Chaque célébrité détaille ce qu'elle a aimé dans chaque endroit avant qu'on procède au dépouillement.

Bien sûr, nous savons que l'émission a été enregistrée il y a quelques jours, mais le suspens et l'émotion, eux, sont bien présents.

Une voix.

Deux voix.

Et… trois voix !!

Valmont remporte trois voix sur les quatre. Notre village est désigné comme le grand gagnant du concours !

Des cris de joie fusent de toute part. On applaudit, on s'embrasse. Les verres s'entrechoquent, les gens s'étreignent, les sourires sont sur tous les visages.

Un peu plus tard, alors que personne ne semble avoir envie de quitter la chaleur réconfortante du café-restaurant, Colin m'entraîne dehors.

La neige s'est remise à tomber abondamment, rendant ce Noël plus féerique que jamais. Au milieu de la place déserte, illuminée par les décorations de Noël, Colin me prend les mains.

— Je voudrais te demander quelque chose.

— Vas-y, dis-je.

— Si tout se passe bien, je vais garder la boulangerie.

— C'est ce qui risque de se produire, dis-je en me mordant la lèvre, pressentant que sa demande va me plaire.

Vraiment me plaire.

— Juliette, accepterais-tu de venir t'installer avec moi dans mon appartement ?

Je fais mine de réfléchir, alors que j'ai déjà la réponse.

— Tu me demandes de lâcher mon appartement de Paris ?

Colin valide d'un hochement de tête.

— Il faudra que je m'occupe de faire mes cartons... Seule, ça risque de prendre beaucoup de...

— Je vais t'aider, me coupe-t-il.

Son empressement me va droit au cœur.

— Même si je te demande de porter ton pull de Noël ?

Une lueur d'effroi passe dans son regard.

— Tu es diabolique !

J'éclate de rire. Puis j'ajoute, en le regardant droit dans les yeux :

— Colin Guillaud, j'accepte d'emménager dans ton appartement.

Je l'embrasse, sous la neige, plus heureuse que jamais.

Je l'embrasse encore, parce que ses lèvres sur les miennes, c'est le plus beau cadeau que j'aie jamais reçu de toute ma vie.

Épilogue

Lundi 17 janvier
Colin

À 16 heures, je ferme la boulangerie. C'est beaucoup plus tôt que l'horaire habituel, mais aujourd'hui, les circonstances sont exceptionnelles. Nous avons une nouvelle réunion du comité des fêtes.

Seul sur le perron, je regarde la devanture de mon commerce. Le nom « Au petit fourneau », auquel j'ai ajouté « De père en fils », me comble de fierté. C'est Liliane qui a eu cette idée quand M. Perret m'a confirmé avoir détruit l'ensemble des documents et mis une fin définitive à l'acte de vente.

Je traverse la place d'un pas rapide pour rejoindre le Central. Liliane est derrière son comptoir, le nez penché sur son cahier.

— Salut !

— Bonjour, joli cœur. Tu es en avance.

Officiellement, la réunion doit commencer à 16 h 30. Jacky, ma grand-mère, Anne et Juliette ont été conviées et elles seront là dans quelques minutes, ce qui me laisse le temps de discuter avec Liliane.

— Je voulais te voir.

— Moi ?

Je m'installe sur un tabouret, en face d'elle.

— Colin Guillaud, quelles bêtises tu as encore faites ? demande-t-elle, les mains sur les hanches.

Je ris, pas tout à fait surpris qu'elle m'imagine encore dans une situation inextricable. En six ans, je lui ai donné de quoi faire. Malgré tout, Liliane a toujours été là pour moi. À l'écoute quand j'avais besoin de parler. Autoritaire quand il me fallait un bon coup de pied aux fesses. Tantôt sage, rassurante, éclairante. Plus que comme une amie, elle s'est comportée comme une mère de substitution. Et même si je suis conscient qu'à travers moi, elle a sans doute comblé le vide d'une famille absente, elle m'a manifesté un soutien inébranlable. Je lui dois beaucoup, et je veux qu'elle le sache. Grâce à Juliette, j'ai compris à quel point il est dommage de garder pour moi ce que je ressens et de ne pas exprimer ma reconnaissance aux gens qui comptent.

— Aucune bêtise à l'horizon, enfin… je crois. J'ai juste quelque chose à te donner.

Je pose une enveloppe sur le comptoir. Liliane la fixe avec un étonnement non dissimulé.

— Tu es convoqué au poste de police ?

— Non.

— Ne me dis pas que tu as encore vendu la boulangerie !

— Mais non ! Allez, ouvre !

Elle soupire et s'exécute.

Je l'observe tandis qu'elle parcourt le document que j'ai pris soin d'imprimer. C'est un certificat qui n'a pas de valeur juridique. Il n'a de valeur que dans mon cœur. Mais je suppose que c'est l'essentiel.

Alors qu'elle le parcourt, ses yeux se mettent à briller.

— C'est…

Elle ne trouve pas ses mots (et tout Valmont sait que c'est rare…).

— C'est une demande officielle. Je voudrais que tu sois ma marraine. Si tu acceptes, tu seras un membre à part entière de ma famille, ce qui revient à dire que tu devras prolonger ta mission.

— Quelle mission ? demande-t-elle d'une voix chargée d'émotion.

— Celle qui consiste à me garder dans le droit chemin. Alors, tu acceptes ?

Elle acquiesce, tandis qu'une larme roule sur sa joue. Et, profitant que le café-restaurant soit presque vide, je m'autorise à faire le tour du comptoir pour la serrer dans mes bras.

— Merci, Liliane. Merci pour tout.

Quand je la relâche, elle s'essuie les joues d'un geste rapide et désigne la carte en ardoise suspendue au-dessus des bouteilles.

— Je te sers un lait de poule ?

— Tu proposes encore cette boisson ? Mais ce n'est plus Noël !

Elle hausse les épaules.

— On s'en fiche ! L'esprit de Noël ne s'arrête pas à décembre !

J'éclate de rire et j'accepte volontiers sa fameuse boisson.

Elle en prépare même tout un pichet, qu'elle apporte à la table du fond de la salle quand tous les membres du comité sont là.

Anne l'aide à servir les verres. Jacky et ma grand-mère échangent un regard entendu pour savoir qui d'entre elles lancera la réunion, tandis que Juliette se blottit contre moi.

— Tu m'as manqué, chuchote-t-elle à mon oreille.

— Toi aussi.

— Allons-y, la séance est ouverte ! dit Liliane en s'asseyant.

Juliette et moi avons eu la possibilité de quitter le comité. Maintenant que Jacky et Susanne ont repris leur place, il n'était pas nécessaire que nous restions. Mais ni l'un ni l'autre n'avions le cœur de partir. Nous sommes arrivés là un peu par hasard, mais c'est une place qui nous est chère maintenant.

— Alors ? Pourquoi se réunit-on ? Noël est terminé, non ?

Ma grand-mère sourit à ma question.

— Eh bien, figure-toi que les retombées du concours sont encore plus importantes que nous le pensions. Le maire a prévu de faire fabriquer tout un tas d'objets dérivés : des mugs, des cartes postales, des boules à neige, le tout au nom de Valmont.

Nous levons nos verres pour fêter la bonne nouvelle.

— Cela nous sera bien utile pour les animations du printemps, dit Jacky.

Les animations du printemps ?

Sur ce, la grand-mère de Juliette fouille dans son sac et tire une liasse de documents qu'elle pose devant nous.

— Mais qu'est-ce que c'est ? demande Juliette.

— C'est le règlement du concours du village le plus fleuri de France.

Nous nous regardons, plus ébahis les uns que les autres.

— Un autre concours ? dit Anne, inquiète. On vient à peine de terminer celui-là...

— J'ai déjà mes idées, continue Jacky. Mais il ne faudra

pas trop tarder, car les parterres de fleurs doivent être plantés dans quelques semaines.

— Comment ça, « des parterres de fleurs » ? enchaîne ma grand-mère. Ce n'est pas ce qu'on avait dit. Il vaudrait mieux opter pour des bacs, c'est ce qu'on a toujours fait au village.

— Eh bien, justement. On pourrait changer.

Nous éclatons de rire devant leurs chamailleries.

— Alors ? dit Jacky, maintenant impatiente. Je valide notre participation ou non ?

Du coin de l'œil, je regarde Juliette. Depuis qu'elle s'est installée chez moi, elle m'aide à la boulangerie. Les jours s'écoulent avec douceur et me comblent de bonheur.

Je sais que ça ne sera peut-être pas toujours aussi simple, parce que, en amour, rien ne l'est jamais, mais cette fois je suis prêt à relever le défi. Tous les défis.

— J'en suis, dis-je en levant la main.

Mon annonce surprend notre petit groupe.

— Il faudra bien quelqu'un pour filmer tout ça.

Jacky et ma grand-mère me sourient, ravies d'avoir mon soutien.

— J'en suis, dit Juliette. J'ai plutôt la main verte.

— OK, comptez sur moi, dit Liliane. Planter des tonnes de fleurs, ça doit donner soif.

— Bon, eh bien… je serai là aussi ! dit Anne en riant.

Un autre concours, une autre aventure.

Avec cette petite troupe à mes côtés, je me sens prêt à soulever des montagnes.

Bêtisier

Promenade au marché de Noël

— Colin, arrête de me filmer avec ce bonnet !

— Je regrette, je dois immortaliser ce moment.

— J'ai l'air ridicule.

— Pas du tout, il te va très bien. Tu pourras même le porter à d'autres occasions.

— Oh ! laisse-moi deviner : à Halloween ?

— Exactement. Hé ! Qu'est-ce que tu fais avec cette boule de neige ?

Juliette tient la boule en l'air, prête à la lancer.

— Pose ta caméra !

— Juliette, arrête ça tout de suite.

— Je ne le redirai pas. Pose ta caméra !

— Non, Juliette, arrête de... Ben c'est malin, je suis mouillé. Ça te fait rire... Tu vas voir !

Noir.

Devant le stand de vin chaud, le soir du concours de pulls de Noël

— Juliette, vous pouvez nous expliquer ce que vous proposez ce soir ?

Sofia se penche sur les verres de vin chaud.

— Oui, bien sûr. Mon assistant, son très joli pull et moi...

— Juliette… arrête de rire.
Juliette se tient le ventre.
— Désolée, c'est juste que ton pull est tellement…
— Je sais, je te rappelle que c'est toi qui me l'as offert.
— La meilleure idée de l'année.
— Sofia, s'il vous plaît, ne vous mettez pas à rire vous aussi.
— Désolée, mais c'est vrai que ce pull est…
— Épouvantable !
— Ça suffit, on la fait, cette prise, ou non ?
Noir.

Préparation de bonshommes en pain d'épices

— Allez, Juliette, je te montre encore une fois. Tu mélanges l'œuf avec le sucre.
— OK, je sens que cette fois, c'est la bonne. Je mélange… Comme ça, c'est bon ?
— C'est… enfin… Il ne devrait pas y avoir autant de grumeaux.
— Quels grumeaux ? Tu peux arrêter de filmer, là ?
— Hum… essaye de fouetter avec énergie. Il faut que le mélange soit lisse.
— Bon sang, c'est d'un compliqué !
— Juliette, des enfants de cinq ans ont réussi à en faire aujourd'hui.
— Ils étaient aidés !
— Pas tant que ça !
— Qu'est-ce que tu insinues, alors ? Et pose cette caméra !
— Rien, rien… *(Colin tourne la caméra vers son visage et chuchote :)* Cette fille est aussi têtue que sa grand-mère.

— Je t'entends !

— Hein, quoi ? Je n'ai rien dit, continue de mélanger, je vais ranger la caméra...

Colin s'éloigne.

— La cuisine et elle, c'est pas encore gagné ! Je crois qu'elle a besoin de cours particuliers. De *beaucoup* de cours particuliers.

— Colin !

— J'arrive.

Colin adresse un clin d'œil à la caméra.

Noir.

Remerciements

J'ai pris beaucoup de plaisir à écrire les aventures des familles Perrin et Guillaud. Au travers de Juliette et Colin, j'ai eu à cœur de montrer l'effervescence d'un petit village des Alpes et l'énergie de ses habitants pour défendre l'essentiel : l'amour.

Je souhaite remercier ma famille pour son soutien : mon mari, mes enfants, mes parents, mes beaux-parents, mon frère et ma sœur.

Je remercie infiniment mes amies autrices de la #teamdedingues : Audrey Alba, Caro M. Leene et tout spécialement Déborah Guérand. Les filles, je vous adore ! Je mesure ma chance de vous avoir près de moi.

Je voudrais adresser un remerciement très spécial à mon éditrice Marie pour son travail incroyable, ses remarques toujours justes, sa bonne humeur permanente, ses mots qui plus d'une fois ont fait palpiter mon cœur !

Merci à toute l'équipe d'HarperCollins de donner vie à mes histoires.

Je remercie également mes amies Hélène et Céline pour avoir déjà organisé notre séjour en Ehpad : même bâtiment, même palier ! #BFF

J'ai aussi la chance d'avoir des relectrices rapides, efficaces, aux conseils avisés. Merci, Émeline, de me suivre de roman en roman avec un enthousiasme intact. Merci, Véronique, pour tes mots de soutien qui, plus d'une fois, ont éloigné les doutes et les questions. Merci à Céline, Catherine, Adeline, Patricia (ma Patou).

Et merci à vous, lecteurs et lectrices, pour vos messages (qui me touchent au-delà du possible), pour votre soutien, vos encouragements. Merci de me lire, du fond du cœur.

Julia Nole

Vous avez aimé cette comédie de Noël ?
Découvrez les autres romans de Julia Nole

Tournez vite la page pour découvrir un extrait de
L'hiver n'est jamais froid au café de l'amour !

1

Mettre le feu à la dinde

Vingt ans plus tard
Aurélie

C'est la pire soirée de mon existence, pensé-je en claquant la porte.

L'oreille dressée, je patiente sur le perron. Avec un peu de chance, les éclats de voix vont retomber et la soirée pourra reprendre son cours.

— Bon sang ! ruminé-je tout haut. C'est quand même Noël !

Je jette un œil à la rue, déserte à cette heure de la nuit. J'éprouve le besoin de faire quelques pas pour prendre l'air. C'est ça ou retourner dans le café surchauffé pour un deuxième round.

Le café de ma grand-mère est situé au centre du village de Saint-Martin. C'est ici que nous avons pris l'habitude de passer le réveillon, qui, jusqu'à aujourd'hui, se déroulait dans la joie et la bonne humeur.

Contrariée par la tournure de la soirée, et prête à mener mon plan d'évasion à terme, je quitte la protection de l'auvent et je fais quelques pas en direction de la place.

Aussitôt, une bouffée d'air glacial me saisit. Je découvre avec horreur que l'univers s'est ligué contre moi pour rendre ma fuite aussi pénible que possible. Un épais brouillard a réduit la visibilité de manière significative, l'humidité sature l'air et une bise désagréable me cingle le visage tout en se frayant un chemin sous mes couches de vêtements. Tous mes membres grelottent et me supplient de faire demi-tour. Mais il est hors de question que je rentre. Ils peuvent manger la dinde sans moi.

Rassemblant tout mon courage, ce qui, au vu de ma motivation, ne prend pas plus de trois secondes, j'enfonce mon bonnet sur ma tête et je fourre les mains dans mes poches. Je suis prête à affronter le froid.

Les lampadaires, auxquels sont suspendues des décorations scintillantes en forme de lune, éclairent la rue. Après quelques pas d'une marche militaire, je débouche sur la place centrale. Un jeu de boules et trois bancs en béton me font face près du grand chêne. Ça fera l'affaire.

Ravie d'avoir trouvé une terre d'asile, je traverse à la hâte et, convaincue que la position assise me permettra de glaner un peu de chaleur, je m'installe sur le premier banc venu.

Grave erreur. Mes fesses congèlent aussitôt qu'elles entrent en contact avec la pierre froide. Je suis glacée – à deux doigts de l'hypothermie – mais je ne céderai pas. Je refuse de montrer à quel point la conversation m'a bouleversée.

Après quelques secondes, le silence s'installe tout autour de moi. Je retrouve un peu de quiétude, mais ce n'est pas suffisant pour faire passer la bombe lâchée par mon père un peu plus tôt. Si au moins il pouvait neiger. Juste quelques flocons pour rendre ce réveillon moins morose.

Je ne me rappelle plus le dernier Noël que nous avons passé sous un épais manteau blanc, ni même la dernière fois où j'ai pris le temps de flâner au marché de Noël, de décorer un sapin ou de boire un verre de vin chaud, avant de me rendre compte que les jours avaient filé et qu'il était déjà l'heure de penser aux bonnes résolutions de janvier.

Dans le calme de la nuit, je scrute les fenêtres des maisons alentour. Le brouillard me permet seulement de distinguer des jeux de lumière, ce qui est suffisant pour deviner des convives installés autour de la grande table dressée pour l'occasion. Des familles qui partagent toutes la joie de se retrouver autour d'un bon repas, d'un verre et d'un sourire chaleureux. Toutes, sauf la mienne. J'imagine qu'ils sont en passe de se jeter des restes de crevettes au visage pour clore cette soirée en bonne et due forme.

Comme en réponse à ma prière silencieuse, il se met à neiger. Recroquevillée sur mon banc, je regarde la danse hypnotique des flocons de neige. Un bruit de pas me tire de mes songes. Je frissonne, convaincue de sentir une présence derrière moi. Quelqu'un ? Ici ? C'est aussi saugrenu qu'impossible. Pourtant, tout à coup, l'idée de trouver refuge sur cette place déserte à près de 22 heures me semble être une erreur tactique.

J'avale ma salive et tâche de me montrer optimiste. Au moins, maintenant que je suspecte de ne pas être seule, mes pensées ne sont plus focalisées sur le froid qui s'infiltre sous mes vêtements.

Arrête de flipper, c'est juste un animal...

Convaincue que l'un de ces adorables petits écureuils de dessin animé va faire son apparition, je tente un coup d'œil circulaire. Mais le brouillard m'empêche de distinguer ce qui pourrait se trouver dans la zone située derrière l'autre banc, loin du halo sécurisant du lampadaire.

Un autre bruit se fait entendre. Beaucoup plus près, cette fois. Exactement comme si quelqu'un approchait. Difficile de ne pas y prêter attention. Terrorisée par ce qui pourrait surgir et qui ne serait ni adorable ni petit, je décide de retourner au café de ma grand-mère. Prestement.

Au moment où je me lève – « où je bondis » serait plus proche de la réalité –, une silhouette se détache de la zone d'ombre et se matérialise à mes côtés.

— Salut !

Consciente que je vis les dernières secondes de ma vie, je me tétanise, la respiration coupée. Devant moi se tient un homme. Grand, vêtu d'un épais bomber noir.

Un dealer ? Ou pire... un exhibitionniste !

— Lili ?

L'homme agite la main devant mes yeux, comme pour me faire revenir à la réalité. Je note qu'il m'appelle par mon diminutif, celui que mes amis et les membres de ma famille emploient quand ils s'adressent à moi.

— Est-ce que ça va ? me demande-t-il.

La voix ne m'est pas inconnue. Il me faut une poignée de secondes pour reconnaître l'individu sous son bonnet et son énorme blouson. C'est Thomas, ou plutôt Tom, le fils d'amis de mes grands-parents qui vivent un peu plus haut dans le village. L'un des visages de mon enfance que je n'ai pas recroisés depuis des années.

Il me fixe en souriant, conscient qu'à cause de lui j'ai frôlé la crise cardiaque. Manifestement, ça le fait rire. Ma peur retombe aussitôt.

— Ça va, dis-je, la main sur le cœur. C'est juste que tu m'as fichu la trouille !

Son sourire, un brin espiègle, s'élargit devant mon aveu. Aussitôt, quelques souvenirs de mes plus jeunes années au village remontent. Enfants, Tom et moi avons passé pas mal de temps à jouer ensemble sur cette place. Nous étions comme chien et chat. Nous passions le plus clair de nos journées à nous disputer et finissions par nous réconcilier, la plupart du temps devant un chocolat chaud dans le café de ma grand-mère.

À l'adolescence, notre relation a changé. Notre unique point commun, c'est-à-dire d'avoir fait du vélo dans les rues du village, n'a pas suffi à nous permettre de développer d'éventuels atomes crochus. Ni lui ni moi ne nous sommes jamais donné la peine de dépasser ce problème épineux. Nous avons pris le parti de nous ignorer, voire de nous snober dès lors qu'il nous fallait nous croiser. J'ignore même ce qu'il fait aujourd'hui, hormis poursuivre les jeunes femmes le soir de Noël pour les terroriser.

— Désolé, je passais par ici et je t'ai vue sur le banc. Je voulais juste m'assurer que tout allait bien.

Est-ce que je vais bien ? Je hausse les épaules, pour ne pas avoir à rentrer dans les détails.

— Je passe Noël dans le café de ma grand-mère et j'ai eu besoin d'air frais. Merci de t'être arrêté.

Ça me fait drôle d'être sur cette place avec lui, maintenant que nous sommes devenus adultes. Pour calmer son inquiétude et surtout pour ne pas le retenir davantage, je lui adresse un maigre sourire. Ce soir, c'est Noël. Alors j'imagine qu'il a mieux à faire que de discuter avec une ancienne connaissance.

Maintenant rassurée d'avoir identifié le bruit suspect,

je me rassieds sur le banc pour entamer ma deuxième séance de cryolipolyse[1], et j'attends que Tom passe son chemin pour retrouver sa famille. Mais, au lieu de s'en aller, il lève les yeux vers moi, plus curieux que soucieux de rentrer chez lui.

— Tu n'es pas censée être assise autour d'une dinde aux marrons ? demande-t-il, sincèrement inquiet.

— J'ai décidé de faire une pause entre le foie gras et les crevettes, dis-je d'un ton détaché.

Mon trait d'humour tombe à plat. Visiblement, Tom est toujours aussi perspicace. Je suppose qu'il a compris que j'essayais d'éviter un sujet sensible. Par exemple, une dispute familiale aux allures de conflit intergalactique.

Tom s'apprête à répondre, mais nous sommes interrompus par le tintement d'une clochette. Nous levons les yeux en même temps pour distinguer d'où provient le bruit. Je comprends avec effroi qu'il s'agit du café de ma grand-mère, situé à environ cinquante mètres, dans la ruelle, là où toute la famille s'est réunie ce soir.

Pourvu que personne ne parle, pensé-je en croisant les doigts. Car à cette distance, et au milieu du calme de cette nuit d'hiver, il faudrait se boucher les oreilles pour ne rien entendre.

La voix tendue de mon père s'élève depuis la rue. Sans même le distinguer, je devine qu'il se tient sous l'auvent. Une autre voix lui répond sur le même ton, c'est celle de ma mère. Impossible de passer à côté de l'esclandre.

— C'est..., commence Tom.

— Mes parents, le coupé-je d'une voix enjouée, comme si je n'avais absolument rien remarqué d'anormal.

1. Technique utilisée en institut de beauté qui permet d'éliminer une partie des cellules graisseuses par le froid.

Pourtant, la tonalité de leur échange indique qu'il y a bien quelque chose qui ne va pas. Et je constate, quand Tom fronce les sourcils, que je n'aurai pas à lui expliquer que le traditionnel repas en famille a tourné au fiasco.

La neige redouble d'intensité. D'épais flocons virevoltent dans le ciel et commencent à recouvrir le sol. Dans le silence gêné que nous nous efforçons de garder, des bribes de conversation nous parviennent. Les mots « hospitalisation », « décision » et « longue durée » résonnent et se fichent dans mon cœur une fois de plus. À croire que je n'avais pas eu ma dose pour ce soir.

Quand leurs voix se taisent, signe qu'ils sont rentrés, Tom se tourne vers moi, en quête d'une explication. Visiblement, il ne sait rien de l'accident de ma grand-mère.

— C'est Madeleine, dis-je, la gorge serrée. Elle est tombée au début de la semaine dernière et mon père l'a emmenée à l'hôpital. La chute elle-même n'était pas grave, mais ils ont jugé nécessaire de lui faire passer des examens.

J'essaye de parler d'une voix claire, mais je flanche avant la fin de mon explication. J'accuse le coup.

— Merde...

Comme moi, Tom sait que Madie souffre d'Alzheimer depuis plus de quatre ans et que ce genre d'incidents n'augure rien de bon quant à l'évolution de la maladie.

Tom semble désolé. Et cette image de lui si compatissant chasse momentanément celle du petit garçon qui fouillait le sol à la recherche d'un insecte à me jeter au visage.

Je lève les yeux vers lui.

— Ils disent que la maladie a beaucoup progressé, déclaré-je d'une voix alourdie par le chagrin. Ils la gardent en observation jusqu'à la fin de la semaine et...

J'ai besoin de faire une pause, car annoncer la suite me noue l'estomac. J'inspire un bon coup avant de lâcher la bombe qui a ébranlé la famille ce soir et m'a obligée à fuir.

— Mon père s'est mis en tête de trouver un Ehpad pour l'accueillir à sa sortie de l'hôpital. Il a pris rendez-vous et rempli un dossier d'inscription. Elle entre aux Gentianes à la fin de la semaine.

« Une maison de retraite pour personnes dépendantes », je répète tout bas, encore sonnée par la nouvelle. Je n'imagine pas Madie dans l'un de ces hospices où l'on attend la mort entre une barquette de repas aseptisé et les rediffusions de téléfilms ennuyeux. Je refuse de la savoir entre ces murs, privée de sa liberté, quand bien même cet établissement serait situé à moins de dix kilomètres d'ici.

— Les autres sont d'accord ? demande Tom, abasourdi.

Je secoue la tête.

— Pas vraiment. Mon père a pris cette décision seul, et il s'est dit que le meilleur moment pour l'annoncer c'était ce soir.

Donc le soir de Noël. Tom se montre aussi surpris que moi. Il est inutile de mentionner que, depuis l'annonce de sa maladie et la mort de mon grand-père, c'est mon père qui gère tout ce qui concerne Madeleine.

Tom rompt la distance entre nous. Il s'approche et s'assoit sur le banc.

— Madie… aux Gentianes, je n'arrive pas à y croire, pense-t-il tout haut.

Moi non plus. Lui et moi sommes passés des centaines de fois devant cet immense établissement. « Là où l'on remise les vieux », me disait ma grand-mère. Est-ce qu'elle se doutait qu'un jour son propre fils signerait les papiers pour l'y faire entrer à son tour ?

— Qui va s'occuper du café ? reprend-il.

Le café.

Je me contente de baisser les yeux, sans réponse à lui donner. Et, durant le silence qui s'ensuit, je prends conscience des changements à venir. Ce soir, je réalise ce qui va se passer de manière irrémédiable.

Madie va s'en aller petit à petit. Il n'y aura plus de repas en famille bruyants aux tables de son café. Il n'y aura plus de longues balades durant lesquelles je lui racontais les moindres détails de mon existence. Il n'y aura plus de listes de recommandations interminables quand je lui parlais d'un rendez-vous galant. Plus de biscuits à la cannelle et de séances de dégustation de vin chaud. Plus de SMS rédigés en lettres majuscules… Plus de Madie.

Désemparée, je me pince l'arête du nez. Elle est à l'hôpital depuis une semaine seulement et déjà la famille se déchire.

— Hé…, souffle Tom en se tournant vers moi.

Je voudrais me montrer plus forte, mais ce soir c'est au-dessus de mes forces.

— Madie ne peut pas nous laisser tomber, dis-je dans un sanglot. On a besoin d'elle.

Elle est le pilier des Rivolier. Chaque membre de notre famille a besoin de Madie dans sa vie.

— Tu veux marcher ? me demande Tom d'une voix douce.

Surprise par sa proposition, je me tourne vers lui. Nous discutons depuis quelques minutes déjà. N'a-t-il rien de mieux à faire ce soir ? D'ailleurs, pourquoi n'est-il pas avec les siens, en ce moment même ?

Je ne sais plus grand-chose le concernant, mais je ne l'imagine pas faire l'impasse sur le réveillon de Noël.

Une conversation animée démarre devant le café et interrompt le fil de mes pensées, avant que j'aie eu l'occasion d'interroger Tom sur son emploi du temps de la soirée. Immédiatement, je reconnais la voix de mon frère et celle, plus bourrue, de mon père. Leur échange est plutôt musclé.

— Je crois que je devrais y aller, dis-je.

Tom me regarde, l'air grave.

— Tu veux que je t'accompagne ?

Sa proposition m'arrache un sourire. On dirait qu'il veut jouer les gros bras.

— Non, ça va aller.

Et puis je préfère éviter que mes parents me voient arriver en sa compagnie. Ma mère pourrait se faire des idées qu'il me faudra des mois pour lui faire sortir du crâne. Elle a toujours été convaincue que Tom et moi finirions ensemble. Tom et moi ensemble... Ce serait ironique, étant donné que nous avons passé le plus clair de notre enfance à nous détester.

Je lui adresse un petit signe de la main pour le remercier de m'avoir tenu compagnie et de s'être montré si prévenant. Un sentiment d'inachevé m'accompagne quand je me lève. J'aurais eu tant de questions à lui poser, celles qu'on pose à une connaissance qu'on n'a pas vue depuis des années : Qu'est-ce que tu deviens ? Comment vont tes parents ?

Je n'ai pas fait trois pas que sa voix me retient.

— Lili ?

Je pivote pour lui faire face.

— Joyeux Noël, dit-il.

— Joyeux Noël à toi aussi, réponds-je en souriant.

Je traverse la route recouverte d'une fine pellicule de neige et m'enfonce dans la rue. Devant le café, je trouve l'ensemble de la famille. Ma sœur, sa fille Chloé et mon frère ont enfilé leur veste. Ils semblent sur le départ, faisant front devant mes parents, encore sur le seuil.

— Te voilà, dit mon père quand il m'aperçoit. On peut savoir où tu étais ?

Je soupire. Ma désertion semble lui avoir déplu.

— Tu sais bien que dès que ça chauffe Lili trouve le moyen de décamper, déclare ma sœur Élisa.

Elle est en colère et j'en fais les frais. Pourtant, je ne suis en rien responsable du conflit de ce soir.

— J'avais besoin de prendre l'air. Vous partez ? demandé-je à mon frère et ma sœur.

Élisa remonte la bride de son sac à main sur son épaule.

— C'est ce qu'il y a de mieux à faire. De toute façon, on n'arrivera pas à le faire changer d'avis. Et je n'ai aucune envie de faire semblant de passer une bonne soirée.

Elle fusille mon père du regard tandis que mon frère croise les bras sur son torse.

— Je n'arrive pas à croire que tu aies pris la décision sans nous en parler.

C'est la première fois que Quentin se montre si incisif. D'habitude, il se range toujours du côté de mon père, dans un élan de solidarité masculine qui a fait ses preuves par le passé. Mais le bouleversement lié à l'entrée de Madie en maison de retraite chamboule tous nos repères.

— Je fais ce qui est nécessaire, répète l'accusé pour la centième fois ce soir. Les médecins disent que son état va s'aggraver de jour en jour. Imaginez qu'elle tombe à nouveau ! Je vous rappelle qu'elle vit seule au village.

Cette fois, c'est un long silence qui accueille sa justification. Aucun de nous ne croit à ce scénario catastrophe, ou plutôt n'a envie d'y croire. Madie est une battante.

Elle est de la trempe de celles qui mènent la vie dure à n'importe quel importun. Qu'il s'agisse ou non d'une maladie. Comment imaginer qu'aujourd'hui elle ait besoin d'une surveillance constante ?

Quentin se détourne et extrait ses clés de voiture de la poche de son jean.

— Je te ramène ?

Il s'adresse à moi. Mes parents sont venus me chercher en fin d'après-midi à la gare, mais je n'ai aucune envie de passer la nuit chez eux. Je suppose que la proposition de Quentin fait office d'invitation à dormir chez lui.

— D'accord. Je vais prendre mes affaires.

Mon père nous retient.

— Il faudra qu'on reparle de tout ça, il va y avoir beaucoup à gérer.

D'un geste, il désigne l'enseigne « Chez Madie ». Je n'ignore pas qu'il projette de vendre. Ma mère l'interrompt.

— Arrête, Claude, c'est trop tôt.

Il n'ajoute rien et me laisse entrer. Mais je sais, à sa manière de froncer les sourcils, qu'il n'a pas dit son dernier mot.

Quand je ressors du café, Élisa et Chloé sont déjà parties. Après avoir adressé un signe de la main à ma mère, je grimpe à bord du pick-up de mon frère, stationné un peu plus bas dans la rue. Et, durant le trajet du retour vers le centre d'Albertville, je me rends compte que c'est notre premier Noël sans Madie.

Le premier Noël sans elle, et la famille est au bord de l'implosion.

Les yeux rivés aux décorations qui jalonnent la route, je ne cesse de m'interroger : comment réagira-t-elle quand elle saura qu'il est question de vendre son café ?

Composé et édité par HarperCollins France.

Achevé d'imprimer en septembre 2022.

CPI
FIRMIN-DIDOT

à Mesnil-sur-l'Estrée (Eure)

Dépôt légal : octobre 2022.

Pour limiter l'empreinte environnementale de ses livres, HarperCollins France s'engage à n'utiliser que du papier fabriqué à partir de bois provenant de forêts gérées durablement et de manière responsable.

Imprimé en France